PORTE-FLINGUE

Didier Porte

PORTE-FLINGUE

Ramsay
91 bis, rue du Cherche-Midi – 75006 Paris

Ce livre est publié sous la direction de Guy Birenbaum

AVANT-PROPOS

L'heureux éditeur (il ne tient qu'à vous, bande de radins !) de ce chatoyant opuscule m'a demandé de lui pondre un petit avant-propos de derrière les fagots ; une bafouille qui donne furieusement envie de lire la suite. D'un naturel indolent, j'ai très vite été saisi d'une illumination. Pourquoi ne pas refourguer ce boulot ingrat aux auditeurs de mes chroniques ? Ce sont eux qui en parlent le mieux ! Et puisque in fine, ma trouvaille consistait à exploiter de manière éhontée des braves gens qui me font vivre, je me suis dit qu'il serait plus moral de mettre à contribution ceux qui me détestent… Dont acte. Voici donc quelques pages dédiées à la lapidation de votre serviteur. Régalez-vous (toutes les fottes d'aurtografe sont dorijine)…

« Quand j'entends la chronique de Didier Porte je repense aux années d'après guerre quand nos camarades du P.C. avaient les mêmes façon de tout critiquer sans beaucoup de discernement, en utilisant la moindre rumeur pour discréditer leurs adversaires. Je pense que les parents de Didier Porte étaient dans le parti à l'époque. »

Pierre

« Mr Porte est de retour malgré ses propos injurieux et vulgaires ainsi que ses idées fixes ! voulez vous lui proposer de chercher un autre sujet que le Président Sarkozy et sa femme Carla !!
Je suis un auditeur de très longue date de France Inter j'aime beaucoup les plaisanteries mais je trouve qu'il y a des limites à tout. Merci de lire ce message. »

Lucien

« A l'aimable attention de M. Stéphane Bern.
Votre émission est certes un espace de liberté totale. Vous êtes cependant responsable du choix de vos "humoristes", et de ce qu'ils disent… Lorsque vous pouvez être indirectement concerné!
Je ne reviendrai pas sur le pire d'entre eux, Didier Porte, dont certains excès auraient depuis longtemps dû vous amener à vous en séparer ! (Je pense à l'odieuse moquerie sur Guy Moquet, en particulier, IMPARDONNABLE...)
Mais, après tout, c'est un Coco aux accents Staliniens dans une émission où l'humour tourne à 90 % à tourner en dérision souvent facile et minable, Sarkozy, son gouvernement, La droite en général, le tout parfois teinté de "morale" (!?). »

Gérard

« Mais quel gros tas de merde ce Porte ! Heureusement qu'il trouve un service public et des contribuables pour subvenir à ses besoins (scatologiques). Heureusement que l'on finance ses pseudo- spectacles qui ont du mal à rassembler 150 paumés.
C'est quand que l'humour avec un grand H revient à l'antenne!
Vous qui aimez la transparence, on peut savoir combien les contribuables payent pour supporter Porte ? »

Chantal

« Fidèle auditeur de france inter et du *fou du roi*, émission bien animée par Stéphane Bern (bravo), je ne supporte plus la chronique de Didier Porte que je trouve archi nulle. Cet individu n'a aucun respect et est méchant de surcroit avec les invités. Il n'a aucun talent il se croit génial mais il ne fait rire que lui, et provoque quelques rires forcés du public et de Stéphane (cà se sent). Alors quand Stephane va-t-il le sortir de son emission ? A part ça continuez. »

René

« J'écoute cette émission depuis son début où c'était un plaisir parce que fort intéressante ! Mais de jours en jours, elle s'est dégradé et Monsieur Bern, que je croyais au-dessus du lot de tous les rigolos que l'on peut entendre à la radio me déçoit de plus en plus !!! Il se complait à ricaner "bêtement" aux critiques permanentes du gouvernement et de son président ! Si c'est la seule façon de faire une émission, c'est lamentable !!!!! idem pour dénoncer la misère du monde !!! Ce cher Monsieur, combien de sans-logis loge-t-il chez lui ainsi que son compère Didier Porte !!! Moi aussi, je peux défiler etc… pour avoir bonne conscience et ensuite NE RIEN FAIRE !!! Il y a pourtant tant de choses intéressantes à passer à la radio ! »

Marie

« Monsieur Bern,
Je ne peux plus supporter le venin et la haine du critique Didier Porte ! Ce pisse la Haine gaucho est vraiment insupportable. C'est radio gaucho on le sait mais là çà devient limite. Et vous celà semble vous amuser ? Ce connard de Didier Porte vous est il imposer par la direction ? Il est quoi et qui ce mec, un acteur raté, un journaliste raté, un rien raté, le néant avec une langue de pute ? C'est si facile comme ces critiques de cinema, de théatre,

littéraires, ou de restaurant qui ne sont en fait que des ratés et qui par votre faute ou avec votre aide deviennent des faux, des doublures, des minables audibles avec l'argent du service public sur une radio. Honte a France inter et MERDE a ce Con de Didier Porte ! Au chiotte les gauchos de sa race ! Vive Sarkosy ! »

Léo

« L'émission devient exaspérante car il ne s'écoule pas 5 minutes sans une vanne sur Sarkozy. Particulièrement la chronique de Didier Porte. Je rêve qu'il se trouve un jour en face du président pour se faire "moucher" comme Joffrin il y a 2 jours. D'ailleurs en janvier 2007, face à Arthur, Dider Porte était nettement moins faraud. »

Marc

« Mais quel gros naze ce D. Porte ! Vous ne pourriez pas changer de rengaine avec ce pseudo humoriste en mal de spectateurs ?
Moi, ce qui me fait hurler de rire, c'est ces gaucho-humoristes style tête de crapaud (Porte) qui déblatèrent sur le soi-disant contrôle des médias et éructent au micro du service public leur fiel frustré de pseudo pamphlétaire des bac à sable à l'encontre des gens qui les font becter !!! Sorti Fou du roi, qui connait Porte ? »

Jacek

« Didier Porte se permet, sous couvert d'humour et sans droit de réponse des intéressés, de tourner en dérision, voire de salir des personnes bien plus honorables que lui. Il affiche ses opinions politiques sans le moindre respect pour ceux qui ne les partagent pas. Si cet odieux personnage ne maniait aussi bien la langue française on éteindrait volontiers la radio… »

Michel

ALBERT AU 7e CIEL
Albert de Monaco, lundi 21 novembre 2005

Mes contacts au ministère de l'Intérieur sont catégoriques : samedi matin, entre 9 h 50 et 13 heures, aucune voiture n'a brûlé en banlieue ; une banlieue qui n'avait jamais été aussi calme depuis des semaines.

Normal : tous les jeunes des cités étaient rivés à leur poste pour suivre en direct le sacre de Son Altesse Sérénissime, le prince Albert II de Monaco. Un événement suffisamment considérable pour être couvert par les deux plus grandes chaînes de télévision françaises, TF1 et France 2, lesquelles se sont sauvagement tirées la bourre sur ce coup-là. Elles étaient en concurrence frontale, genre : Airbus contre Boeing.

Je ne sais pas pourquoi cette comparaison me vient à l'esprit à propos du prince Albert.

Pour commenter la messe pontificale, la Une avait envoyé en première ligne l'amusant Jean-Claude Narcy, extrait spécialement pour la circonstance du placard où la chaîne l'a mis à sécher depuis trois ou quatre ans ; le délicat Charles Villeneuve, ancien colonel de gendarmerie affecté aux renseignements militaires et, à ce titre, suffisamment costaud pour supporter l'odeur de naphtaline de Narcy. Et enfin la sensuelle Carole Rousseau, envoyée au charbon juste pour énerver Stéphane, (la plupart du temps le Stéphane dont je parle est Stéphane Bern), vu qu'elle s'y connaît à peu près autant en têtes couronnées que Depardieu en marques d'eaux minérales.

Du côté de France 2, la *dream team* était la suivante : Stéphane, bien sûr ; dans le rôle de Carole Rousseau, Frédéric Mitterrand, ainsi que Philippe Harrouard dans celui de Jean-Claude Narcy vivant. Soit dit en passant, je m'étonne qu'on ait pu confier le commentaire d'un événement aussi majestueux à un olibrius pareil. Je parle de Frédéric Mitterrand. Qui a quand même publié cette année un livre de souvenirs dans lequel il avoue n'avoir fréquenté quasiment que des prostituées de toute sa vie. Le neveu de Mitterrand fut aussi un disciple de Félix Faure. D'après ses confidences, si on compte le nombre d'heures qu'il a passées dans les allées du bois de Boulogne, Frédéric Mitterrand devrait avoir droit à une retraite de garde forestier… Je pose la question : est-il convenable de confier le commentaire d'un sacre princier à un individu à la moralité aussi perfectible ?

Ça me fait le même effet que si Dominique Ambiel avait été désigné comme témoin au mariage de Lorie. Comme on pouvait le redouter, d'ailleurs, M. Mitterrand s'est permis quelques plaisanteries d'un goût plus que douteux. Celle-ci, par exemple : « C'est rudement bien le service public. Avant, on avait droit à la messe le dimanche, maintenant, on y a aussi droit le samedi ! » Ou encore celle-là : « Quels sont ces pleurs de bébé qu'on entend à cet instant ? Ne serait-ce pas un nouvel enfant caché du prince ?… » C'est malin. J'ai bien entendu à votre silence réprobateur, Stéphane, que vous goûtiez modérément les saillies de votre partenaire. Vous aviez raison. Moi-même, j'ai vu le moment où il allait déraper en balançant une vanne du style : « Attention, le prince va monter sur le trône, pourvu qu'il y ait encore du papier ! »

En tout cas, c'était bien intéressant, cette cérémonie. Surtout pour moi qui n'étais pas retourné à la messe depuis une petite trentaine d'années. J'ai bien aimé la dégaine du gars qui l'a célébrée. Je crois que c'était l'évêque de Monaco, un certain Mgr Darcy. Plutôt jovial, le lascar. La joue rose et rebondie, le regard pétillant et la truffe humide. Et surtout un tour de taille plus que confortable. On sent le type qui a bien compris que la notion de carême devait être appréhendée dans sa dimension métaphorique. À mon avis, il ne doit pas trop se faire prier pour aller confesser Alain Ducasse à domicile, ce sympathique Mgr Darcy. « Monseigneur ! monseigneur, y'a votre missel qu'est tombé de votre poche… Oh ! comme c'est curieux, il est tout rouge avec un bibendum sur la couverture ! »

Bref, tout ça pour dire que l'évêque de Monaco m'a tout l'air d'être un bon vivant et, ma foi, il a bien raison. Après tout, on peut éprouver de la compassion pour les victimes de la faim dans le monde sans pour autant verser dans le mimétisme. Vous auriez vu la taille de l'hostie qu'il a brandie au moment de la communion, il ne manquait pas grand-chose, juste un peu de crème fraîche et des lardons, pour en faire une *flammeküche*!

Bon vivant et surtout bonne pomme, l'évêque. Par exemple, pendant le déroulement de la messe, il y a un autre curé, du genre sournois, qui s'est glissé dans son dos et qui lui a chouravé la calotte dorée qu'il avait sur la tête; eh bien Mgr Darcy ne s'est même pas retourné pour lui coller un taquet et récupérer son couvre-chef… C'est vraiment un bon gars… Parce que franchement, ça doit pas être très agréable de se faire décalotter comme ça, devant tout le monde, en pleine messe pontificale.

Pour la circonstance, le prince Albert était vêtu de son uniforme de colonel de la gendarmerie monégasque, uniforme que je le soupçonne d'avoir dessiné lui-même tant il ressemble à celui de chef de cabine à la Lufthansa… À sa droite était assise la princesse Caroline, très émue, accompagnée de son époux le prince Ernest-August, qui a toujours aussi bonne mine. D'où cette réflexion d'une fidèle, assise au fond de la cathédrale : « Mon Dieu, Robert, qu'est-ce que c'est que cette tâche rouge vif, là-bas, à côté de Caroline ?

— Ne t'inquiète pas, ma chérie, c'est juste le visage d'Ernest-August !

— Tu es sûr ? Regarde, la tâche rouge clignote maintenant !

— C'est normal, ma chérie ; il est midi moins le quart, c'est bientôt l'heure de l'apéro. »

Disons-le tout net, Ernest-August avait l'air de s'emmerder velu. Le seul moment où il s'est légèrement animé, c'est quand l'évêque a brandi le calice en disant : « Buvez, ceci est mon sang ! » L'héritier des Hanovre lui a lancé un regard torve et on a bien vu que ça ne lui aurait pas déplu de lui mettre un bon coup de genou dans le bas-ventre suivi d'un bon coup de boule dans les ratiches, à l'évêque, histoire de lui apprendre à trinquer en juif ! Et finalement, le mari de Caroline s'est rendormi sans avoir frappé personne.

Pas de messe de sacre réussie sans une bonne animation musicale. Les organisateurs avaient donc convié une cinquantaine de jeunes choristes pour faire le bœuf entre deux homélies. Moyennant quoi, Frédéric Mitterrand n'a pas pu s'empêcher de s'exclamer : « Oh, comme j'aimerais bien être un de ces petits jeunes gens qui chantent ! Au fait, il est où, Gérard Jugnot ? »

Commentaire de Stéphane, excédé : « Taisez-vous donc, vous nous privez du *Sanctus.* » Le *Sanctus,* c'était le machin en latin que chantait la bande de nains… Avouez, Stéphane, qu'il vous a énervé, le neveu, avec ses vannes à deux balles ?… En plein *Sanctus,* en plus, faut pas déconner !

Concernant la composition de la chorale, il n'aura échappé à personne que le petit Togolo-Monégasque Alexandre n'était pas parmi ses frères et sœurs, ce qui est somme toute compréhensible ; il est un peu jeune pour chanter en latin…

Parlons-en, du latin. Une fois de plus, Stéphane a épaté la galerie en annonçant à la cantonade le nom de la prière qui allait suivre : le *« Domine, salvum fac Principem nostrum Albertum »*, ce qui a scié tout le monde. Frédo Mitterrand le premier… c'est pas Carole Rousseau qui risquait de balancer une info pareille.

En plus, on sentait bien que vous l'avez à la bonne, le Bébert de Monac'. D'ailleurs vous avez insisté sur son honnêteté et sa rigueur morale… en rappelant aussi que les rumeurs qui font de Monaco une lessiveuse à narcodollars sont d'autant plus infondées que la principauté se trouve sous la tutelle financière de la Banque de France. Conclusion : il n'y a pas de mafieux à Monte-Carlo, ou alors ils sont là en vacances. C'est l'évidence même. On sait bien que la principauté n'accorde le statut de résident qu'à des gens totalement honnêtes. La preuve : ils sont tous milliardaires !

Mais revenons à notre messe. Le moment le plus fort, ce fut lorsque le nonce apostolique, Fortunato Baldelli, prit la parole au nom du souverain pontife pour dire à peu près ceci au jeune prince : « *Figlio mio, lé Saint Père, qui t'aime beaucoup, té souhaite oune règne très long et… fructueux au service de tous les Monégasques… Tou as entendou ?… Tous les Monégasques… y compris quelli qué anno un'piccolo accento siciliano. Capito ? Va mon fils, jé té souhaite beaucoup dé prospérité pour toi et ta famiglia…*

Ciao, ciao! » Un discours totalement rassurant pour ceux qui croiraient encore à d'hypothétiques infiltrations mafieuses sur le Rocher…

Une fois la messe terminée, on est passé à la parade militaire. La totalité des forces armées monégasques a défilé devant le prince, soit une bonne centaine de gendarmes, magnifiquement mis en valeur par leurs uniformes chamarrés, surmontés d'un somptueux casque à plumes. À ce propos, si vous vous rendez dans la principauté pour la première fois et que vous vous faites arrêter à un carrefour par un guerrier huron en tenue de cérémonie, inutile d'appeler la cavalerie au secours : ce n'est pas un Peau-Rouge qui en veut à votre scalp, juste un flic monégasque qui n'a pas eu le temps de se changer. Donc magnifique parade militaire, accompagnée, comme il se doit, de l'hymne national de la principauté, dont le rythme sautillant et enjoué n'est pas sans évoquer *Tata Yoyo*.

Et tenez-vous bien : c'est Robert Hossein en personne qui dirigeait la manœuvre dans les haut-parleurs pendant toute la cérémonie. Le malheureux gueulait dans son micro comme un âne en train de découvrir la vraie nature de Brigitte Bardot. C'était horrible, on se serait cru en finale de la *Star Ac*. Il est probable qu'il n'avait pas de retour image et ne savait donc pas qu'il était en train de faire défiler une petite centaine de Playmobil en tenue de combat, avec trois mobylettes en tête de cortège et deux aspirateurs à parcmètres pour fermer la marche. À la fin, il était tellement ému, Robert, qu'il a proposé au public de voter pour savoir si Albert devait être guillotiné à la fin du spectacle. Eh oui, c'est qu'il est plus tout jeune, non plus…

Au fait, j'allais oublier. Pendant la messe du sacre, j'ai noté que le représentant du gouvernement français, le ministre de la Justice, Pascal Clément, est allé communier ostensiblement, histoire de montrer en quelle estime il tient l'institution républicaine qu'il est censé représenter et dont la laïcité est l'un des piliers. C'est extrêmement rassurant de constater que le Garde des Sceaux est un être de compassion, surtout depuis ce jugement rendu la semaine dernière : une gamine de 18 ans, sans aucun antécédent judiciaire, a été condamnée à quatre mois de prison ferme pour une fausse alerte à la bombe à l'aéroport de Lyon.

Elle voulait retarder le retour de sa mère au domicile familial pour ne pas se faire gauler avec son petit ami. Quatre mois ferme elle a pris pour ça.

J'aurais tendance à trouver ça assez déprimant. Par bonheur, quand je pense que M. Balkany a été, quant à lui, purement et simplement relaxé dans l'affaire de l'Office HLM des Hauts-de-Seine, ça me remonte le moral.

Allez, salut, et n'oubliez pas de rester vous-même et d'aimer les gens !

ARDISSON DU CANON

Thierry Ardisson, mardi 20 septembre 2005

Jésus Marie Joseph, qui est donc ce délicieux petit choriste en couverture de votre bouquin, Thierry ?... Avec son col en V et sa médaille de la Sainte Vierge, il est mignon comme tout. On dirait Marc-Olivier Fogiel, l'an dernier. Je savais que le compliment vous irait droit au cœur. En tout cas bravo ! C'est super-vendeur comme couverture. C'est votre copain l'abbé de la Morandais qui a choisi la photo ? À l'épiscopat, ils vont se les arracher vos confessions.

Avec une photo pareille, à tous les coups vous allez décrocher la double-page centrale de « l'Enfant de chœur libéré » ! Il paraît qu'en la voyant, Mgr XXIII était tellement ému que plus personne n'a mis en doute le bien-fondé de son patronyme... C'est le problème de la soutane : en cas d'émotion forte, l'effet chapiteau peut devenir gênant.

Non, vraiment, très joli produit. Je reconnais là votre sens du business. Beaucoup de gens s'imaginent que

Thierry Ardisson est un animateur de télévision. Erreur. C'est un publicitaire. Un très bon.

C'est un publicitaire qui n'a qu'un seul annonceur : lui-même. Tout ça pour dire qu'elles avaient toutes les qualités pour faire un carton, vos *Confessions d'un baby-boomer*. Malheureusement... Vous n'êtes pas au courant ?... Tu ne lui as rien dit, Guy ?... Marc-O. sort le sien demain chez Michel Lafon... Ça s'appelle *Les Confessions d'un bébé bonheur*. C'est votre copain Jean-Luc Lahaye qui lui a refilé le titre... Marco aussi a mis en couverture une photo de lui en enfant de chœur. Sauf que c'est une photo qui a été prise dans la sacristie, après la messe. Et là, c'est plus l'épiscopat, c'est tout le Vatican qu'est au taquet ! Il y fait des révélations incroyables. Personne ne le savait, mais Marc-O. a connu l'enfer de la drogue. À une époque de sa vie, il en était à six Guronzan par jour, vous imaginez ? C'est un autre junkie qui l'avait initié, Michel Denisot. Et pourtant, il a réussi à s'en sortir tout seul, à la force du poignet... C'est pareil pour sa vie amoureuse. Il s'en est sorti tout seul, à la force du poignet... Désolé de vous emmerder avec Fogiel, Thierry, mais il faut me comprendre. Quand on reçoit un provocateur de votre calibre dans une émission comme *Le Fou du roi,* la première chose qu'on a envie de faire, c'est de l'énerver, d'essayer de le faire sortir de ses gonds. Donc on pense à Fogiel, bien sûr, que vous accusez régulièrement de vous piquer vos idées.

Dans votre livre, vous déclarez : « En marketing, la stratégie de l'imitation, on connaît. Fogiel et moi, c'est Pepsi contre Coca ! » Excellent parallèle. Je ne vous cache pas qu'il m'arrive très souvent de vous trouver tous les deux aussi imbuvables l'un que l'autre ! Et quand on cherche à vous énerver, bien sûr, on tombe sur le plagiat dont vous vous êtes rendu coupable en écrivant *Pondichéry*, et que vous avez eu l'honnêteté intellectuelle d'avouer clairement, ce qui n'est pas si répandu que ça dans la profession. Ces six pages recopiées au mot près vous ont collé la honte au point de vous empêcher d'écrire depuis quinze ans, d'où mon irrépressible envie de vous soumettre la devinette suivante : quelle est la différence entre un schadock, Clara Morgane et Thierry Ardisson ? Aucune, tous les trois ont fait carrière en pompant ! En principe, c'est une vanne que je réserve à Jacques Attali à chacune de ses visites, mais je constate avec bonheur qu'elle marche aussi très bien avec vous… D'un autre côté, il me faut bien vous avouer que je suis très client de vos émissions. En tout cas de *Tout le monde en parle*. Pour ce qui est de *On a tout essayé*, je suis plus mesuré dans mon enthousiasme. J'ai beau avoir la nostalgie de la IVe République et de l'action du président Coty, il y a des limites. Ce que je préfère dans *On a tout essayé*, c'est son générique puissamment rock and roll : à tout moment, tu t'attends à voir surgir Tatayet et la moustache de Jacques Legras déguisé en contractuelle. Par contre en regardant *Tout le monde en parle* samedi soir dernier, je me suis régalé d'assister au bizutage en bonne et due forme de l'ancien numéro trois de TF1, Xavier Couture, par une actrice facétieuse qui lui a impitoyablement épilé les conduits auditifs, à la pince et sans anesthésie, pendant qu'il nous expliquait que nous, téléspectateurs, sommes des crétins pervers et voyeurs et que c'est à cause de nous que, depuis vingt ans, lui et ses amis sont obligés de gagner des milliards en produisant des programmes de merde que nous avons l'impudeur de regarder. J'adore ce discours. C'est comme le junkie qui va acheter sa dose et qui se fait engueuler par son dealer sur le thème : « Tu vois ce que tu me forces à faire, sale drogué ? À cause de toi, je suis un salopard de dealer – pose la tune sur la table, merci –, t'as pas honte ? Allez casse-toi ! »

Vous devez quand même savoir, chers auditeurs estomaqués, que le Xavier Couture en question vient de publier un bouquin dénonçant « la dictature de l'émotion à la télé », alors qu'il est actuellement employé par la société Endemol et qu'il a passé dix ou quinze ans à TF1 ! Génial, non ? Le type est invité partout, comme si de rien n'était. C'est un peu comme si Émile Louis se présentait à la présidence d'Enfance et partage et que tout le monde trouvait ça normal… ben quoi ? Il est légitime pour le poste, Émile. Qu'est-ce qu'il fait, depuis cinquante ans ? Il prend des enfants et il les partage !

Bref, Thierry Ardisson, j'ai bien aimé l'émission de samedi soir, sauf le début. L'interview de Nicole Coste, hôtesse de l'air et génitrice du fils naturel du prince Albert, on s'en serait passé. Si encore vous aviez diffusé des images de la conception, j'aurais compris, j'y aurais vu un intérêt documentaire, tant il est vrai que c'est sacrément exigu, un chiotte de Boeing. D'où l'avantage d'avoir une formation au bobsleigh, tu maîtrises les techniques d'emboîtement.

Au fait, je voulais vous prévenir. Votre ami Thierry Meyssan s'apprête à venir vous voir pour vous proposer un scoop énorme : des images montrant le prince Albert en train de mettre le feu à un immeuble vétuste à Paris, avec l'argument suivant : « Faut le comprendre, Albert, il peut pas tous les reconnaître non plus… » Réfléchissez bien avant de le mettre à l'antenne, ça n'a pas l'air très fiable, comme info… Je sais que c'est douteux comme qualité d'humour, mais c'est fait exprès. C'est rapport à ce qui va suivre. Je pense sincèrement, Thierry Ardisson, que vous êtes le meilleur intervieweur généraliste, on va dire, de la télévision française. Vous êtes de très loin le plus cultivé et le plus culotté des animateurs sur le marché. Je n'oublie pas que c'est à vous que l'on doit la diffusion, il y a une dizaine d'années, du documentaire de Pierre Carles sur l'interview bidonnée de Castro par PPDA. Cette autorité que vous avez dans le métier rend d'autant moins excusable ce que vous avez fait dans votre avant-dernière émission. Vous y receviez Fatou, cette jeune et jolie Africaine de 20 ans qui a perdu sa petite fille et sept frères et sœurs dans un des récents incendies d'immeubles vétustes à Paris. Pendant toute l'interview, vous aviez les yeux remplis de larmes et vous avez même esquissé plusieurs débuts de sanglots.

Ces larmes, vous avez choisi délibérément de les faire briller sous les projecteurs en les conservant au montage, alors que vous savez parfaitement que, sur un plateau, il ne peut jamais y avoir de larmes de compassion, mais uniquement des larmes de télévision. On n'a pas le droit d'exhiber ses larmes à une jeune fille qui a épuisé les siennes à force de pleurer sur un tas de cendre.

Ou alors, on s'expose à en ressentir le goût amer dans la bouche pour longtemps, pour peu qu'on ait une conscience. Il y a des moments, à la télé, où il faut savoir dire : « Arrête le magnéto, Serge. »

ARTHUR, L'ALLER
Arthur, jeudi 18 janvier 2007

Avant même que je commence à lire ce papier au micro en présence de l'intéressé, entre Arthur et moi c'est déjà une longue histoire. Depuis plusieurs mois, il fait partie de mes têtes de turc préférées, notamment en raison du jeu infâme (celui des boîtes) qu'il présente sur TF1 et de sa tentative de se faire passer pour un artiste à coups de matraquage promotionnel à la télé et de bourrage de salles intensif.

Quelques jours avant ce papier, nous sommes passés dans la même salle, le Centre culturel Jean-Moulin, à Limoges. En semaine, j'ai réalisé 500 entrées payantes, et Arthur, un samedi soir, a « fait » 600 entrées, dont la moitié d'invités. Prévenu de mon hostilité (purement critique, je vous rassure!) par son ami Dany Boon, invité chez nous quelques semaines auparavant, Arthur m'appelle sur mon portable et me laisse un message plutôt sympa, sur le thème : « On ne se connaît pas, je dois venir au Fou du roi *bientôt, j'aimerais vous inviter à mon spectacle comme ça vous pourrez parler en connaissance de cause, etc. » Je l'appelle à mon tour, tombe sur son répondeur, et lui dis en substance : « Je n'ai personnellement rien contre vous, mais je trouve ce que vous faites à la télé tout à fait détestable. Quant à aller voir votre spectacle, ce n'est pas mon propos, je ne suis pas critique de théâtre mais, en l'occurrence, chroniqueur télé. De toute façon, vu la promo dont vous bénéficiez depuis des mois, j'ai vu suffisamment d'extraits à la télé pour me faire une opinion… Bref, vous m'avez l'air tout à fait sympathique, mais je compte bien vous dégommer quand même ! » Au passage, je lui rappelle que je l'ai croisé à ses tout débuts (et aux miens), dans une radio locale de l'Essonne où je faisais des chroniques, et lui l'horoscope !… Le lendemain, nouveau message d'Arthur sur ma boîte vocale, mais cette fois le ton a changé. Il me traite de looser aigri : « Quand on voit nos parcours respectifs, je comprends que vous me détestiez », et laisse libre cours à son arrogance et à son autosatisfaction, sur un ton limite insultant. Lorsque nous nous croisons dans le studio 106, le jour J, je vois bien qu'il est extrêmement tendu…*

Avant que je commence mon papier, rassurez-moi, Arthur : vous n'avez pas racheté la Maison de la Radio ? C'est sûr, hein ? Non, parce que moi, c'est mon seul boulot. Je sais qu'il existe plein de moyens de gagner sa vie, en ouvrant des boîtes sur TF1 par exemple, mais quand même, si je pouvais garder celui-là. Donc, c'est sûr, hein ? Ok, dans ce cas je me lâche : Fumier ! Salopard ! Affameur ! Spoliateur d'ouvriers ! Suceur de plus-value ! Alors finalement tu es venu ? Ça t'a pas fait trop loin, de Gstaad ? Allez, viens te battre ! Tu cherches tes gardes du corps ? Laisse tomber, on s'en est occupé : au moment où je te parle, ils ont tous leur carte à la CGT ! Allez, viens te battre si t'es un homme ! Je te préviens, j'aime pas les riches ! Et je ne serais pas étonné outre mesure que tu sois assujetti à l'ISF comme François Hollande et Ségolène Royal, enfoiré ! Ça te plaît, hein, de venir narguer les prolétaires, humilier les gueux ? C'est vrai, quand je pense à ce que gagne Stéphane par rapport à toi, ça me rend malade ! Et le public du studio 106, tu y as pensé ? Regarde-les, ces malheureux… C'est à cause de gens comme toi qu'ils sont dans cet état : malingres, épuisés, ravagés par le scorbut et la tuberculose. Regarde leurs yeux brillants de fièvre, leurs visages émaciés. Tu sais pourquoi ils viennent nous écouter tous les jours ? Parce que ça leur permet de sauter le déjeuner tout en oubliant leurs crampes d'estomac ! Les pauvres… quand je pense qu'ils sont obligés de se partager un sonotone pour dix. Ah, j'en vois un au deuxième rang qui est en train de me faire un très joli doigt d'honneur. Comme quoi, l'arthrose, ça se surmonte quand on est motivé. Une fois l'émission terminée, le ventre vide, mais le cœur rempli de tout l'amour qu'on leur a donné – surtout moi –, ils rentrent dans leur tente, au bord du canal Saint-Martin… À ce propos, je dois vous faire une confidence… Quand j'ai vu les images de l'alignement de tentes au bord du canal Saint-Martin, avec toutes les caméras partout, au début j'ai cru que vous étiez en train de tourner le pilote d'un nouveau jeu, Arthur. Un machin du genre : tu dois ouvrir une tente, s'il y a un S.D.F qui dort à l'intérieur, t'as perdu et tu dois le ramener chez toi ; si c'est une vedette du show-biz qui fait semblant, t'as gagné, et elle te fait la bise ! Espèce d'escroc !...

On te tient, maintenant ! Rends le pognon ! Accapareur ! Social-traître ! Défiscalisé ! Cosmopolite ! houps, pardon, je dérape... une seconde... « Sébastien ? T'es malade ou quoi ? Ne me fais pas dire des choses pareilles, enfin, c'est plus que limite ! T'es gentil, mais... » Excusez-moi, j'ai Cauet dans mon oreillette. On lui a demandé de venir aujourd'hui pour nous donner un petit coup de pouce pendant les papiers, il est en régie, là.... « Oui ? Non, Seb, non ! Non, non, non, il n'est pas question que je lui fasse enfiler le doigt dans ton machin, si tu crois que je n'ai pas vu que tu l'avais branché sur le secteur ! Allez, t'inquiète pas... Oui, oui, on va le... dans d'atroces souffrances, c'est promis... Hein ? Les oreilles et la queue ? dans une boîte ?... Non, non !... On ne fait pas ça, ici, calme-toi... »

Dites donc, Cauet, il vous aime bien ! Qu'est-ce que vous devez vous ressembler pour vous détester autant !

Bon, allez, je peux bien vous l'avouer, Stéphane. Si je suis autant braqué contre Arthur, c'est parce que je suis jaloux... Je sais, ce n'est pas un joli sentiment, mais bon... Vous vous rendez compte, on a commencé dans la même petite radio locale de banlieue, Radio-Massy-Pal, en

Essonne. Une station montée par le PS local, soit dit en passant. Eh oui, c'est grâce aux socialistes qu'on vous a, mon cher Arthur… Merci camarades ! Ils ont toujours eu le chic, au PS, pour repérer les militants prometteurs… Donc, on a commencé ensemble, avec Arthur, et quand je vois ce qu'il est devenu, lui, et là où j'en suis, moi. J'ai les boules, c'est normal… Vous avez vu sa femme ? Vous verriez la mienne, elle est toute pourrie… D'abord, elle est brune, puis alors une vraie… Vous avez déjà vu Guy Marchand torse nu ? Elle est énorme – je sais pas, elle doit faire au moins 55 kg pour 1,70 m, vous imaginez le bestiau ! – et surtout elle est totalement infoutue de manger un yaourt de manière un peu sensuelle… L'autre soir, on regardait la pub avec Estelle à la télé, et je lui ai salement mis la honte : « Prends-en donc de la graine, que je lui ai dit. Quand je regarde Estelle déguster son yaourt avec son élégance naturelle, la première pensée qui me vient à l'esprit c'est que le yaourt, c'est bon. Alors que quand c'est toi qui le manges, la pensée qui me vient à l'esprit, c'est que le yaourt, c'est surtout bon pour le transit intestinal, grosse vache ! » Non, et puis il n'y a pas que sa femme, il y a le reste aussi…

Quand je vois les vacances qu'il passe, à Saint-Trop, ça me fait trop rêver… Ah, le pied que ça doit être de pouvoir jouer à la pétanque, place des Lices, avec Patrice Laffont et Stéphane Collaro !

Ensuite, tu vas prendre l'apéro et refaire le monde avec Régine et Christine Bravo, et quand tu te lèves pour déjeuner, vers 17 heures, hop, direction la plage – *La Voile rouge* bien sûr – incontournable pour sa convivialité bon enfant et ses putes biélorusses bourrées comme des cosaques qui se font lutiner par des exilés fiscaux gras du bide. Le soir, naturellement, on se retrouve entre *people* au *VIP,* tout le monde est là : Jean Roch, Tony Gomez, Daniel Ducruet ! Massimo Gargia, Aziz du Loft… mais lui, il est à l'entrée…

Ah non, ça fait trop rêver ! Comment ne pas être jaloux ?… Quand je vois ce que j'ai écrit sur vous ces dernières années, je ne suis pas fier.

Par exemple, en 2002, j'avais écrit : « L'animateur Arthur vient de donner une interview à *VSD* à qui il a fait la confidence suivante : " J'ai longtemps été complexé par la culture. Dans les dîners, sur certains sujets, je suis complètement largué. Ça me rend fou, et le lendemain j'achète un bouquin pour comprendre. " » Hé vieux, ça ne suffit pas de l'acheter, il faut aussi le lire, le bouquin ! Qu'il est couillon, celui-là !… C'est typiquement le genre de vanne qu'on peut attendre de la part d'un mec jaloux. Pour vous dire à quel point je le suis, quand on me demande si je vous connais, comme on a tous les deux habité à Massy, j'ai coutume de répondre : « Ha oui, je le connais bien Arthur, on est allés au lycée ensemble, mais lui il est pas entré ! » C'est lamentable, je sais… Qu'est-ce que j'ai retrouvé d'autre ?… Ah oui, c'était à propos de la toute petite campagne de promotion télé dont vous avez bénéficié pour votre spectacle l'an dernier, je me cite à nouveau, si vous permettez : « À part *Le Jour du Seigneur,*

Des chiffres et des lettres et *Les Jeux de 20 heures*, il les aura toutes faites, Arthur. Et encore, c'est juste parce que *Les Jeux de 20 heures* n'existent plus depuis vingt ans, et que la production des *Chiffres et des lettres* a refusé de céder à ses exigences, à savoir supprimer les lettres et lui laisser l'usage de sa calculette pendant le jeu. Il s'est carrément engueulé avec les producteurs du *Jour du Seigneur,* à qui il voulait imposer l'innovation suivante : organiser une quête par téléphone grâce aux appels surtaxés, avec des questions du genre : « Combien étaient les douze apôtres ? », ou encore : « Comment s'appelait la femme de Joseph ? La Vierge Marie ? Mireille Mathieu ? ou… »

Ah, la jalousie, ça fait des ravages. D'ailleurs, vous en êtes conscient, mon cher Arthur. Quand je dis « mon cher Arthur », ce n'est pas affectif, c'est patrimonial ! Je vous ai vu récemment sur le plateau de Pascale Clark, sur Canal +. Alors qu'un de ses chroniqueurs vous asticotait sur vos revenus de chef d'État africain, vous avez prononcé cette phrase admirable : « Oui, j'ai de l'argent, j'ai beaucoup d'argent, et je suis sûr que vous tous dans ce studio rêveriez d'en avoir autant. » En entendant ça, on hésite entre deux sentiments contradictoires : l'indignation face à autant d'arrogance et l'attendrissement devant une telle candeur. Car j'en suis convaincu, vous êtes sincèrement persuadé que tout le monde rêve d'être à votre place. Eh bien, figurez-vous que non… Tout le monde ne rêve pas de devenir milliardaire en faisant des émissions où l'on fait pleurer des smicards télégéniques, en leur agitant des liasses de biffetons sous le nez – en plus, c'est pratique, ils chialent quand ils perdent mais aussi quand ils gagnent, ces cons de pauvres ! Tout le monde ne rêve pas de passer ses vacances à se faire griller la peau du cul sur le pont d'un gros yacht vulgaire, en lisant le dernier Paulo Coelho ! Et heureusement, d'ailleurs. Parce que si tout le monde rêvait de ça, sur Terre, il n'y aurait pas de chercheurs, d'ingénieurs, de professeurs, d'artisans, et surtout il n'y aurait pas d'artistes. Comme je sais que vous aspirez à en devenir un, Arthur, permettez-moi un conseil : devenez pauvre ! Pour ça, j'ai un moyen imparable : venez faire vos classes d'humoriste au *Fou du roi* ! On est prêt à vous accueillir. Mais il faudra que vous vous montriez un peu plus respectueux de la hiérarchie, dans la maison. Quand vous êtes arrivé, tout à l'heure, et que vous avez tendu les clés de votre Ferrari au président Cluzel en lui disant : « Tu peux faire le tour du pâté de maisons avec, mais après tu la rentres au garage, hein coco ? », c'était un peu limite… Et si vous nous rejoignez, Arthur, pour peu que vous ayez vraiment du talent, vous aurez l'occasion de découvrir à quel point il est agréable d'être salué par des applaudissements spontanés et non rémunérés !

À peine mon papier terminé, Arthur m'interpelle en ces termes : « Puisque vous me parlez de mon argent, dites-nous combien vous êtes payé par France Inter pour votre chronique quotidienne ? »

Pris par surprise, je bredouille le montant brut de mon cachet, et au terme d'un calcul éclair intégrant les droits d'auteur, Arthur annonce à l'antenne que je gagne 20 000 euros par mois sur le dos du service public ! Manifestement, il s'était préparé avec un coach avant de venir et avait même calculé ce que pourrait être mon salaire ! En réalité, je gagne moitié moins, mais grâce à son aplomb et à son habitude de l'antenne (bien supérieure à la mienne), il arrive à accréditer cette fable. Dans la foulée, il simule une « sainte colère » en expliquant que son argent, il ne l'a pas volé et que, jusqu'à nouvel ordre, il ne fait pas de trafic de drogue (pas si sûr !). Il fustige ma « jalousie », parce que lui « remplit les salles et que les miennes sont vides » (!), et conclut en annonçant qu'avec sa boîte de production, Endemol (dont il vient de revendre les actions pour une somme démente, genre 200 ou 300 millions d'euros), il a créé des milliers d'emplois ! À ce moment-là, j'ai un peu recouvré mes esprits, et je veux reprendre la parole afin de préciser que les « milliers d'emplois » créés par Endemol l'ont été grâce au pillage intensif de la Caisse des intermittents du spectacle. Arthur comprend qu'il va être pris en faute, et là, il choisit de m'empêcher de parler. Ce qu'il réussit à faire parfaitement. Et dire que c'est moi qui joue le rôle du « stalinien » dans l'émission ! J'ai abordé ce papier avec trop de candeur, je ne me suis pas préparé à sa contre-attaque ; résultat, je sors de l'échange laminé, même si je reçois dans la foulée près de 600 courriels d'auditeurs m'exprimant leur sympathie et leur solidarité. Autant vous dire que lorsqu'Arthur revient, quelques mois plus tard, je l'attends de pied ferme…

ARTHUR, LE RETOUR
Arthur, lundi 5 novembre 2007

Ah ! Comment il fait, Daniel Morin ? Enfin un peu d'action dans cette émission ! On commençait à s'encroûter, on manquait cruellement d'invités motivants, ces derniers temps. Vous vous rendez compte, ma dernière victime, ça a été Nana Mouskouri !

Qu'est-ce que je lui ai mis dans les lunettes, à maman, j'en ai fait de la moussaka ! Ça a été un pur massacre, un vrai carnage. Comme on dit par là-bas, je lui ai fait sa feta, à Nana ! Pour la sortir du studio, il a fallu faire plusieurs voyages. La première moitié avec le goudron et la seconde avec les plumes. En moins de dix minutes, j'ai réussi à lui faire avouer qu'elle était la mère cachée de Nikos Aliagas et qu'elle avait tenu à ce qu'il apprenne le français avec la méthode globale ! À la fin, je l'ai obligée à mettre une fausse barbe et une chemise à fleurs et à gueuler : « Atoll, les opticiens ! » aussi fort qu'Antoine quand il a forcé sur les champignons hallucinogènes ! Certes, c'était bon de faire du mal à cette pauvre femme, mais trop facile… Alors que vous, vous, vous êtes du gros gibier… Je suis sûr que dans le public il y en a qui sont venus exprès pour assister en direct à une bagarre de chiffonniers. Eh bien, ils vont être déçus. Car, voyez-vous, j'ai réfléchi et je regrette de vous avoir injustement agressé quand vous êtes venu nous voir au mois de janvier dernier. J'ai fait un retour sur moi-même et j'ai eu honte. Je me suis dit : « Didier, tu as cédé à l'aigreur et à la jalousie, comme tous les gens qui attaquent Arthur, et ce sont des sentiments qui ne te font pas honneur. Repens-toi. Et quand il reviendra, tu seras gentil avec lui. En revanche, avec cette salope de Nana Mouskouri, tu peux y aller à fond ! » Pardon, Nana, je blaguais ! Mes hommages, et embrassez Nikos de ma part…

Je vais vous dire, c'est eux tous, autour de la table, qui me poussent au crime. Stéphane en tête, qu'est-ce que vous croyez ? Au *Fou du roi,* c'est comme partout : c'est quand ça bastonne qu'on fait les plus belles audiences… Du coup, depuis une semaine, il multiplie les petites phrases allusives, du style : « Au fait, Didier, tu savais qu'Arthur, qui revient lundi, est très copain avec ton ami Sarkozy ? T'en penses quoi ? Tu vas lui en dire un mot ? » Il est malin, il sait trouver les formules pour me parler. J'ai également remarqué que depuis une semaine, chaque fois que je passe dans le bureau de la production, Stéphane est toujours en train d'écouter la même chanson, celle-ci :

Petites boîtes (Extrait de Graeme Allwright).

J'ai fini par m'énerver, je lui ai dit : « Stéphane, arrête ce manège. D'abord, Arthur a cessé d'animer le jeu des boîtes *À prendre ou à laisser* sur TF1, et je ne vois pas pourquoi j'en dirais du mal, vu que le public adorait ce jeu, et que le public a toujours raison. La preuve : *Secret Story* a fait un tabac cet été et Tatiana va sortir un disque, alors que Mozart est mort seul, accompagné à la fosse commune par un chien et des fantômes, que Rutebeuf avait faim et qu'il fallut quêter pour enterrer Béla Bartók. C'est bien la preuve que le public a toujours un goût exquis et que l'éducation, ça ne sert à rien. » Voilà ce que je lui ai dit à Stéphane. Ça l'a calmé…

Bref, parlons un peu de choses sérieuses, s'il vous plaît. Un événement considérable s'est déroulé sur France 2, hier après-midi ; je veux dire, outre la présence de Stéphane Bern, à l'antenne – il faut bien que je ménage sa susceptibilité –, figurez-vous que Michel Drucker recevait Dorothée et tous ses amis sur son plateau !

De la manière avec laquelle il a reçu son invitée et lancé le début de son émission, Michel m'a donné l'impression de le faire non pas d'un plateau de télévision, mais en direct du Panthéon. Il ne lui a pas dit : « Entre ici, Dorothée ! », mais ce n'était pas loin. Je me suis dit : « Ça y est, Drucker a remporté un tel succès en recevant un invité décédé, Joe Dassin, la semaine dernière, qu'il a décidé d'aller encore plus loin dans le concept : maintenant il les enterre en direct ! » C'était impressionnant de voir comment Drucker présentait l'événement. Au début, j'ai cru qu'il allait accueillir en même temps Khrouchtchev et Eisenhower ! Eh ben non, c'était juste Les Musclés et Pat Le Guen !

Dans la seconde partie, Claude Sérillon nous a expliqué, sans rire, que le *Club Dorothée* était ce qu'on avait vu de plus puissant à la télévision depuis Stellio Lorenzi et *Cinq colonnes à la Une*. Une des chroniqueuses a même pleuré sur le plateau, tellement l'émotion était forte de rencontrer son idole. Il faut dire que la malheureuse a fait ses classes chez Morandini, ce qui a dû quelque peu perturber son sens de la hiérarchie des valeurs. Quand tu viens de l'école Morandini et que tu vois apparaître Paul Wermus en vrai, ça te procure une émotion aussi forte que si John Lennon déboulait dans ton salon en chair et en os pour chanter *Imagine* rien que pour toi !

Michel Drucker a donc accueilli Dorothée en s'adressant à nous, téléspectateurs, en ces termes : « Je suppose que chez vous, vous êtes debout et que vous applaudissiez, vous aussi ! » Il pèche par optimisme notre Michel. Je ne suis pas certain que beaucoup de ses téléspectateurs soient en mesure de se mettre debout aussi vite devant leur poste, et surtout d'applaudir en même temps ! Ça les obligerait à lâcher leur déambulateur des deux mains, c'est casse-gueule ! Franchement, vous vous imaginez, debout dans votre séjour, en train d'applaudir Dorothée dans la télé ? Je lance un appel solennel à mes enfants : si vous me surprenez un jour dans une situation pareille, je vous autorise à demander l'euthanasie ! Juste après son invitée vedette, Drucker a fait venir le docteur Klein, un vétérinaire. Je ne suis pas persuadé que, à la place de Dorothée, j'aurais apprécié cette petite attention préventive… Ont défilé sur le canapé rouge Jacky, Corbier, Ariane et Les Musclés. Ils ont interprété un de leurs chefs-d'œuvre : *Bioman*. J'ai trouvé Framboisier plutôt en forme, en revanche Bernard Minet a un peu morflé, il ressemble de plus en plus à Régine, avec la coiffure de Khadafi ! Faudra lui expliquer que le Botox, c'est mieux si on se débarbouille pas avec… Est également venu faire un petit bonjour l'excellent Jean-Luc Azoulay, l'inventeur du contrat de travail à durée indéterminée. Tous les anciens escla… salariés d'AB Productions vous le diront : avec Azoulay, la durée de la journée de travail était indéterminée, ça pouvait aller de vingt et une à vingt-trois heures, mais rarement plus. Curieusement, dans ce défilé d'invités, je n'ai pas vu Bernard Kouchner. Pourtant, avec tout le temps libre dont il dispose en ce moment, je pensais qu'il aurait fait un saut, mais non. Chantal Goya est venue avec Jean-Jacques Debout, lequel était un petit peu bourré mais juste ce qu'il fallait. Il a tenu absolument à imiter Mouloudji, pour la plus grande joie des adolescents présents dans le public, mais il s'est très vite rendormi.

Chantal Goya a chanté accompagnée d'une trentaine d'enfants. Défiscalisés, bien sûr.

Elle les avait fait venir spécialement de Roumanie grâce à l'antenne locale de l'Arche de Zoé. C'était une bonne émission. Maintenant on va peut-être passer à la conclusion. Vous noterez, Arthur, qu'aujourd'hui je ne vous ai pas parlé d'argent…

Depuis que vous avez révélé sur cette antenne, en janvier dernier, que je gagnais 20 000 euros par mois avec ma chronique, je suis devenu prudent. C'est que ça a fait jaser dans la maison. Je dirai même plus : ça a donné des idées à certains. Eh oui, on est dans le service public, ici. On a le sens de la jurisprudence salariale. Vous vous souvenez de la grande grève qu'il y a eue, au printemps ? C'était vous ! Depuis, on est tous à 20 000 euros, même les femmes de ménage. Vous êtes devenu super populaire dans la maison. Dans le local de la CGT, ils ont carrément affiché un poster de vous ! Il se confirme, cher Arthur, que tout ce que vous touchez se transforme en or. Regardez le président Sarkozy. Ça fait à peine six mois qu'il vous fréquente et il est passé, lui aussi, de 7 000 à 20 000 euros par mois ! Sauf que lui, c'est pour de vrai. Quel talent !

Avant de vous céder la parole, j'ai juste une précision à apporter et je tiens à le faire, puisque vous m'avez empêché de m'exprimer lors de notre précédent échange. Avec un culot certain, pour ne pas dire un cynisme avéré, vous vous étiez vanté d'avoir créé des milliers d'emplois avec votre société Endemol France, que vous avez revendue depuis, tout en conservant un poste d'administrateur. Ce que tout le monde ne sait pas, c'est que pendant des années Endemol France, comme plein d'autres maisons de production privées du secteur audiovisuel, s'est enrichie en faisant payer la moitié du salaire de ses employés – n'ayant aucune fonction artistique : secrétaires, comptables, administratifs et même chauffeurs – par la Caisse des intermittents du spectacle. Ce qui a creusé le déficit de ladite caisse, et a bien failli détruire complètement le dispositif qui permet à des milliers d'artistes et de techniciens de ce pays de survivre, souvent péniblement. D'ailleurs le problème est toujours d'actualité. En clair, vous faites partie de ces chantres du libéralisme économique qui en apprécient d'autant plus les fruits que ces derniers sont copieusement arrosés de fonds publics. Et quand je dis ça, cher Arthur, ce n'est pas à une attaque personnelle que je me livre, même si vous aimeriez bien le faire croire. C'est un système que je dénonce ; un système qui produit toujours plus de pauvreté et d'inégalités, notamment chez les saltimbanques, auxquels vous prétendez appartenir aujourd'hui... J'ai terminé.

Cette fois, j'ai construit tout mon papier de manière qu'Arthur ne puisse pas jouer les victimes. Vers la fin, quand je reviens sur l'histoire des intermittents, il m'interrompt en brandissant le mot « diffamation », mais il comprend très vite que le public va le siffler s'il insiste, et il me laisse aller au bout de mon explication. La sienne, au terme de ma chronique, ne convaincra personne. Il quitte le studio miné, en refusant ostensiblement de me saluer. Manifestement, ce garçon ne supporte aucune critique, et il est fortement encouragé sur cette voie par la complaisance coupable et « quasi mafieuse » dont il bénéficie auprès de ses « collègues » animateurs-vedettes. Et surtout, il croit sincèrement que les critiques qu'on lui adresse sont motivées par la jalousie. Il ne peut pas imaginer une seconde que quelqu'un ne partage pas le modèle de réussite sociale qu'il incarne : bagnole du fils Khadafi sous le pied, bronzette estivale sur le yacht d'un souteneur ukrainien, et coach « culture générale » à domicile pour flamber dans les dîners ! Au secours !

BELLEMARE CANDIDAT !
Pierre Bellemare, lundi 5 février 2007

Je me suis fait un nouveau copain. À la suite de ma chronique de la semaine dernière sur Bataille et Fontaine, ambassadeurs d'Handicap International, Pascal Bataille m'a envoyé un courriel vengeur. Au début, ça va à peu près : il m'explique que je suis jaloux de lui et de son copain Fontaine parce qu'ils sont vachement connus et pas moi. Ça, j'ai l'habitude… C'est vers la fin du message que ça se gâte : il m'annonce que s'il me croise, il va me mettre son poing dans la figure. Je me suis renseigné et on m'a confirmé que Bataille c'était le grand, celui qui mesure 1, 95 m … Je suis donc à la recherche d'un coach « course à pied » ! Ou alors, j'avais pensé à m'acheter un rideau de douche à roulettes afin de me déplacer discrètement. Il va quand même pas taper sur un rideau, Bataille, ce serait renier des années d'engagement au service de la Vérité !

Vous n'auriez pas ça, monsieur Bellemare, dans votre stock d'invendus du téléachat ? un vieux rideau de douche ? Ou alors, vous savez, cette machine qui envoie des décharges électriques pour se sculpter un corps d'athlète sans bouger le petit doigt, c'est une sorte de gégène domestique… Je m'en souviens bien, il y a quelques années, c'était Lova Moor qui en faisait la publicité. Je l'ai revue récemment à la télé, Lova Moor, et à mon avis, elle a dû forcer un peu sur les décharges, elle est un chouïa marquée, si je peux me permettre. J'étais là, devant mon poste, en train de crier : « Sors de ce corps, Claude François, sors de ce corps ! » Je rassure donc Pascal Bataille : non, je ne suis pas jaloux de lui, par contre, je suis jaloux de Pierre Bellemare, ça c'est vrai. Figurez-vous que selon un récent sondage, les seniors de ce pays considèrent Pierre Bellemare comme la personnalité de la société civile la plus apte à les représenter à la prochaine présidentielle… Ce que j'ai adoré, c'est la réaction de notre invité quand il a pris connaissance de ce sondage. Il a déclaré à peu près ceci : « Dommage que ce sondage n'ait pas été publié il y a un an ou deux, ça m'aurait donné le temps de me préparer. »

C'est qu'il serait prêt à y aller, le lascar ! Et il a le profil, il faut le dire.

C'est un raconteur d'histoires hors pair. Comme Jacques Chirac… Souvenez-vous comme il racontait bien les histoires : la fracture sociale, la baisse des impôts, l'écologie… Et surtout, avec Bellemare à l'Élysée, notre balance commerciale va enfin pencher du bon côté.

Je vous raconte pas le nombre d'Airbus et de TGV qu'il va leur fourguer aux Chinois, notre Pierrot ! Je ne lui donne pas quinze jours aux affaires pour que le nouveau ministre du Commerce extérieur, Maryse, annonce que Paris vient de signer le contrat du siècle avec Téhéran : la livraison clés en main de trois usines de savons à barbe ultramodernes !

C'est devenu un lieu commun de le dire, mais Bellemare, il vendrait les œuvres complètes de Simone de Beauvoir à un taliban ! Ou le dernier bouquin de Doc Gynéco à un intellectuel !

Justement parlons-en. Le Doc était chez Ruquier samedi soir et, comme chaque semaine désormais, nous avons eu droit à notre petit incident plateau rituel. Il paraît qu'au début de chaque enregistrement d'*On n'est pas couché,* Ruquier tire au sort l'invité qui va partir furieux en cours d'émission. Le problème avec Doc Gynéco, c'est qu'il est distrait, et quand il a réalisé qu'il devait quitter son siège en protestant, ça faisait un moment que plus personne ne s'engueulait sur le plateau. Mieux que ça : tout le monde avait oublié qu'il était là, le Doc. Du coup, quand il s'est levé furieux, tout le monde a cru qu'il était parti pisser ou s'en rouler un dans la loge… Il était venu faire la promotion de son livre à la gloire du candidat Sarkozy et modestement intitulé *Les Grands Esprits se rencontrent.* C'est amusant, c'est le même titre qui m'est venu à l'esprit quand j'ai vu les photos de Christophe Lambert en train d'embrasser Sophie Marceau dans *Voici…* Naturellement, Michel Polac, qui est un amoureux de la littérature, a commencé à l'asticoter un peu sur le contenu de son livre, en citant quelques phrases un peu inégales sur le plan de l'inspiration, mais manifestement le Doc n'avait pas encore eu le temps de le lire…

Cela rendait le dialogue un peu mou, fatalement… Quand Polac l'a attaqué, Gynéco, ne sachant pas trop quoi répondre sur le fond, n'a rien trouvé de mieux à lui balancer que : « Je savais que vous étiez malade, mais je constate que vous êtes en phase terminale. »

C'est vrai que sortir ça à un gars qui a dû dépasser les 80 piges y'a pas longtemps, c'est d'une habileté redoutable. Il s'est tout de suite attiré les sympathies du public, le Doc… Il aurait traité Polac de « salaud d'abbé Pierre ! » qu'il n'aurait pas eu plus de succès… Là où ça s'est gâté, c'est lorsque le petit Moustapha est venu lui tirer le portrait, en lui demandant des comptes sur le fait d'avoir traité les jeunes de banlieue de « clowns ». Le ton est monté, et très vite des répliques excessivement cinglantes ont été échangées : « Tu m'as traité de clown ?

— Ben oui, t'es un clown !

— Redis-le, si t'es cap ?

— T'es un clown.

— Ah ! lala ! c'est toi qui es un clown.

— Moi, un clown ? Tu dis ça parce que tu sais pas quoi répondre, comme tous les clowns ! », etc., etc. C'était relevé, comme échange. D'autant que le Doc a très vite mis en cause Laurent Ruquier lui-même, avec des arguments extrêmement forts : « D'abord, Ruquier il dit qu'il est de gauche alors que c'est même pas vrai… » Ruquier, piqué au vif: « Et pourquoi, je ne serais pas de gauche?

— Ben heu, j'en ai déjà vu plein des gens de gauche, ils ne sont pas comme toi. Vas-y dis-le nous en quoi t'es de gauche? » Ruquier, indigné: « Je suis de gauche parce que j'ai toujours dit que j'étais content de payer beaucoup d'impôts et que, même, je serais prêt à en payer encore plus! » Là, ça devenait un peu compliqué pour le Doc, alors il s'est mis à faire semblant de prendre des notes, comme il a vu Sarkozy le faire pendant les interviews… Pour revenir à la déclaration de Laurent Ruquier, je me permets juste une petite mise au point à l'intention de la Direction Générale des Impôts: c'est pas parce qu'on est de gauche qu'on a forcément envie d'en payer encore plus, des impôts… Moi, ça me va très bien comme ça… On est d'accord, hein? Pour en revenir à Gynéco, faut être indulgent, il débute en politique, un peu comme Steevy, qui a déclaré récemment son anticommunisme viscéral en expliquant que sur son drapeau à lui, il n'y aurait jamais ni marteau, ni fourche… Ruquier avait immédiatement rectifié: « Enfin Steevy, vous devriez savoir que sur le drapeau de l'U.R.S.S. il y avait un marteau et une faux, pas une fourche. » Vladimir Oulianov, reviens, ils sont devenus fous! Ils ne savent même pas que l'emblème du Parti communiste, ça a toujours été un marteau et une tondeuse à gazon! C'est pas le Doc qui aurait commis une erreur pareille, lui, il le connaît, l'emblème du parti gaulliste: la croix de Laurel et Hardy!

Vers la fin de l'émission, Michel Polac a repris la parole pour recommander un livre relatant le calvaire d'un de ces déportés juifs que les nazis obligeaient à travailler au nettoyage des chambres à gaz et qui ont été quasiment tous exterminés par leurs tortionnaires pour qu'ils ne puissent pas témoigner. Il s'agit donc d'un document exceptionnel, et Polac en a parlé avec énormément d'émotion ; il était clairement au bord des larmes. Je pensais que l'émission allait se terminer là-dessus, mais heureusement Laurent Ruquier a eu la bonne idée de faire entrer sur le plateau la charmante Cindy Lee, candidate à l'élection présidentielle sous la bannière du Parti du plaisir. Vous savez, c'est cette stripteaseuse blonde, avec des seins énormes et très peu de tissu dessus, qui réapparaît avant chaque élection pour faire la promo de ses multiples prothèses. Ça a tout de suite détendu l'atmosphère. Je me suis dit qu'avec Ruquier, France 2 avait vraiment trouvé un digne successeur de Thierry Ardisson : faire venir sur le plateau Mlle Cindy Lee pour faire pouet-pouet avec son programme, juste après que Polac eut parlé avec des sanglots dans la voix du bouquin sur les chambres à gaz, c'était la grande classe. Il faut savoir que sur une émission comme ça, il y a au moins 50 clampins qui bossent à plein-temps. Et il n'y en a pas un seul qui a tiqué en lisant le conducteur. C'est des pointures à la télé. Il n'y a pas beaucoup de nos auditeurs qui pourraient y entrer. Par exemple, il y en a un qui nous écoute souvent et qui s'appelle Dominique Proust. Figurez-vous qu'il n'est qu'astrophysicien à l'Observatoire de Meudon, autant vous dire que par rapport à Arthur ou à Doc Gynéco, c'est une brêle ! Avec son collègue Jean Schneider, Dominique Proust vient de publier aux éditions du Seuil un ouvrage passionnant sur la recherche de la vie dans l'univers, intitulé *Où sont les autres ?* M. Proust, que je ne connais pas personnellement, est *a priori* doté d'un tour de poitrine tout à fait ordinaire et d'un niveau d'instruction carrément supérieur. Il n'a aucune chance d'être invité sur un plateau de télé avant l'élection de Steevy à la présidence du Conseil constitutionnel. C'est donc en toute bonne conscience que je vous recommande son livre, qui, contrairement à celui de Doc Gynéco, ne vous sera d'aucun secours pour rouler des pétards, il vous aidera juste à devenir plus intelligent… Allez, salut les clowns !

BOGDANOFF BROTHERS
Les frères Bogdanov, jeudi 21 décembre 2006

Ohhhhh, les frères Bodganov ! J'y crois pas. Je vais être franc avec vous : j'étais pas sûr que vous existiez en vrai ! Mettez-vous à ma place : deux animateurs de télé qui ont fait autant d'études, c'est quand même suspect... Vous donnez des cours de soutien pour les confrères ? Ce serait pour un jeune qui s'appelle Steevy et qui a arrêté sa scolarité en première année de *Loft*... L'autre jour, dans *On a tout essayé,* il était question de l'astronaute américain qui a été le premier à marcher sur la Lune, Neil Armstrong, et des maladies liées au travail en apesanteur. Et soudain, Steevy est intervenu pour déclarer ceci : « L'apesanteur, il paraît que ça donne le cancer des testicules. » Silence étonné dans l'assistance. Venant de Steevy, un tel étalage de science avait de quoi surprendre... « Mais, qu'est-ce qui te fait dire ça, Steevy ? », interroge un chroniqueur. « Ben quoi, tout le monde sait qu'Armstrong, il a eu un cancer des testicules ! » Il parlait du coureur cycliste, il pensait que c'était le même qui était allé sur la

Lune ; à vélo, naturellement. D'où sa célèbre phrase, en posant sa roue pour la première fois sur le sol lunaire : « Un petit coup de pédale pour l'homme, mais un grand coup de dérailleur pour l'humanité ! » Deux jours plus tard, il était question de Nietzsche, le philosophe préféré d'Ève Angeli… Dans le feu de la conversation, un chroniqueur déclare : « Moi, je suis nietzschéen. » Steevy, du tac au tac : « N'importe quoi ! On n'a jamais vu un chien dans un nid ! »… Bon courage, les gars. En attendant, je suis bien content de vous rencontrer, Igor et Grichka. Franchement, je trouve que vous avez des têtes sympas. Grosses, mais sympas. Je ne suis pas d'accord avec Stéphane. Tout à l'heure, avant que vous arriviez, il nous dit : « Hé les gars, je vais demander si on ne peut pas avoir le grand studio, le 105, pour recevoir les Bogdanov : si on reste dans le 106, on risque de se prendre un coup de menton… » Je ne vois pas ce qu'il a voulu dire. Moi, je les trouve très bien, vos mentons. Ils sont volontaires, certes, mais pourquoi pas ? Au début, j'étais comme tout le monde, je pensais que vous aviez eu affaire au chirurgien esthétique de Sheila avant qu'il ne se réfugie au Paraguay, mais en réalité pas du tout. Plusieurs auditeurs m'ont écrit pour m'engueuler, en m'expliquant que vous souffriez d'une maladie rarissime qui fait pousser le menton. Inutile de vous dire que je les ai crus sur parole.

Stéphane aussi, il a une maladie orpheline. La sienne, elle fait friser les cheveux ! Une maladie qui fait pousser le menton, qu'est-ce qu'il ne faut pas entendre ! La seule maladie orpheline ultra-rarissime qui soit susceptible de compromettre la carrière d'un animateur de télévision, c'est celle qui fait pousser le cerveau, et, je vous rassure, ça n'arrive jamais !

Il faut arrêter de raconter n'importe quoi. Si les Bogdanov ont la tête qu'ils ont, c'est tout simplement parce que ce sont des extraterrestres. Point barre. « Sors de ces corps, E.T., sors de ces corps ! » Allez les gars, on met cartes sur table : sortez vos tentacules ! Oh, mon Dieu, ils sont énormes ! Heureusement qu'ils ne sont pas noirs, j'en connais un qui l'aurait mal vécu… Je suis sûr que vous êtes des potes à Raël, c'est lui qui vous a fait venir, c'est ça ? Ils font non de la tête, mais ça ne trompe personne, leur menton s'allonge à vue d'œil… Il est cool, Raël, hein, bande de dégueulasses ! C'est sympa, les grandes réunions de fidèles, tous à poil dans un champ de luzerne, et vous qui débarquez en vedettes américaines pour donner du bonheur à tout ce petit monde… Et là, c'est pas votre menton qui dépasse le plus de votre combinaison, hein ? Ça vous change des réunions Tupperware sur Pluton ! À propos d'extraterrestre, je m'interroge depuis plusieurs jours sur le cas de Muriel Robin… Pourtant, quand elle est venue nous voir la semaine dernière, elle m'a eu l'air à peu près normal. Depuis, je l'ai beaucoup vue à la télé et je dois dire que je me pose la question : Muriel Robin est-elle encore parmi nous ou a-t-elle basculé dans une autre dimension ? Je m'explique :

samedi soir dernier, dans l'émission de Laurent Ruquier, un échange un peu vif s'est produit entre Michel Polac et Bernard Tapie. Invoquant les « mauvaises ondes » émises à cette occasion, Muriel s'est alors levée et a quitté le plateau à la surprise générale. Après avoir déclaré ceci : « Je ne suis pas payée pour venir ici, je viens parler de mon DVD. » Permettez-moi de vous faire remarquer que c'est la même chose, chère Muriel. Parler de son DVD, c'est une façon de se faire payer... Deux jours plus tard, je la retrouve sur le canapé d'*En aparté,* sur Canal +, en train de s'expliquer, avec un regard lourd, très intense, presque habité : « Vous comprenez, Pascale, je suis trop sensible pour supporter tout ça. D'ailleurs, j'ai arrêté de lire les journaux et de regarder la télé. De voir toute cette douleur et de savoir que je ne peux rien y faire, ça m'est insupportable... À chaque info, il me fallait trois mois pour m'en remettre. »

Ça me rappelle Roger Gicquel, vous savez, ce présentateur affligé des journaux télévisés des années soixante-dix, auteur de la phrase cultissime : « La France a peur ! » À son propos, Coluche disait : « Quand un avion s'écrase dans le monde, t'as l'impression que c'est toujours sur les pompes à Gicquel ! » Faut pas prendre les choses trop à cœur, chère Muriel... Je ne veux pas me mêler de ce qui ne me regarde pas, mais, en principe, la personne qui est censée prendre sur ses épaules ensanglantées toute la douleur du monde, c'est un certain Jésus... C'est son job, il est formé pour. Alors que le vôtre de job, Muriel, ça serait plutôt de faire la gugusse sur des scènes de théâtre pour nous faire marrer. Justement, Pascale Clark a demandé à Muriel Robin si elle en avait assez du one-man-show comique. Réponse : « Effectivement, j'ai failli arrêter et finalement j'ai décidé de continuer. Dans ce choix, il y a quelque chose qui est de l'ordre de l'humanitaire, dans mon rapport au public. Il faut que je leur redonne ça, ils sont tellement contents. » Je vous laisse savourer… Eh oui, chers auditeurs qui avez eu la chance quasi miraculeuse de pouvoir applaudir Muriel Robin sur scène. Ne vous inquiétez pas, les 40 ou 50 euros que vous avez déboursés à cette occasion, Muriel vous les offre !

C'est un cadeau humanitaire, mais payant. Par contre, soyez sympas, surtout n'achetez pas son DVD. Ça serait trop d'amour d'un seul coup, il va lui falloir six mois pour s'en remettre… Pour vous dire à quel point Muriel Robin est modeste, pendant la demi-heure passée chez Pascale Clark, elle n'a fait que parler d'elle, et pourtant on avait la nette impression qu'elle parlait de Sarah Bernhardt ! C'est ça, la vraie humilité…

Pour conclure cette chronique sur une note plus optimiste et dans le cadre de ma rubrique « Avoir un bon copain », je voudrais rendre un vibrant hommage à l'excellent Marc-Olivier Fogiel, qui dans la vie est tout le contraire de ce qu'il est à l'antenne. C'est un garçon charmant, plein d'attention pour ses collaborateurs – j'ai même lu dans un article à sa gloire qu'il se portait volontiers caution solidaire quand un de ses employés avait du mal à louer un appartement, c'est merveilleux, non ? Et puis, c'est un ami tellement fidèle, toujours présent dans les coups durs. Par exemple, je me souviens de ce numéro de *On ne peut pas plaire à tout le monde,* l'an dernier, où il était allé interviewer son grand grand grand ami Pascal Sevran dans son manoir à la campagne pour la sortie de son journal de l'année.

Je revois encore Marc-O. assis par terre, au pied du bureau de Pascal Sevran, tout en ferveur et en dévotion et buvant à grandes goulées les fortes paroles de celui qu'on aurait pu facilement prendre à ce moment-là pour son grand frère. Ah, quelle complicité chaleureuse il y avait entre eux ! J'en ai encore le cœur serré… Je vous recommande donc la lecture de l'interview de Marc-Olivier Fogiel dans *VSD,* cette semaine. À la question : « Que pensez-vous de l'affaire Sevran ? », Marc-O. répond ceci : « À jouer avec le feu, on finit par se brûler. Je ne m'explique pas que Pascal n'ait pas présenté sa démission à de Carolis, moi, c'est ce que j'aurais fait à sa place. » Je vous rappelle que l'an dernier, Fogiel a été condamné pour incitation à la haine raciale par la justice pour avoir fait écrire un e-mail raciste à un de ses collaborateurs dans le cadre de l'affaire Dieudonné. Je ne crois pas me souvenir qu'il ait démissionné à cette occasion. Pour ce qui est du courageux soutien moral qu'il apporte à son grand ami Pascal dans l'interview à *VSD,* je vous laisse, chers auditeurs, choisir le mot qui convient le mieux pour qualifier son auteur. Moi, j'ai choisi « raclure », mais vous n'êtes pas obligés de rester aussi polis… À demain…

Petite anecdote à propos du dénommé Marc-O. : il y a quelques années, alors que je chroniquais la télé sur l'antenne de la radio parisienne Ouï FM, j'en avais fait une de mes têtes de turc, mais plutôt gentiment, sur le thème : « Ce p'tit gars a vraiment un melon pas possible. » Un matin, un coursier de Canal +, où Fogiel présentait une émission sur les médias, se pointe à la radio avec un colis. À l'intérieur, un melon, un vrai, avec le mot suivant : « Je ne vois pas pourquoi vous comparez ma tête à un melon, elle est beaucoup plus grosse… » Je me dis : « Tiens, finalement, ce gars a de l'humour… » Quelques semaines plus tard, je fais la connaissance d'un des membres de l'équipe de Fogiel, chargé de concocter le « zapping radio » de son magazine, censé être la compilation des séquences les plus fortes de la semaine à la radio. Et le gars m'explique qu'il adore mes chroniques, mais qu'il ne peut jamais en diffuser d'extraits car son patron le lui a interdit. Tout compte fait, ce triste sire n'avait aucun humour, et était tout disposé à abuser de son pouvoir de petit patron pour me faire payer mes sarcasmes ! Comme je déteste les censeurs de tous poils, depuis, je ne rate jamais une occasion de l'aligner…

BOUVARD DU CRIME
Philippe Bouvard, mardi 23 mars 2004

Bonjour Philippe Bouvard. C'est sympa d'être venu fêter avec nous la victoire de la gauche aux régionales et aux cantonales. On serait aux *Grosses Têtes,* je vous dirais qu'après la branlée que Raffarin vient de prendre, on en est désormais sûrs : l'intelligence de la main existe. Je vous signale qu'en votre honneur, Philippe, le public du studio 106, ce matin, est exclusivement composé de fonctionnaires des Impôts syndiqués à Force ouvrière, de cheminots cégétistes et de postiers adhérents au Parti des travailleurs ! J'ajoute que nous avons lâché Daniel Mermet dans les couloirs, avec sa machette dédicacée par le sous-commandant Marcos, et qu'il a explicitement exprimé le désir de vous raccourcir, si tant est que ce soit encore possible. Oui, je sais, je suis mal placé pour me moquer de votre taille. Qu'à cela ne tienne. Je sacrifie au rituel. Et salue en vous l'homme qui a découvert Mimie Mathy, non sans rappeler au passage que, d'où vous étiez, ce n'était pas trop difficile. Il vous a suffi de lever les yeux. Heureusement que c'était il y a vingt ans, parce qu'aujourd'hui on vous aurait taxé de communautarisme ! J'en profite pour vous féliciter d'avoir aussi bien résisté à la canicule de l'été dernier, cher Philippe. Mais c'est normal : la chaleur monte… Alors ? Quel effet ça fait d'avoir 75 ans, l'âge de son taux d'imposition ? Je ne devrais pas vous parler de ça, ça va vous énerver. Je vous comprends. En tant que chroniqueur de service public, quand je vois tous les impôts que vous payez et le peu que je récupère au final, j'ai les boules. J'exige qu'on me dise où sont passés les impôts de Philippe Bouvard, sinon j'opère un prélèvement à la source… Videz vos poches, Philippe. Non, pas celle-ci, malheureux !

Ah ! 75 piges, c'est dur… On me dit dans mon oreillette que les impôts de Philippe Bouvard auraient servi à offrir un milliard et demi d'euros aux restaurateurs pour les empêcher de voter Front national aux régionales… Dans ce cas je m'incline, c'était bien joué…

C'est vrai que vous paraissez un chouïa obsédé par les impôts et les grévistes de la SNCF, Philippe, mais je suis convaincu que, dans le fond, vous êtes un homme de gauche. Et je m'en vais vous le prouver de ce pas en vous narrant, chers auditeurs, une anecdote totalement authentique. C'était il y a un an ou deux, gare de Lyon, justement, un jour où il n'y avait pas grève. Dans le cadre de la tournée internationale de mon spectacle, je m'apprêtais à monter dans mon corail, direction Mâcon-Ville, quand soudain j'aperçus Philippe Bouvard. Avec beaucoup de sérénité dans le maintien – les mains croisées dans le dos et une légère ostentation abdominale me font penser à Hitchcock quand il apparaît dans ses films –, notre invité remontait le quai d'un pas martial en direction des première classe du TGV d'en face. Dans son sillage trottinait un domestique tamoul, ou apparenté, tirant un chariot sur lequel était fixée une minuscule valisette de voyage. Ce n'était même pas une valise, mais plutôt un baise-en-ville. Vu la taille de son bagage, je peux vous assurer que Philippe ne se rendait pas en Suisse ce jour-là. Cette apparition pour le moins cocasse suscita de la part de Gégé, mon régisseur originaire d'Aubervilliers, le commentaire suivant : « Il peut pas la porter lui-même, sa trousse de toilette, le grand chef pygmée ! » Je remis immédiatement l'insolent à sa place : « Mais enfin, Gégé, tu perds l'esprit… Ce Tamoul a une chance extraordinaire d'avoir un maître qui lui confie des charges aussi légères. Le Tamoul de Fabius, lui, il court derrière la moto. Qu'est-ce que tu dis ?… Il vient de se coucher sur le quai pour permettre à Philippe Bouvard d'accéder au marchepied ?… » Non, ça c'est pas vrai… mais la première partie de l'histoire, si. Avis aux feignants de la SNCF : le jour où notre invité aura eu gain de cause et qu'on vous aura virés comme des vulgaires employés de McDo, allez donc vous faire embaucher comme porte-bagages chez lui. Il n'y a même pas besoin de se mettre en grève, on n'en fout pas une rame ! Vous vous en doutez, Philippe Bouvard, vous et moi n'avons pas tout à fait les mêmes affinités électorales. Au demeurant, j'ai la faiblesse de penser qu'un homme qui déteste autant Marc-Olivier Fogiel ne peut pas être complètement mauvais. Votre présence nous rappelle aussi qu'il n'y a pas que la canicule qui fasse des victimes chez les seniors ; le marketing aussi. Marketing au nom des lois desquelles vous fûtes tout près d'être séparé de votre bande d'hydrocéphales sonorisés, il y a quatre ans, à l'initiative d'un certain Stéphane Duhamel, éphémère directeur général de RTL, qui ne survécut d'ailleurs pas à votre retour triomphal. Le fait qu'il s'agisse d'un fils de ministre de la Culture n'a pas dû contribuer, j'imagine, à vous rendre moins douloureux les acquittements successifs de vos tiers provisionnels.

Le malheureux avait dû prendre au pied de la lettre la perfidie suivante, proférée par Jean-Paul Beaudecroux, PDG du groupe NRJ, un jour où son cerveau était particulièrement bien ventilé – ce garçon ayant la réputation d'avoir à peu près autant de sens de l'humour qu'un horodateur. C'est Beaudecroux qui parle : « Chaque fois que je vois un corbillard qui passe, je me réjouis en pensant que c'est un auditeur de RTL en moins. » Comme dirait un ami prof : « Quand je vois un petit con qui redouble, je me console en me disant que c'est un auditeur d'NRJ en plus ! » Le jeunisme n'a pas fini de faire des ravages si j'en crois cette information extraite d'un article du *Monde* daté d'aujourd'hui : figurez-vous que Jacques Chirac se serait mis à écouter Fun Radio tous les jours afin de mieux comprendre les djeun's. « Au début je comprenais un mot sur deux », a-t-il confié à un interlocuteur. Le jour où le chef de l'État aura réalisé qu'un mot sur deux, c'est quatre fois plus que ce que comprennent les auditeurs de Fun Radio, il aura tout compris… Cela dit, écouter Fun Radio pendant un mois, ce n'est pas pire que d'écouter Alain Juppé pendant dix ans…

En attendant, Philippe Bouvard, vous venez de re-signer un contrat avec RTL pour animer *Les Grosses Têtes* jusqu'en 2007, date à laquelle vous fêterez vos trente ans d'émission, comme l'a fait Macha Béranger chez nous, il n'y a pas si longtemps. Ça devait être fin 1974, si je me souviens bien. Je vous souhaite de durer aussi longtemps qu'elle, avec l'arrière-pensée que plus longtemps vous paierez des impôts, plus j'aurai de chance d'en voir un jour la couleur sur ma fiche de paye… Au boulot !

Camarade Bern

Stéphane Bern, 15 avril 2007

Chers auditeurs, chers invités, c'est un moment fort que nous allons vivre tous ensemble ce matin. Aujourd'hui, je vais enfin recevoir la récompense de plusieurs années d'un travail idéologique de fond opéré sur la personne de Stéphane Bern, ici présent. Depuis des années, je me suis assigné la lourde mission de procéder à la rééducation politique de Stéphane, afin de lui faire assimiler le rôle historique de la classe ouvrière dans le développement des forces productives, ainsi que la nécessité de former une avant-garde consciente du prolétariat susceptible de créer les conditions d'une réappropriation collective des moyens de production. Eh bien, je vous annonce que ça y est, ma mission est enfin accomplie. Interviewé par le journaliste de *VSD,* Mathias Gurtler, Stéphane Bern a enfin fait son *coming-out* progressiste. Jugez plutôt : « Je n'aime pas les rapports de maître à esclave. Je ne me suis jamais senti patron, je n'aime pas ça. Je me sens plutôt comme un camarade. » Ouaiiiiiis !

Dans mes bras, camarade ! Je savais que j'y arriverais ! Eh, Stéphane ? les patrons, on les emmerde ! Parisot, au zoo, les patrons, c'est des zozos ! Je commence à le faire travailler sur des slogans pas trop violents, qui correspondent à son tempérament. Bon, alors qu'est-ce qu'on fait ? On chante *La Jeune Garde* tout de suite où on ouvre votre cadeau ? Est-ce que Gaudéric, notre assistant de production, peut amener le cadeau qu'on a préparé pour Stéphane ? La salopette et les pinces à vélo, tout à fait… Pardon ? Bruno Masure les a piqués ? pour aller à une soirée cambouis au *Queen* ! Ah, le social-traître… « Je me sens comme un camarade. » Ah ! je ne m'en lasse pas de cette phrase ! C'est un peu mon bâton de maréchal à moi. C'est qu'on est partis de loin, avec Stéphane… Le plus difficile, ça a été de l'extraire de l'influence néfaste du prince Albert, qui lui a fait croire pendant des années que la lutte des classes se jouait essentiellement entre le business, où tu peux allonger tes jambes, et la classe éco, ou tu peux écarter tes orteils ! Je note d'ailleurs que sur Air Togo, en classe business, tu peux même t'allonger sur l'hôtesse ! J'ai compris que Stéphane était prêt à basculer dans le camp du progrès quand il a accepté ma suggestion d'adopter la même coiffure qu'Angela Davis. Ce qui lui a valu d'être littéralement frappé d'ostracisme dans les milieux huppés qu'il fréquentait jusqu'alors. Souvenez-vous Stéphane, quand vous étiez revenu en larmes du bal des débutantes après que l'huissier eut lancé à la cantonade : « Qui veut danser avec le colonel Khadafi ? »

Certes, on peut considérer que la trajectoire idéologique de Stéphane a connu à ce moment de son histoire une forme de coupure épistémologique délimitant deux cycles longs de type Kondratieff, celui de l'avant, puis de l'après-bigoudis. Pour autant, le travail de rectification de son habitus grand bourgeois que j'avais entrepris n'était pas totalement accompli. Par la suite, j'ai parfois dû avoir recours à la ruse. Par exemple, pendant des semaines, j'ai découpé la couverture de *Point de vue-Images du monde* pour la coller sur celle de l'*Huma-Dimanche*... Je suis même allé jusqu'à coller la photo de Mireille Mathieu sur la couverture du livre I du *Capital* de Marx... je sais, c'est malhonnête, mais au moins il l'a lu jusqu'au bout ! Je ne devrais pas le dire, mais il n'y a pas très longtemps, avec les copains de la section C.G.T. des Petits Chanteurs à la croix de bois, on lui a monté un plan démoniaque... Quand ils sont passés dans l'émission, il y a quelques semaines, plusieurs sont venus lui demander un autographe, l'air de rien. Stéphane, qui est un de leurs fans les plus inconditionnels, a tout signé les yeux fermés. Il les adore, il a tous leurs albums, y compris les *live*, et il a même un poster d'eux dans sa chambre, qu'il a punaisé juste à côté de la photo de la grande-duchesse du Luxembourg *topless* sur une plage de l'île Maurice avec Cauet – le clou de sa collection privée. Tout ça pour vous avouer que le premier petit chanteur lui a fait signer non pas un autographe mais un appel à voter Marie-George Buffet à la présidentielle ; le deuxième, son adhésion à ATTAC ; et le troisième, une pétition en faveur de la béatification de Robert Hue. Bienvenue chez les camarades, cher Stéphane. J'espère que votre nouveau statut va vous inciter à des choix plus judicieux, notamment dans vos débats de *L'Arène de France.* Ainsi, hier soir, plutôt que : « Doit-on punir les clients des prostitués ? », vous auriez dû formuler la question autrement : « Doit-on punir les actionnaires de Total ? »

Il faudra également arrêter d'inviter des individus aussi politiquement suspects que ce M. Perrin, qui est là ce matin. Je me suis laissé dire qu'il avait dirigé le Théâtre Montansier de Versailles pendant des années. Tu as entendu parler des fusillés du mur des Fédérés, fumier ?

Tu sais que ce sont tes anciens abonnés qui ont fait le coup ?

Raclure réactionnaire ! Montre-nous donc ce que tu as dans les poches ? Je le savais : des actions Total et LVMH ! Tenez-le moi, je vais le tondre ! Là, ce qui m'arrangerait, Francis Perrin, ce serait que vous preniez l'air offusqué et que vous quittiez le studio en disant un truc dans le genre : « Messieurs les censeurs, bon appétit ! » ou quelque chose d'approchant… On ne voudrait pas être à la traîne, au *Fou du roi.* Pour être une émission un minimum *hype*, faut que tes invités se barrent avant la fin, comme a fait Mathilde Seigner samedi dernier chez Ardisson. Au moment où l'animateur a commencé à parler du film dont elle venait faire la promo, elle a dit à peu près ça: « J'en ai marre, je m'en vais… »

— Mais enfin Mathilde, pour la promo de votre film, restez!

— Non, non, j'ai plus envie de la faire… J'avais dit que je voulais pas poireauter des heures, maintenant c'est trop tard, j'en ai marre. Je vais vous dire, ma grossesse m'aura au moins apporté un truc: j'en ai plus rien à secouer de tout ça! » Et ce disant, elle s'est levée et a quitté le plateau en concluant par un parfaitement audible: « fait chier! » C'était franchement dommage parce qu'elle avait l'air très en forme. Quelques minutes avant son coup d'éclat, Ardisson lui avait demandé ce que lui inspiraient les fonctionnaires en grève et elle avait répondu: « Les fonctionnaires en grève, c'est un pléonasme! »

Et l'expression: « Petite bourge hystéro qui met en scène son inculture en faisant de la provoc poujadiste à deux balles », c'est quoi? un euphémisme ou une litote. Elle a bien une tête de litote, cette Mathilde Seigner. Le plus révélateur, c'est que samedi soir, chez Ardisson, elle a attendu son tour de passage à l'antenne pour réaliser qu'elle n'en pouvait plus d'attendre!… Comme l'émission est enregistrée, elle aurait très bien pu quitter le plateau bien avant et beaucoup plus discrètement. Ardisson aurait pu justifier sa soudaine absence en invoquant sa grossesse, par exemple, et personne n'y aurait trouvé à redire… Non, elle a attendu son tour… Comme quoi, le plus important dans la rébellion, c'est le *timing* et le rendu à l'antenne ! Pour conclure, sachez que le grand vainqueur de la finale de *L'Inventeur de l'année,* diffusée hier soir sur M6, n'est autre que Roger, et son barbecue vertical à retournement simplifié par télécommande. C'est un machin où tu coinces une entrecôte entre deux grilles verticales pour la cuire tout en évacuant la graisse, et tu peux la retourner grâce à un petit moteur électrique télécommandé. Franchement, il n'y a rien de nouveau sous le soleil. Un appareil qui permet de coincer un gros bout de bidoche et de le retourner comme une crêpe pour lui donner l'air comestible, ceux qui ont regardé à l'UDF André Santini embrasser Nicolas Sarkozy, à la Mutualité dimanche dernier, savent qu'il existe déjà. On l'appelle l'UMP… À demain.

CAUCHEMAR
DE L'ENTRE-DEUX TOURS
Guy Bedos, jeudi 8 mars 2007

Bonjour monsieur Guy. Heureux de vous retrouver, comme toujours.

Ça ne vous dérange pas que je vous appelle « Monsieur Guy » ? Ça fait un peu mère maquerelle, mais je n'arrive pas à vous appeler Guy « tout court ». Je n'attaque jamais les gens sur leur physique, surtout sur leur taille, ça ne serait pas un bon calcul de ma part… J'ai d'autant moins de raison de vous attaquer que vous savez l'admiration que je vous porte. D'ailleurs, à chaque fois que vous venez, ça me met une pression énorme. J'ai peur de ne pas être à la hauteur, et je flippe. Je peux bien vous l'avouer, j'ai passé ma nuit à rêver de vous. Une nuit épouvantable. Quand je me suis réveillé une première fois, un peu après minuit, je baignais littéralement dans ma sueur. Le lit était devenu une vraie pataugeoire, ce qui n'a pas spécialement perturbé le sommeil de ma compagne, Loana, elle a l'habitude… Je venais de faire un cauchemar terrifiant : j'assistais à un meeting de Nicolas Sarkozy et vous étiez assis au premier rang, entre Pascal Sevran et Doc Gynéco, avec Steevy sur les genoux. Vous-même étiez assis sur les genoux de Roger Hanin, c'était horrible…

Et moi, j'étais là, en face de vous, et j'essayais de vous crier : « Va-t'en ! Échappe-toi tant qu'il en est encore temps ! » Mais je ne contrôlais plus mes facultés d'élocution et les seules paroles qui sortaient de ma gorge étaient : « Bonne chance, mon papa ! bonne chance, mon papa ! » C'était terrible. Soudain, j'ai réalisé que c'était moi qui étais en train de faire un discours à la tribune. J'ai baissé les yeux et j'ai constaté avec horreur que j'étais tout nu, avec juste des talonnettes ! Et surtout, mon pénis avait disparu… À la place, entre mes jambes, je voyais pendre une sorte de long tube métallique très fin sur lequel était écrit : « Kärcher® » ! J'ai regardé dans votre direction, pour vous appeler au secours, mais vous vous étiez transformé en Vincent Mc Doom !… J'ai alors tourné la tête vers ma droite, et là, j'ai vu une paire de seins : c'était ceux de Cécilia, dont j'entendais la voix, là-haut, qui me chuchotait, avec les intonations de Sylvester Stallone : « Vas-y mon Nico, on va les niquer ! » C'est à ce moment que je me suis réveillé… Vous imaginez dans quel état.

Ah ! Je ne souhaite ça à personne. Avant de réussir à me rendormir, je me suis demandé pourquoi je vous avais rêvé dans une situation pareille, et j'ai compris. Ça doit être parce qu'à l'époque, quand vous m'aviez si gentiment reçu chez vous afin d'enregistrer une voix pour mon spectacle, vous habitiez encore Neuilly. Je m'en souviens bien, j'avais été frappé par le superbe escalier en chêne qu'il y avait dans votre appartement. Je vous avais dit : « Ça doit coûter la peau du cul, un truc pareil ! » Vous m'aviez répondu : « Non, non, que dalle ! »

Mais revenons à mes moutons… nocturnes. Vers 2 heures du matin, cette fois, c'est Loana qui m'a réveillé en me secouant énergiquement, alors que je hurlais : « Je suis un Français innocent ! Je suis un Français innocent ! » Je l'en remercie car elle m'a sorti d'un cauchemar encore pire que le premier. Jugez plutôt : on était tous attablés dans un petit restaurant de la rue de Varennes, dont le serveur n'était autre que Vincent Lindon. Il y avait moi, Raymond Barre, François Bayrou et son directeur de campagne : vous ! Je ne comprenais pas ce que je faisais là, et pourtant Raymond avait l'air de m'apprécier, il n'arrêtait pas de m'appeler Maurice ! Je venais de commander une carafe d'eau et il me disait : « Enfin Momo, tu vas pas boire de l'eau de la Seine, tu sais qu'elle a un drôle de goût depuis 61, prends plutôt un bon verre de Bordeaux ! » Ensuite, Vincent Lindon suggérait à Bayrou de déplacer son tracteur garé devant le restaurant s'il voulait éviter un P.-V., et vous lui disiez, mon cher Guy : « T'occupe Frankie, dans deux mois tu seras président, tu pourras le faire sauter ! »… Et c'est là que Raymond ajoutait : « Nous on risque pas de sauter, on est innocents ! »

Je me suis réveillé au moment où j'allais vomir. C'est en tremblant de tous mes membres, ce qui n'a d'ailleurs pas échappé à Loana, que je suis sorti de mon troisième cauchemar : la scène se déroulait dans la piscine d'une villa de Mougins, sur la Côte d'Azur. Une villa très étrange : elle avait la forme d'un camping-car… Dans la piscine, un homme et une femme se livraient à des ébats passionnés, d'une fureur inégalée, à la limite de la bestialité, alors que moi, je les filmais avec un caméscope… Au terme de cette étreinte sauvage autant qu'amphibie, le mâle relâchait l'emprise de sa mâchoire sur la nuque de sa partenaire pour pousser un long feulement de satisfaction animale, mais c'est seulement lorsque vous ôtiez votre perruque blonde que je vous reconnus, Guy.

Même chose pour votre partenaire, je ne reconnus Martine Aubry qu'une fois qu'elle eut enlevé la sienne… Vous vous tourniez alors vers moi et me disiez : « C'est bon, tu as eu toute la séquence ? Si tu veux, on la refait, Steevy ! » Mon cauchemar s'est arrêté net. Il a suffi que vous prononciez le prénom Steevy pour que ce soit le trou noir, si je puis dire. Mon dernier rêve est sûrement celui qui explique le mieux la décrépitude psychologique avancée dans laquelle je me trouve ce matin : ce cauchemar m'a tellement choqué que ça reste flou dans ma tête. Je me souviens juste que j'étais assis dans un avion, en direction de l'Afrique, me semble-t-il… C'était très étrange, parce que j'étais dans un corps de femme, mais costaud, quand même. D'ailleurs, j'étais en tenue de football… Les rêves, c'est souvent bizarre… Soudain je vous voyais apparaître dans le couloir, mon cher Guy… Vous arriviez de la classe affaires en titubant et vous aviez les pupilles salement dilatées, probablement à cause du Lexomil… M'apercevant, vous vous ruiez sur moi en éructant : « Le foot, le foot, le foot ! », et vous commenciez à me pincer les tétons ! Je me levais, et courais me réfugier dans le local du personnel navigant… Là, je tombais sur une grande et sublime hôtesse africaine, qui me prenait immédiatement par la main en me disant : « Venez avec moi, on va se réfugier dans les toilettes en attendant que le forcené soit maîtrisé ! » Elle ajoutait : « Vous savez que c'est la journée de la femme, aujourd'hui ? » Là, elle me violait. C'est à ce moment-là que je me rendais compte que j'étais revenu dans mon corps d'homme, sauf que je n'avais plus un cheveu sur la tête ! J'aimerais savoir si tout ça a un sens… Vous pensez qu'il faut que je consulte Gérard Miller ? Chers auditeurs, Guy Bedos me fait des grands gestes avec le bras droit, tout en se tapant furieusement la tempe avec l'index gauche, ce qui doit signifier : « Surtout pas, malheureux, vous avez vu l'état de Christine Bravo ! » Il fait aussi le geste du type qui soulève un tonneau pour boire un coup… En attendant, journée de la femme ou pas, vive Guy Bedos ! En cette période où de nombreux comiques involontaires font leur cirque de printemps, achetez son DVD au Cirque d'Hiver et vous verrez la différence !

Cavadada sur mon bidet

Jean-Marie Cavada, mardi 24 octobre 2006

Monsieur le président Cavada, quel bonheur de vous retrouver !

Qu'on amène immédiatement notre meilleure chaise rembourrée pour le président Cavada. Oui, oui, celle qu'on a rachetée à la télévision nationale moldave il y a cinq ans grâce à son extrême prodigalité budgétaire… ! Qu'on lui serve également un grand verre d'eau plate du robinet avec une viennoiserie fraîche. Avec un peu de chance, il va la reconnaître, elle date du temps où il était encore en fonction…

Vous reconnaissez le public du studio 106 ? Ce sont les mêmes qu'à votre époque, tout à fait ; on les a juste fait désamianter en même temps que la tour centrale. Vous savez, Jean-Marie, vous êtes toujours très présent dans l'esprit et le cœur des salariés de Radio France : votre portrait est affiché sur les murs de tous les bureaux.

C'est votre successeur, le président Cluzel, qui l'a demandé expressément. Il a même fourni les fléchettes. Et ce n'est pas lui le moins fan, croyez-moi. La dernière fois que je suis allé le visiter à l'improviste pour demander une augmentation, juste avant d'être évacué par ses gardes du corps togolais et que la directrice financière, Marie-Christine Meyer, me brise les deux jambes avec sa batte de base-ball dédicacée par O. J. Simpson, j'ai eu le temps d'apercevoir une poupée à votre effigie sur son bureau, avec plein de petites aiguilles piquées dedans. Vous savez qu'il y a eu quelques changements dans la maison. Depuis que vous êtes parti, Guy Carlier refuse quasiment de s'alimenter… vous verriez comme il a maigri ! Macha Béranger est partie animer la libre antenne de Skyrock : elle fait gagner des anxiolytiques à des rappeurs rendus dépressifs par la récente adhésion de Joey Starr au Mouvement des radicaux de gauche. Paoli a fait un accident vasculaire l'an dernier, le jour où Jean-Michel Aphatie lui a montré sa feuille de paye à RTL… Mais ça y est, il est guéri. Jean-Marc Sylvestre est devenu marxiste-léniniste… Non, je déconne ! Quand il est sorti, je me suis précipité sur votre bouquin pour y lire les pages consacrées à Radio France. J'espérais y trouver des passages du genre : « Ce matin, j'ai encore écouté la chronique de Didier Porte dans *Le Fou du foi,* quel humour, quel talent !… Et pourtant, quand on sait ce que je le paie ! » Ma déception n'en fut que plus cruelle.

Sur 270 pages de votre bouquin, je n'ai pas trouvé un mot sur mes chroniques, pas plus que sur la nouvelle coiffure de Stéphane ou sur le régime de Guy Carlier ! Il ne consacre qu'un seul petit chapitre à son passage à la présidence de Radio France, et vous savez de quoi il parle dedans ? Du déménagement de la tour centrale et des avanies que lui ont fait subir les syndicats de la maison. Point final ! Et nos chroniques, alors ? Didier Porte, ça vous dit quelque chose, ce nom ? Ça n'a pas l'air... C'est toujours pareil : si tu veux que ton patron se souvienne de ton existence, fais-le chier un maximum ! Là, tu as une petite chance qu'il parle de toi dans ses bouquins !

À part ça, Jean-Marie, vous êtes content de votre nouveau job ? Il est comment, Bayrou, en vrai ? J'ai adoré ce qu'il a balancé sur TF1, dans le journal de Claire Chazal, il y a quelques semaines : comme quoi les médias étaient de parti pris dans la campagne, qu'ils faisaient le jeu de deux candidats aux dépens des autres, que Martin Bouygues était le parrain du petit Louis Sarkozy, et patati, et patatère, que du bonheur ! Je ne savais pas que vous étiez gauchiste, vous aussi, Jean-Marie. Sinon je serais venu vous voir plus souvent, quand vous étiez notre président. On aurait chanté *La Jeune Garde* ensemble !

À ce propos, je ne saurais trop vous recommander de faire gaffe au petit jeune qui est assis à côté de Stéphane. Il a une tête à être de droite ! On dirait le petit Sarkozy dans trente ans. C'est vrai, Manuel Valls, que vous avez une vraie tête de premier de la classe, et pas spécialement d'ouvrier... C'est à croire que vos parents vous ont conçu en regardant une pub pour Pétrole Hahn à la télé... Il y a trente ans, quand vous sortiez de l'E.N.A. avec une tête pareille, on ne vous donnait pas le choix : on vous orientait directement vers les « jeunes giscardiens » ! J'ai lu que vous veniez de vous rallier à Ségolène.

C'est bien, Manuel, d'être partisan de l'ordre juste. Attention de ne pas devenir partisan juste de l'ordre, ce serait dommage. Je vous dis ça, parce que l'un des chefs de file des supporters de Ségolène Royal, François Rebsamen, était l'invité d'Arlette Chabot jeudi dernier, et il a expliqué qu'il y avait des « barbares » dans les banlieues. Il a même précisé sa pensée en ajoutant : « Les barbares, ce sont des jeunes qui n'ont pas de civilisation. » Je rappelle que ce garçon est numéro deux du PS. Ça fait plaisir de constater que la gauche a définitivement rompu avec son coupable angélisme d'antan. Et que sa parole se libère enfin.

Il y a quelques années, Jean-Pierre Chevènement avait ouvert la voie avec ses sauvageons. François Rebsamen les qualifie affectueusement de « barbares ». Vivement que la gauche soit définitivement convertie au réalisme, qu'on puisse enfin les appeler des « bougnoules » et envoyer dans la foulée les paras leur expliquer les subtilités du courant alternatif, à ces foutus enfants de fellaghas ! Pour les calmer, on va leur organiser des tournantes à la gégène. Après tout, chacun s'accorde à dire qu'il faut assurer la pérennité des services publics dans les banlieues, et la fourniture d'électricité en fait partie ! Je ne veux pas vous agresser, monsieur Valls. Au contraire. Pour une fois qu'on trouve un manuel parmi les dirigeants du

PS, il faut le ménager ! Mais quand vous verrez Rebsamen, rappelez-lui que des responsables socialistes convertis au réalisme, il y en a déjà eu dans le passé. Notamment un certain Guy Mollet qui a allègrement couvert la torture en Algérie quand il était président du Conseil…

Pour en revenir à l'émission d'Arlette Chabot jeudi soir, il y a une image qui m'avait échappé le soir de sa diffusion et que j'ai retrouvée sur le blog des Bonnie and Clyde du service média de *Libération,* Isabelle Roberts et Raphaël Garrigos. C'est celle du générique de fin de l'émission *À vous de juger.* On y voit la présentatrice et, accessoirement, directrice de la rédaction de France 2, Arlette Chabot, en train de claquer la bise à l'un de ses invités, le ministre et porte-parole du gouvernement Jean-François Copé. D'où la question que j'ai envie de vous poser à tous les deux : faites-vous, vous aussi, la bise à Arlette Chabot quand vous la croisez ? Et si oui, quelles sont les informations compromettantes qu'elle détient sur vous pour vous y contraindre ? Vous n'êtes pas obligés de répondre, par contre vous allez devoir écouter une salve d'applaudissements qui, pour une fois, ne vous sera pas destinée…

Brave président Cavada, débonnaire et hilare pendant mon papier…

Avant de l'écrire, j'ai hésité à rappeler comment, une poignée d'années auparavant, il avait failli me virer purement et simplement pour crime de lèse-Paul-Loup Sulitzer… À l'époque, ce dernier s'exhibait partout avec une jeune Polonaise – à qui il versait des diamants dans une coupe de champagne. Dans une de mes chroniques, j'avais sorti une vanne du style : « Paul-Loup a cessé d'exporter des armes vers l'Afrique (allusion à l'affaire Falcone), désormais il préfère importer des putes des pays de l'Est ! »

Manque de bol, Paul-Loup écoutait l'émission dans sa bagnole.

Il fait immédiatement appeler Jean-Marie Cavada par son avocat Me Kiejmann (excusez du peu !) afin d'obtenir ma tête. D'après ce qu'on m'a raconté, Cavada était prêt à me virer carrément de France Inter, ce à quoi se serait opposé Jean-Luc Hess, numéro deux de la radio à l'époque, lequel me méprisait cordialement, certes, mais était suffisamment malin pour comprendre qu'il aurait eu bonne mine, lui, l'homme de gauche, de virer un chroniqueur pour avoir vanné Sulitzer ! Je m'en suis tiré avec une mise à pied d'un mois.

CHIRAC APPELLE DARTY
Jacques Chirac, mardi 30 janvier 2007

Pour commencer, je voudrais demander à Alice Taglioni une petite précision concernant une de ses récentes déclarations lors de son passage au *Grand Journal* de Canal +. Un téléspectateur vous a demandé si vous trouviez Gérard Jugnot sexy avec sa jambe de bois, et vous avez répondu : « Laquelle ? » Est-ce que vous pourriez préciser ce que vous vouliez dire exactement ?

Non, parce que j'avais déjà entendu plein de choses sur Jugnot, mais ça, j'étais pas au courant... Alors Gérard, est-ce qu'on peut la voir, cette deuxième jambe de bois ? Vous nous la montrez ? Allez, le public, avec moi, on l'encourage : « le moignon ! le moignon ! le moignon ! » J'ai une question pour vous aussi, monsieur Jugnot. On a pu lire récemment dans la presse que vous aviez participé à un dîner chez Daniela Lumbroso en compagnie de Ségolène Royal. Est-il exact que pendant toute la durée du dîner Ségolène vous a rabroué ainsi : « Arrête, François, t'es pas drôle ! » ? En clair, elle vous aurait confondu avec François Hollande pendant toute la soirée, vous confirmez ? C'est vrai que sous certains angles, vous vous ressemblez un peu, avec Hollande, depuis que vous avez rasé votre moustache... Sinon, elle est comment, en vrai, Ségolène ? Est-ce que dans le privé, elle articule autant qu'à la télé ? L'autre fois, j'étais en train de la regarder et surtout de l'écouter au journal de France 3, c'était étonnant : elle détachait bien toutes ses syllabes, en décomposant les mots avec la bouche. En cinq minutes, j'ai rajeuni de quarante ans... À un moment, j'ai eu envie de pisser, eh bien, je me suis surpris à lever le doigt pour demander l'autorisation à ma télé ! Vous avez discuté de politique internationale ? Elle a évoqué ses projets, une fois élue ? Je sais pas moi, envahir la Belgique ? Donner son indépendance à Bourg-en-Bresse ? Instituer le franc C.F.A. en Corse ? Transformer nos sous-marins lanceurs d'engins en crèches itinérantes, et le *Charles de Gaulle* en centre aéré ? Parce que, si j'en crois la presse unanime depuis quelques semaines, le jour où Ségolène sera présidente, elle va commencer par faire bombarder Monaco, proposer le rattachement du Québec au Poitou-Charentes et la délocalisation de la bande de Gaza à Mantes-la-Jolie, ainsi que l'adhésion de la France à l'O.U.A., l'Organisation de l'unité africaine. Et surtout, elle a prévu de signer une convention d'extradition avec la Suisse alémanique, afin de rapatrier Johnny de Gstaad. Je vous promets : lisez bien les journaux, Ségolène, elle est capable de descendre à Islamabad pour rencontrer le Premier ministre indien, ou de visiter l'Arabie Saoudite en short ! Alors que Sarko, lui, il est sérieux et crédible... Il a prévu de nommer Gérald Dahan au Quai d'Orsay ! Après Douste-Blazy, la transition devrait être à peine perceptible... Et au moins, avec Dahan, les canulars seront volontaires. Dans le dernier *JDD,* on a pu lire que Sarkozy avait recruté Christian Blachas, l'ancien producteur et présentateur de *Culture Pub,* sur M6, pour le conseiller pendant sa campagne. Et ça, c'est une mauvaise nouvelle pour les supporters de Ségolène, car pour le coup, Blachas, c'est une pointure en communication. D'ailleurs, je crois me souvenir qu'en 1995 il avait déjà conseillé le candidat Chirac, avec le résultat que l'on connaît. À ce propos, je ne résiste pas à la tentation de vous narrer par le menu une anecdote, que je n'hésiterai pas à qualifier de savoureuse, car j'aime pousser la sémantique dans ses derniers retranchements. Ça se passe il y a deux ou trois ans. Pour une raison qui ne nous intéresse pas en la circonstance, Christian Blachas, patron de presse et producteur de télévision, donc, demande à rencontrer Jacques Chirac. Ce dernier, qui le connaît bien, lui accorde son rendez-vous et le reçoit dans son bureau de l'Élysée. En lui disant ceci : « Blachas, je vous attendais ! Ça tombe bien que vous soyez venu aujourd'hui ! Figurez-vous qu'on vient de me livrer ça. Là, il lui montre un immense téléviseur à écran plat ultramoderne avec toutes les options, double full HD, THX surround, plateau tournant à pyrolyse et distributeur de Corona intégré, et lui dit : « Il est beau non ? Le problème, c'est que dans tout mon foutu cabinet, je n'ai pas trouvé un seul clampin capable de m'expliquer comment il marche. Vous qui faites de la télé, vous allez bien pouvoir me donner un coup de main ! » Résultat, Christian Blachas, producteur d'émissions de télévision, s'est retrouvé dans la peau du réparateur de chez Darty, à quatre pattes derrière le plasma présidentiel récalcitrant, en train d'essayer de jongler avec les dix-huit prises péritel du monstre ! Faut pas s'étonner si aujourd'hui il conseille Sarkozy ! Nicolas Sarkozy, qui, selon nos informations exclusives, s'apprêterait à décréter l'état d'urgence et la loi martiale en France par suite du vol de la *gameboy* du petit Louis à la sortie de l'école, probablement par un terroriste international !

L'espace aérien vient d'être fermé, et Interpol est sur la brèche.

Un prélèvement ADN va être effectué sur l'ensemble de la population de moins de 10 ans, notamment les barbus… À part ça, j'ai reçu un e-mail ce matin et je voudrais y répondre, si vous permettez, Stéphane. Marc, de Toulouse, m'écrit ceci : « Monsieur, dans votre chronique de lundi – hier, donc –, vous avez, sous prétexte que Mme Chirac en était la marraine, affirmé que les fonds récoltés par l'opération « pièces jaunes » étaient destinés, je vous cite, aux enfants malades de droite. Continuez, je pense que vous allez enfin toucher le fond. » Cher Marc, vous avez tronqué mes propos, ce n'est pas bien. Dans ma chronique d'hier, j'ai dit très exactement ceci : « Les pièces jaunes, on sait comment ça marche : les enfants malades de droite s'en foutent plein les fouilles, alors que les enfants malades de gauche, ils ont tout juste droit à la bise du gros Douillet et tchao ! » Il va de soi, cher Marc de Toulouse, que j'étais totalement sérieux en disant cela! C'était un acte militant, bien sûr. Et vous savez, j'en ai encore sous le coude… Dans une de mes prochaines chroniques, je compte bien annoncer à la France entière que Sarkozy mange des enfants, que Villepin porte une perruque, et que Michèle Alliot-Marie est enceinte d'Émile Louis ! Je m'excuse par avance auprès de tous nos auditeurs toulousains prénommés Marc et qui ne m'ont pas écrit : désolé les gars, pendant quelques semaines vous n'allez pas franchement passer pour des intellectuels au boulot, mais c'est pas ma faute, il a pas signé son message, le copain. Comme quoi, il n'est pas complètement con…

Une petite recommandation, pour conclure. Deux programmes à ne pas rater ce soir à la télé. D'abord, sur France 2, le premier volet d'une minisérie intitulée *Les Camarades*. Déjà, rien que le titre, c'est que du bonheur. Une série qui s'inspire ouvertement de *Nos meilleures années,* la sublimissime série italienne de Marco Tullio Giordana, diffusée en France il y a trois ou quatre ans. Si vous l'avez ratée à l'époque, elle est disponible en DVD. C'est juste une pure merveille. Je suis curieux de voir si ces « camarades » bien de chez nous supportent la comparaison. Et sur Canal +, toujours à 20 h 50, un docu-fiction intitulé *Dans la peau d'un Noir,* au cours duquel deux familles, une blanche et une noire, se sont amusées à échanger leur couleur de peau pendant plusieurs jours, histoire d'en mesurer les conséquences au quotidien.

Je me suis intéressé particulièrement au volet télévisuel de l'expérience, notamment au constat suivant : il semblerait bien que la couleur de peau n'ait aucune influence sur la perception des programmes de télé. Ainsi, qu'on soit noir ou blanc, une émission de Pascal Sevran reste toujours aussi imbitable ! Salut à tous, et longue vie aux enfants malades, de gauche et de droite !

Courage Fillon !
François Fillon, lundi 21 mai 2007

Chers amis saltimbanques, quel n'a pas été mon désappointement lorsque j'ai lu dans la presse que vous comptiez arrêter les personnages de Shirley et Dino qui ont fait votre succès ces dernières années. Je me suis demandé ce qui pouvait bien motiver une décision aussi brutale que cruelle pour votre public. Est-ce un problème de couple ? Les plus folles rumeurs ont couru à ce propos…

On a dit que Shirley était tombée follement amoureuse d'un publicitaire installé à New York, et que Dino se tapait une journaliste du *Figaro* ; que vous aviez décidé d'arrêter pour toucher un golden parachute et vous retirer sur le yacht de François Pinault ; que vous étiez tombés en dépression après avoir vu Mireille Mathieu chanter *Mille Colombes* place de la Concorde, et à cette occasion pris conscience que, en matière de burlesque, vous ne pourriez jamais faire mieux. Il s'est également murmuré que vous pourriez intégrer le gouvernement d'ouverture de François Fillon : Shirley en tant que doublure radiophonique de Roselyne Bachelot et Dino comme *gagman* attitré d'Alain Juppé. Je ne sais pas vous, mais moi, cette nomination d'Alain Juppé au ministère de l'Écologie me réjouit au plus haut point. Déjà, rien qu'en regardant l'état de son cuir chevelu, on comprend qu'il est hyper concerné par les ravages de la déforestation ! Pour lutter contre le réchauffement de la planète, Alain Juppé est vraiment l'homme de la situation. Dans le genre « réfrigérant », on ne pouvait pas trouver mieux. En cas de canicule, il faudra l'envoyer en tournée dans les maisons de retraite pour faire tomber la température ! J'ajoute que ça fait longtemps qu'il pratique le tri sélectif : il y a lui et les cons ! C'est-à-dire nous ! Ce qui me réjouit le plus, c'est de penser que pendant les cinq ans à venir, ce pauvre Juppé va être obligé de faire du vélo tous les jours devant les caméras de télé et que ça doit bien l'emmerder ! Et surtout, il va être obligé de négocier avec les écologistes, les vrais, ceux qui sont sur le terrain depuis des années ; que des vieux « babes » hirsutes qui roulent en combi Volkswagen orange avec des autocollants « *Nuclear, nein danke*! » au cul ! J'aimerais être là quand ils viendront en délégation au ministère pour faire déguster à Alain Juppé leur fromage de chèvre roulé sous les aisselles !

Parmi les ministres de ce premier gouvernement Fillon, saluons également l'arrivée de Rachida Dati à la Chancellerie. Rachida appartient à une nouvelle génération de politiques, celle qui ignore la langue de bois. La semaine dernière, elle était l'invitée de Franz-Olivier Gisbert, sur France 5, et à la question : « Quel est selon vous le principal défaut de Sarkozy ? », elle n'a pas hésité à répondre : « Le principal défaut de Nicolas, c'est qu'il n'est pas suffisamment dans le souci de son image. » Authentique ! Je vous rassure : quand Rachida a dit ça, elle n'était pas encore Garde des Sceaux, donc elle pouvait encore nous prendre pour des ânes ! J'ai noté également la nomination de l'UDF Hervé Morin à la Défense, ce qui me soucie.

Est-ce bien raisonnable de confier le bouton de la force de frappe à un centriste ? Il risque d'hésiter longtemps avant d'appuyer dessus ! Ou de changer de cible sans crier gare… Il ne vous aura pas échappé que les initiales d'Hervé Morin, ça fait « H et M », comme la marque de prêt-à-porter. Pour un type qui vient de retourner sa veste, c'est parfait… La grosse surprise, c'est l'arrivée de Roselyne Bachelot à la Santé, à la Jeunesse et aux Sports. Elle a parfaitement intégré l'ampleur de la mission qui l'attend, puisqu'en apprenant sa nomination elle a déclaré devant les caméras : « Il va falloir que je me mette au jogging ! » Je n'ai pas encore eu le plaisir de l'admirer dans l'exercice de ses nouvelles fonctions, mais ce que je peux garantir, c'est qu'on verra son short de loin ! Soyez sympa, Shirley, faites-nous Roselyne Bachelot en train de courir dans le bois de Boulogne en criant un truc du genre : « Attrapez-moi, attrapez-moi, si vous en êtes capables ! Hou hou hou ! »

Brice Hortefeux, *alias* « le rubicond du Massif Central », a hérité du portefeuille de l'Immigration et de l'Identité nationale. Ce gars-là n'est manifestement pas à une contradiction près : il a été nommé pour virer les Arabes, et il commence par accepter un Marocain, ce n'est pas sérieux ! Quant à Éric Besson, dit « le félon », on lui a attribué royalement un poste de secrétaire d'État chargé de la Prospective et de l'Évaluation des politiques publiques, à ne pas confondre avec le poste également prestigieux de secrétaire d'État chargé de l'évaluation publique des politiques prospectives, lui-même fort différent du poste de secrétaire d'État chargé de la prospection évaluative du public politique !... Bref, tout ce que je peux vous dire, c'est qu'on lui a donné un bureau au sous-sol de Matignon, avec une porte équipée d'un judas, au cas très improbable où quelqu'un aurait l'idée saugrenue de venir lui rendre visite... Enfin, dernière nomination inattendue : celle du président d'Emmaüs, Martin Hirsch, au poste de haut-commissaire aux Solidarités actives contre la pauvreté. En fait, Sarko l'a embauché pour qu'il débarrasse l'Élysée de toutes les cochonneries que les Chirac ont abandonnées sur place faute de pouvoir les caser dans leur studio-kitchenette de 180 mètres carrés quai Voltaire. C'est un vrai capharnaüm que la malheureuse Cécilia a découvert sur place... C'est pour ça qu'elle n'est pas allée voter le 6 mai ; elle commençait à ranger le bordel des Chirac. Il y avait des bouteilles de Corona vides dans tous les coins, des meubles rustiques corréziens offerts par Denis Tillinac, des dizaines de vieux costards de Jacques, des robes usagées de Bernadette par centaines, dont une soigneusement enfermée dans un placard, avec Bernadette à l'intérieur, que Jacques Chirac s'imaginait pouvoir faire semblant d'avoir oubliée par mégarde, sans que personne s'en aperçoive ! Cécilia a également découvert une petite culotte de Madonna avec une dédicace illisible, des sous-vêtements de David Douillet, une poupée à l'effigie d'Édouard Balladur avec des aiguilles plantées dans le gras du cou, et une autre, gonflable celle-là, représentant une vache charolaise grandeur nature, sur laquelle l'ancien locataire des lieux s'entraînait avant chaque début de campagne électorale… Bref, Nicolas a confié à Martin Hirsch la mission de faire place nette à l'Élysée afin que le décorateur de *La vérité si je mens* puisse procéder au relookage du Palais. Naturellement, l'ancien président d'Emmaüs aura carte blanche pour revendre toutes les saloperies qu'il aura ramassées, et disposera ainsi d'un budget de fonctionnement pour son haut-commissariat !

Pour conclure cette chronique sur une note plus culturelle, permettez-moi de vous citer un extrait du *Maillon faible*, diffusé hier soir sur TF1, et qui a vu s'affronter une brochette de candidates malheureuses au concours de Miss France. À la question, particulièrement vicieuse il faut bien le dire : « Qui est l'auteur du *Capital* : Karl Marx ou Groucho Marx ? », Miss Poitou-Charentes, à moins qu'il s'agisse de Miss Franche-Comté, a répondu sans aucune hésitation « Groucho Marx ». Ce qui me permet de vous annoncer que la gauche n'est pas en meilleure position pour gagner les législatives le mois prochain. À demain quand même!

Daho donne de la voix
Étienne Daho, mardi 13 novembre 2007

Je vous préviens, Stéphane, je vais arrêter de faire cette chronique.

J'en ai ras le bol, ça ne sert à rien de faire ce boulot. On essaye de faire bouger les choses, les mentalités, d'ouvrir l'esprit des invités, et puis finalement on s'aperçoit que ça n'a aucun effet… Hier soir, j'ai appelé chez *Gagnaire,* le grand chef triplement étoilé au Michelin qu'on recevait hier, pour réserver, et ils m'ont envoyé bouler !

Je leur ai dit : « Je m'appelle Didier Porte, enfin ! Vous devez avoir mon nom sur la liste ! » Ils m'ont répondu : « Non, désolé, sur la liste des invités il y a juste un certain Stéphane B. accompagné d'une dénommée Nadine de R., plus une quarantaine de Petits Chanteurs à la croix de bois… » Y'en a marre ! C'est toujours les mêmes qui vont se taper la cloche aux frais de la princesse ! En plus avec une baronne. Elle vous a prêté sa pince à moule pendant le dîner ? J'espère, c'est quand même plus hygiénique…

Bon, sinon j'ai reçu un courrier électronique du jeune Nicolas, qui nous écrit ceci : « Je voudrais vous soumettre une petite réflexion de notre ami Johnny, lequel, dans une interview publiée par *Ouest-France* le 10 novembre, a déclaré : « Des fois, j'aimerais être con. » Voilà, je pense que beaucoup de choses peuvent être dites là-dessus, notre ami Didier Porte pourrait peut-être nous faire quelques commentaires. Au moins, si quelqu'un pouvait rassurer Johnny et lui dire qu'il a tout pour être l'homme le plus heureux du monde. » Fin de citation. Mon cher Nicolas, c'est bien mal me connaître que de m'imaginer capable de ricaner à propos des prétendues insuffisances du plus grand chanteur français vivant. Contrairement à ce que vous avez l'air de sous-entendre, Johnny est très intelligent. Simplement, c'est une intelligence intuitive. Vous ne pensez quand même pas sérieusement qu'un grand fabricant de lunettes l'aurait choisi pour porter les couleurs de sa marque si ce n'était pas le cas ? Les lunettes étant, par définition, l'accessoire par excellence des intellectuels, comme l'illustrent de manière éclatante le cas de Nana Mouskouri et surtout celui de Julien Courbet ! Mon cher Nicolas, lorsque Johnny chante *Oooooooooptic 2000!*, si vous ne percevez pas toute l'intelligence intuitive que cela révèle chez lui, c'est que vous-même n'êtes pas très malin ! Vu ce qu'il palpe à chaque fois, on peut dire que ses intuitions, à Johnny, elles sont pas dégueu !

Et puis excusez-moi, mais arriver à chanter *Ooooptic 2000* sans avoir suivi de cursus universitaire constitue un sacré exploit, quand on sait que pour arriver à crier « Atoll, les opticiens ! » Antoine a dû faire Centrale ! L'autre jour, Mathilde Seigner, qui était notre invitée, l'a très bien dit : « D'abord, ceux qui critiquent Johnny, c'est eux qui sont bêtes ! » Vous qui la connaissez, Stéphane, elle a l'air assez intuitive, Mathilde, non ?

Bon, à part ça, sous prétexte que nous recevons Étienne Daho ce matin, ne comptez pas sur moi pour reprendre à mon compte la sempiternelle rengaine des comiques et autres imitateurs sur sa prétendue faiblesse vocale. Il y a, dans ce pays, suffisamment de chanteurs et de chanteuses qui se sentent obligés de hurler pour se faire entendre que je ne peux que me féliciter de sa discrétion en la matière. Pour paraphraser Bernard Lavilliers, je dirais qu'avec Étienne, la musique est un cri qui vient de l'intérieur, mais qui a le bon goût d'y rester !

Bravo ! Continuez sur cette voie. Récemment, on a reçu Mireille Mathieu. Et comme elle parle aussi fort qu'elle chante, on a dû faire toute l'émission avec des boules Quies. Ce qui fait qu'on n'entendait pas les réponses qu'elle faisait à nos questions. Et comme elle ne comprenait pas nos questions non plus, ça a donné une émission assez spéciale. Je dirais même « exceptionnelle en terme d'intuitivité »... Oui, on reçoit très souvent Mireille Mathieu. C'est-à-dire que Stéphane a tendance à mélanger le boulot et la vie sentimentale...

Étienne, comme vous n'êtes pas venu si souvent que cela dans l'émission, je vous explique un peu ce que je fais. J'ai deux fonctions principales au *Fou du roi*: je suis chargé des relations avec la communauté bretonne, d'où ma présence ce matin pour vous accueillir, et je suis également mandaté pour dénoncer les dérives de la télé qui sont nombreuses, sauf sur TV Breizh, bien sûr, qui est une chaîne admirable. Vous avez déjà regardé *Derrick* en Bigouden? Ça déchire!... C'est un peu comme si Glenmore chantait du Van Halen...

À propos de dénoncer, je me dois de signifier ma plus vive désapprobation concernant la mise en ligne ce week-end sur Internet d'une séquence extraite, semble-t-il, d'une émission consacrée aux sports mécaniques et diffusée par W9, une chaîne qui connaît actuellement un grand succès sur la TNT, et qui est une filiale de M6.

Dans cette séquence, on voit Gilbert Montagné, chanteur notoirement non-voyant, au volant d'une automobile de marque Audi, en train de lâcher sauvagement les bourrins, jusqu'à atteindre la vitesse hallucinante de 160 kilomètres à l'heure, tout en poussant de longs hululements d'allégresse aux accents démoniaques. Certes, la séquence a été tournée sur circuit et en présence d'un copilote qui lui disait « à gauche, non à droite, tout droit maintenant, allez appuie! », mais quand même... La télévision va trop loin. Je rappelle que Gilbert Montagné est chargé de mission auprès du gouvernement et que, même s'il n'est pas en charge de la sécurité routière, cela lui confère des devoirs... 160 kilomètres à l'heure, est-ce bien raisonnable? À moins qu'il s'agisse d'une tentative de mise en œuvre d'un nouveau régime de retraite pour les chanteurs non-voyants, de type « anticipée » !

Je pose la question aux programmateurs de W9 : vous envisagez de tourner d'autres séquences de ce type, mettant en scène des membres du gouvernement ? Roselyne Bachelot en train de faire un saut à l'élastique, par exemple ? Dans ce cas, n'oubliez pas de le doubler !

Pour conclure, une information économique. Forte du succès de la nouvelle formule de *La Roue de fortune,* animée avec beaucoup de réserve et de pudeur par Christophe Dechavanne et sa volumineuse partenaire scandinave, TF1 a décidé de commercialiser une peluche à l'effigie du petit chien de l'animateur, peluche qui sera bien sûr fabriquée en Chine, avec d'autant plus de méticulosité et d'affection que, par là-bas, ils adorent ce genre de petits chiens. Surtout avec des nouilles sautées à la citronnelle. Je rassure tout de suite ceux qui se sentiraient frustrés par le caractère restrictif de la politique commerciale de TF1 en termes de produits dérivés, les seins de Victoria Silvstedt sont déjà disponibles depuis longtemps dans toutes les bonnes cliniques spécialisées de la capitale. Ils sont même livrables à domicile mais c'est un peu cher car il faut payer un J7. À demain.

Furieux, l'Étienne, à l'issue de mon papier. Ma phrase sur sa musique, « un cri qui vient de l'intérieur et a le bon goût d'y rester » lui est restée en travers de la gorge. Mani-

festement, il ne supporte pas les vannes récurrentes sur son filet de voix... Pavarotti *! Pardon :* poveretto *! (en français : « pauv'petit bonhomme » !)*

DASSAULT DANS LE VIDE
Olivier Dassault, mercredi 31 janvier 2007

Vous savez que l'enquête sur le vol du scooter du fils Sarkozy progresse à grands pas. Le voleur a été retrouvé : il s'agit du mollah Omar, dont la vieille mobylette était tombée en panne. Ben Laden ayant refusé de lui en acheter une neuve, il a été obligé d'en voler une. En tout cas bravo aux 150 000 enquêteurs et aux 48 compagnies de C.R.S. mobilisés pour cette enquête vitale en terme de sécurité nationale. En revanche, on n'a toujours pas retrouvé le voleur de la *game-boy* du petit Louis, plus connu à l'école sous le surnom de « Bonne chance mon papa ». Le ministère de l'Intérieur indique juste que plusieurs membres de la communauté Pokémon sont actuellement entendus dans les locaux de la division antiterroriste, dont un certain Pikatchou qui n'a pas l'air d'avoir la conscience tranquille… On vous tient au courant… Ah ! on me dit dans mon oreillette que le mollah Omar vient de s'évader des locaux de la préfecture de police après avoir dérobé la patinette électrique du troisième fils de Sarko, et qu'il se dirigerait vers la Maison de la Radio après avoir emprunté le tunnel du pont de l'Alma à très grande vitesse. Les autorités nous demandent de faire preuve de la plus grande vigilance et de leur signaler la présence dans le quartier de tout individu barbu au comportement suspect… Allô ? On en tient un, justement, et lui non plus, il n'a pas l'air d'avoir la conscience très tranquille, on vous le garde au chaud… Pierre Arditi et Bernard Murat vont le ceinturer jusqu'à l'arrivée du G.I.G.N. Alors, rascal, tu fais moins le malin ! Alors comme ça, tu es barbu et tu pilotes des avions ? Eh oui, chers auditeurs, conformément à la mission du *Fou du roi,* qui est d'aider les jeunes en difficulté, après avoir reçu Arthur nous recevons le petit Dassault, le fiston à Serge, qui s'apprête à entrer dans la vie active. Il est mignon comme tout, il ne ressemble pas du tout à son papa… Et puis lui, au moins, il fait attention à ses affaires : il met toujours son antivol à son Falcon… Alors, mon grand, tu es venu avec un livre ? Oh ! il est beau ! Mais que veux-tu en faire ? Tu n'as pas amené tes crayons de couleur ? Dis-nous, Olivier, qui c'est qui l'a écrit en vrai ce beau livre, tu le sais ?

Un monsieur africain ? Tu es sûr ? Il est de quelle couleur, ce monsieur ? tout blanc ? un monsieur africain tout blanc ? C'est le même qui écrit aussi les livres de ton papa ? Je vois…

Allez, soyons un peu sérieux et saluons le courage et la générosité d'Olivier Dassault, qui nous a annoncé en coulisse que, afin de vivre pleinement son libéralisme, il avait amené son carnet de chèques avec lui, afin de nous rembourser, à nous, contribuables, les quelques milliards de francs que nous avons versés au cours de ces vingt dernières années pour financer le développement du Rafale, dont pas un seul exemplaire n'a été vendu à ce jour à l'étranger par le groupe Dassault ! Non, je vous en prie, Olivier, rangez votre carnet de chèques ; je ne veux pas qu'il y ait d'histoires d'argent entre nous…

En revanche, je me suis laissé dire que le château-Dassault, ce grand cru de Saint-Émilion dont vous êtes également propriétaire, avait beaucoup progressé dans les derniers millésimes ? Vous m'en mettez quatre caisses de six ? Cinq caisses si je ferme ma gueule ? Ça marche ! Si on parlait de télévision un peu ? Hier soir, chez Fogiel, Richard Virenque est venu parler du grave accident de vélo qu'il a eu l'été dernier lors d'une course amateur et dont il s'est, heureusement, totalement remis, malgré une fracture ouverte du crâne. Je ne sais pas si vous vous souvenez, mais *Paris-Match* avait publié des photos de lui juste après sa chute, c'était terrible, il était totalement défiguré. C'est bien simple, au début, en voyant les photos, j'avais cru à une nouvelle bavure du chirurgien esthétique de Sheila ! Heureusement, ce n'était qu'un accident, et Richard a pu retrouver figure humaine. Aujourd'hui, tout va bien. D'ailleurs, Virenque a confié à Fogiel : « Je ne sens pas ma boîte crânienne. » C'est bien la preuve que tout est redevenu comme avant ! Je dirais même plus : mieux qu'avant… Marc-O l'a très bien noté hier, et c'est vrai que moi aussi, ça m'a frappé : je ne sais pas si c'est à l'insu de son plein gré, mais depuis son accident Richard fait beaucoup moins de fautes de syntaxe quand il parle à la télé. Hier soir, il parlait un français impeccable, Virenque. Voilà qui ouvre des perspectives radieuses à notre ami Steevy. Qui est volontaire pour lui prêter son vélo ? En écoutant les infos, ce matin, vous avez dû entendre parler de ce sondage commandé par l'association Le Cran et qui révèle qu'en France un Noir sur deux se sent victime de discrimination au quotidien. N'importe quoi ! Ces gens-là sont totalement paranos, faut avoir le courage de le dire. Non seulement en France les Noirs ne sont pas discriminés, mais c'est même tout le contraire. Je rappelle que, grâce à Pascal Sevran, pendant plus de deux mois, sur toutes les antennes, il n'a été question que de la bite des Noirs ! Pas un mot sur celle des Blancs, avouez que c'est vexant… Eh bien nous, on n'est pas venu pleurnicher… Autre exemple : dimanche soir, *Zone interdite,* le magazine d'information de M6, proposait un reportage sur les nounous indignes, vous savez celles qui attachent les gamins dans leur poussette et les laissent griller en plein soleil pendant qu'elles discutent avec les copines… *Zone interdite* en avait filmé plusieurs en caméra cachée dans un square et elles avaient beau avoir le visage flouté, on voyait bien qu'elles étaient noires, toutes !

Sur la petite dizaine de nounous indignes montrées dans le sujet, aucune n'était blanche. Bon, je sais bien ce que vont répondre les journalistes concernés : « Nous, on filme ce qu'on voit, et on n'a pas vu de nounou blanche en train de mal faire son boulot ce jour-là ! »

Mais non, c'est pas comme ça que ça marche. Fallait vous démerder pour en trouver une, les gars… Je ne sais pas moi, quitte à louer un bébé et à appeler Britney Spears pour qu'elle vienne le secouer devant les caméras ! Ou il fallait donner des informations complémentaires, notamment le pourcentage exact de Noires qu'il y a dans la profession de nounou et les statistiques sur la maltraitance ventilées par couleur de peau. Mais balancer comme ça, à froid, cinq minutes de caméra cachée ne montrant que des Noires en train de ne pas surveiller les petits Blancs qu'on leur a confiés, excusez-moi, mais je trouve ça limite irresponsable. Bon, c'est pas grave… Mélissa Theuriau est tellement jolie quand elle fait ses lancements, c'est ça l'essentiel… Je vois bien que vous me trouvez horriblement politiquement correct. J'ai un peu honte, aussi vais-je conclure cette chronique en dénonçant un Noir. Un Noir qui se croit supérieur aux autres, je dirais même plus : un Noir qui a un melon gros comme ça ! Je veux parler du dénommé Yannick Noah, à propos duquel *Le Point* de cette semaine nous délivre l'information suivante : alors qu'il participait au concert des Enfoirés à Nantes, Yannick Noah a refusé tout net d'aller dormir avec ses petits camarades dans l'hôtel le plus luxueux de La Baule, *L'Hermitage,* situé à plus de cent kilomètres de là, en déclarant : « Je viens chanter bénévolement pour les Restos du cœur, je ne vais quand même pas en profiter pour me faire héberger dans un palace de milliardaires ! »

Il est allé aussi sec dormir à l'hôtel *Mercure* de Nantes, foutant la honte à tous les autres, qui sont quand même allés se coucher à *L'Hermitage*. Faut pas déconner, non plus… Quand je vous disais que les Noirs étaient prétentieux ! En attendant, je suis sûr que le public du studio 106 va donner à Noah ce qu'il mérite : une salve d'applaudissements du tonnerre de Zeus, et puis moi je vais en profiter…

Dès la fin de mon papier, Olivier Dassault, qui mériterait d'être surnommé « Papamapadi » tellement son père, Serge, le traite comme une merde, se met à vanter les qualités du Rafale. Naturellement, il ne convainc personne, à part Le Canard enchaîné, *qui le surlendemain se fout de sa binette en citant mon papier.*

DECHAVANNE À DEUX BALLES
Christophe Dechavanne, mercredi 8 décembre 2004

Bonjour jeunes gens. Christophe Dechavanne, vous avez déclaré récemment dans une interview : « J'ai refusé de vendre ma société Coyotte à Endemol, comme les autres, car je suis assez con pour ne pas penser à l'argent. » Ah ! enfin un philanthrope ! C'est tellement rare de nos jours ! Maintenant je comprends ce qui s'est passé ce week-end. J'étais en train de regarder le *Téléthon* et, soudain, j'ai vu le compteur se mettre à tourner à toute vitesse. J'ai cru que le moteur s'était emballé, mais pas du tout : c'était Dechavanne qui venait de faire une promesse de don ! Christophe vous le dira lui-même : il n'a pas de mérite à être devenu philanthrope. Quand tu travailles pendant aussi longtemps avec les dirigeants de TF1, tu le deviens par capillarité, par mimétisme ! Donner du bonheur aux gens est une passion tellement communicative. Pour ceux de nos auditeurs qui douteraient de la vocation philanthropique de TF1 – que voulez-vous, on ne peut pas empêcher une minorité de paranoïaques de nous écouter –, je signale que pendant l'élection de Miss France samedi soir, non seulement TF1 a appelé ses propres téléspectateurs à faire des promesses de dons au *Téléthon,* mais elle a mis à cet effet un numéro de téléphone à leur disposition : le 08 36 37, 56 centimes d'euro la minute... Qu'est-ce que vous voulez y faire ? Ils sont comme ça sur TF1 ! C'est plus fort qu'eux, il faut qu'ils fassent le bien autour d'eux, c'est une culture... Regardez Christophe : il n'est pas venu les mains vides ce matin. Il nous a amené Patrice Carmouze en guise de cadeau. Il est venu nous le rendre... Vous êtes gentil, Christophe, mais sans façon. Donné, c'est donné... En plus, vous nous l'avez un petit peu fatigué, notre Carmouze, pendant la *Ferme Célébrités,* à lui faire faire le gugusse déguisé en Danièle Gilbert ou en Vincent Mc Doom, voire les deux en même temps, ce qui est à la limite de la cruauté mentale. C'est que c'est plus un poulet de l'année, le Patoche, si je peux me permettre. Alors, c'est bien gentil de nous le ramener maintenant qu'il est sur les rotules, mais non merci !... On est une radio publique, ici, pas un institut de soins palliatifs. Je vais être franc avec vous : on a surtout peur qu'il ait contracté de mauvaises habitudes.

Oui, il y a deux ou trois jours, j'ai écouté l'émission que vous faites ensemble l'après-midi sur Europe 1, un peu par curiosité parce que je savais que vous deviez venir aujourd'hui, et beaucoup par compassion car on m'avait communiqué vos audiences. Le thème de votre émission cet après-midi-là c'était « les odeurs corporelles ». Carmouze a été très convaincant, d'autant que vous l'aviez obligé, semble-t-il, à ne pas se laver pendant les deux mois qui ont précédé l'émission, mais je crains juste que le public de France Inter ne soit pas prêt pour des sujets aussi… ambitieux ! À ce propos, je n'ose imaginer dans quel état vous allez nous rendre Joëlle Goron. Je ne dis pas ça par rapport aux odeurs corporelles, Joëlle, attention… Je m'inquiète simplement de ce qu'il risque de t'obliger à faire dans *Combien ça coûte.* Tu ne le sais peut-être pas, mais dans le cadre de leur célèbre rubrique de gauche « l'État socialo-communiste jette l'argent des téléspectateurs de TF1 par les fenêtres », Christophe et son ami Jean-Pierre Pernaut préparent un sujet sur le thème : « Combien ça coûte à la collectivité, un vieux ? » Et surtout : « Combien ça rapporterait de s'en débarrasser ? » Et j'ai l'impression qu'ils ne t'ont pas embauchée par hasard… J'adore cette émission, Christophe Dechavanne, je tenais à vous le dire de vive voix. Déjà présentée par le seul Jean-Pierre Pernaut, elle m'était profondément sympathique, mais alors maintenant que vous lui avez adjoint les services d'Évelyne Thomas, je suis carrément aux anges ! Ah ! Évelyne Thomas… une erreur de la nature embauchée par un accident industriel, ça a de la gueule. Il n'y a pas de doute, Christophe, je vous préfère nettement dans le rôle d'animateur de *La Ferme.* Comme le notait *Libération* récemment, vous êtes parfait en « déconneur régressif ». Déconneur, mais quand même un chouïa autoritaire. Dans le même papier, il était écrit : « Sur le plateau de *La Ferme,* hors caméra, Dechavanne fait régner la loi chez les poules et les canards : " Il fait chier celui-là, il sort ! ", dit-il en montrant le gros qui mord le petit. » Fin de citation. Fasciste... Quel bon souvenir, la *Ferme Célébrités.* Mais je n'ai pas été surpris du tout que ce soit Pascal Olmeta qui ait gagné et pas Danièle Gilbert. Tu m'étonnes. Parmi les dirigeants d'Endemol, il y en a un paquet qui possèdent une villa de vacances à Propriano ; à Chamalières, aucun ! Résultat : Olmeta a quitté *La Ferme* avec un joli magot de plusieurs dizaines de milliers d'euros.

C'est bien la première fois qu'un Corse arrive à rentabiliser une exploitation agricole sans aucune subvention de la Commission européenne ! Revenons à notre phrase du début, Christophe : « Je suis assez con pour ne pas penser à l'argent. » Je pense à tous ceux qui sont assez cons pour avoir acheté *Gala* cet été et qui sont tombés sur les photos de votre mariage dans votre maison de campagne de Sologne, « La Gatignole », un pied-à-terre de 450 mètres carrés habitables, avec piscine en teck, piste d'atterrissage pour votre hélicoptère, sans oublier le parc de 250 hectares dans lequel vous aviez fait installer d'immenses tentes berbères pour recevoir vos invités, des paysans de la région, j'imagine. En voyant ces photos, certains ont dû se dire qu'à partir d'un certain niveau de confort dans la vie quotidienne, faudrait vraiment être très con pour continuer de penser à l'argent. D'autres plus teigneux – les fameux paranoïaques abonnés à

Télérama que j'évoquais plus haut – vont à coup sûr nous rabâcher leur couplet habituel : « Est-il socialement admissible qu'un chercheur qui a fait dix ans d'études gagne 3 000 euros par mois en fin de carrière, alors qu'un éminent diplômé du Club Mickey comme vous, Christophe, est payé l'équivalent du PIB du Portugal rien que pour faire faire coin-coin à des *people* de seconde zone ? » Oui, je sais, ils sont chiants. C'est les auditeurs de France Inter… En plus, si vous leur répondez que « donner du bonheur aux gens, c'est essentiel ; leur offrir du rêve est une noble mission », ils vont vous rigoler au nez, car ils ont horreur qu'on les prenne pour des cons avec de la langue de bois à deux balles. Ils sont comme ça, on les refera pas… Moi, je n'essaye même plus de discuter avec eux. C'est pour ça que je conclurai cette chronique par la requête suivante : foutez la paix à Dechavanne. C'est vrai qu'il a une grande maison de campagne, mais il la mérite. Un type qui a réussi à faire en sorte qu'Ève Angeli écrive un livre et même peut-être qu'elle soit un jour en mesure de le lire elle-même – on ne sait jamais, avec la méthode globale, on fait des miracles –, eh bien un gars qui a fait ça est un authentique philanthrope. Et un philanthrope a le droit d'être bien installé, merci pour lui…

Pas très joye, le Chri-chri, après mon papier… Mais comme ce dernier a fait marrer la table et le public, il a l'intelligence d'écraser le coup… Il est futé, le bestiau….

DELARUE MAL FAMÉ
Jean-Luc Delarue, mercredi 22 novembre 2006

Je sais que je suis là pour essayer de vous faire sourire en me gaussant de nos contemporains enlucarnés, mais il est des circonstances qui ne prêtent pas à s'esclaffer, désolé d'avoir à vous le rappeler. On peut peut-être rire de tout, mais pas à n'importe quel moment. Excusez-moi, mais il y a des jours, comme ce matin, où je n'ai pas envie de rigoler du tout. Dans ce petit monde audiovisuel qu'il est de bon ton de brocarder, il y a aussi de la souffrance, des espoirs déçus, des illusions fracassées, des accidents de la vie, comme partout ailleurs. Aussi, je vous demanderai d'accueillir avec un minimum de recueillement et, disons-le, de compassion, la nouvelle qui est tombée hier sur nos téléscripteurs affligés. La voici : au cours des neuf premiers mois de l'année 2006, le groupe TF1 a accusé une baisse de son bénéfice net de 4,9 % par rapport à la même période de 2005. Il est passé de 181, 2 à seulement 172, 3 millions d'euros. Presque dix millions en moins cette année. C'est dur, hein ? Ah ! les pauvres. Patrick, Étienne, si vous m'entendez, sachez-le : on est de tout cœur avec vous. Tenez bon, les gars, nous allons lancer de ce pas une souscription de soutien auprès des auditeurs de France Inter, et surtout auprès du public du studio 106, qui est actuellement au bord des larmes. Nous allons faire circuler une boîte que nous a gentiment prêtée Arthur, et dans laquelle vous êtes invités, chers spectateurs, à déposer vos dons. Les dents en or sont les bienvenues. Et je suis sûr que Bruno Gaccio, ici présent, va se faire un plaisir de reverser ses droits d'auteur des *Guignols* pour remercier TF1 de lui avoir fourni autant de matos depuis tant d'années. On va lui retirer ses menottes pour qu'il puisse signer le chèque…

Bon allez, ça ne sert à rien de se miner, on passe à autre chose. Justement, quand on n'a pas le moral, il existe un moyen imparable de retrouver sa bonne humeur et sa joie de vivre : regarder la nouvelle émission de Jean-Luc Delarue, en début d'après-midi, sur France 2.

C'est très sympa comme programme : léger, pétillant, dans l'air du temps et surtout sans aucun pathos. La semaine dernière, Jean-Luc recevait la fille d'Émile Louis qui est venue nous faire partager ses souvenirs d'enfance, notamment deux ou trois assassinats plutôt cocasses commis par son papa en sa présence.

Ce jour-là, le thème de l'émission était : « Il y a un assassin dans la famille, parlons-en. » Pour donner la réplique à la fille d'Émile, il y avait aussi Valérie, dont le frère aîné a assassiné un homme de 17 coups de couteau. C'était très agréable, chacun y est allé de son anecdote, les filles ne se connaissaient pas, elles ont échangé des adresses de psychiatres, ça papotait dans tous les sens, c'était vivant !

Deux ou trois jours plus tard, je suis retombé dessus, et là, le sujet choisi par Jean-Luc était le suivant : « J'ai fait interner mon propre enfant. »

C'était pas mal, mais j'ai trouvé ça un peu mou… Je l'ai quand même enregistrée pour la faire voir à mes gamins, ça les a bien calmés… Heureusement, Jean-Luc a retrouvé la grande forme, lundi dernier, avec au menu du jour : « J'ai été mêlé à un fait-divers. » Parmi les *people* invités, il y avait notamment le fils Flactif, vous savez, le seul survivant de la tuerie du Grand-Bornand, qui avait 14 ou 15 ans à l'époque des faits et qui, à quelques minutes près, aurait pu voir sa mère, son beau-père et ses trois demi-frères et sœurs se faire trucider par le voisin. C'est ballot, hein ? Mais il était très bien quand même, le petit Flactif… télégénique, faisant des phrases courtes, aucun regard-caméra pendant l'interview, nickel… J'étais moins client d'Émilie, 22 ans, qui a poignardé son beau-père d'un coup de couteau suisse dans le cœur, un soir de dispute… Elle a expliqué que c'est le beau-père en question qui avait saisi sa main avec le couteau pour se poignarder lui-même… du coup, son histoire tombait un peu à plat, vu qu'elle se sentait moins coupable, elle pleurait moins. À l'opposé, dans la dernière partie, je me suis régalé : vous vous souvenez de la tuerie de Tours en 2001 ? Un type un peu bas de plafond qui rêvait de passer à la télé était descendu dans la rue avec son fusil et avait zigouillé quatre bonshommes complètement au hasard… Génial, non ? Eh bien, Jean-Luc a réussi à avoir l'épouse du tueur ainsi que la mère et la fille d'un des passants assassinés. Ça a tout de suite créé une super-ambiance sur le plateau. Dès qu'on réunit des gens qui *a priori* ont peu l'occasion de se côtoyer, c'est beaucoup plus interactif, plus dynamique dans les échanges… Je sais ce que vous allez me dire : vous êtes un peu déçus de ne pas avoir entendu les témoignages du neveu de Guy Georges, de la femme de ménage de Patrice Alègre et du dentiste de Francis Heaulme, malheureusement, ils sont déjà réservés par Évelyne Thomas.

J'ai bien aimé aussi la conclusion de Delarue au terme de ce numéro de *Toute une histoire* si frais et revigorant : « J'espère que cette émission servira de leçon à ceux qui nous regardent. »

C'est sûr que tous les psychopathes schizoïdes à tendance paranoïaque qui ont regardé le programme entre deux passages à l'acte ont dû prendre plein de bonnes résolutions depuis… Attention, entendons-nous bien : les sujets traités par Delarue ne sont pas tous aussi ludiques. Il n'hésite pas par ailleurs à aborder des questions complètement différentes. Ainsi, pour une prochaine émission, une bande-annonce nous a promis de tout nous dire sur le cas d'Annabelle, qui s'est fait, je cite :

« gonfler son point G par injection ». Un sujet qui devrait bien intéresser Émile Louis, qui a pas mal de temps libre pour regarder l'émission. Pour conclure, je voudrais vous livrer deux phrases de personnalités entendues hier soir dans l'émission de France 3 que Marc-Olivier Fogiel a réussi à vendre à M6. La première est signée du revenant de Belfort, qui a décidé de revenir hanter la campagne présidentielle, j'ai nommé Jean-Pierre, ex-feu Chevènement, qui a dit : « Je pense que le peuple français ne va pas se laisser enfiler une nouvelle constitution européenne. » Cher Jean-Pierre, sachez qu'une constitution, ça ne s'enfile pas, ça se ratifie. Vous avez confondu avec « une attachée parlementaire » ou une infirmière du Val-de-Grâce.

L'autre citation que je souhaite répercuter dans cette fin de chronique est un échange entre Marc-O et vous, Stéphane. Marc-O : « Avouez, Stéphane, que lorsque vous étiez plus jeune, vous achetiez *Point de vue-Images du monde* comme d'autres achetaient *Playboy.* » Stéphane : « Oui, mais je n'en faisais pas le même usage. » Ah, le menteur ! Franchement, Stéphane, je suis sûr que si on devait compter le nombre de cartes de France dont vous avez agrémenté les plus célèbres photos de la reine d'Angleterre, il y aurait largement de quoi renflouer l'I.G.N. À demain.

DRUCKER, LOANA, MÊME COMBAT !
Michel Drucker, lundi 19 novembre 2007

Michel Drucker, bonjour. Procédons tout de suite à une mise au point : notre invité est bien l'auteur de son livre. Ce n'est pas Paul-Loup Sulitzer qui l'a écrit à sa place ! Paul-Loup qui sort justement un nouveau bouquin. Je l'ai vu en parler chez Ruquier, il y a huit jours.

Curieusement, il avait oublié le titre ! Je l'ai trouvé en forme, Paul-Loup ; je me suis juste fait une grosse frayeur quand il est entré dans le studio. Vous savez, pour accéder au plateau de Ruquier il faut descendre un escalier… Je me suis dit : « Pourvu que la Polonaise soit pas derrière lui, sinon elle ne va pas résister à la tentation ! Elle va le re-pousser. » Non, c'est bien Michel qui a écrit son livre tout seul, d'ailleurs son style est parfaitement identifiable, vous savez le fameux « sujet, verbe, compliment… » Enfin, presque tout seul. Il le révèle d'ailleurs très honnêtement dans l'avant-propos du livre : il s'est fait aider pour la mise en forme par un journaliste, un certain Jean-François Kervéan, qui s'illustra dans le passé en écrivant, de A à Z pour le coup, les mémoires de Loana. Ça a dû le changer de travailler pour vous, Michel. J'imagine que le mode de rémunération n'a pas été tout à fait le même qu'avec Loana? À l'époque, Kervéan avait été payé en silicone, plus un abonnement à vie à la piscine de son quartier…

Je peux bien vous le dire, Michel, chaque fois qu'on vous reçoit au *Fou du roi,* c'est un événement. Vendredi, on était en déplacement à Sarlat, pour le Festival de cinéma. Comme toujours lorsqu'on descend en province, Stéphane fait l'objet de multiples invitations et sollicitations. On lui a demandé de venir inaugurer le Salon du fer à friser de Rocamadour; le patron du *Banana-Macumba* de Périgueux l'a invité à une soirée mousse de foie gras; le maire de Sarlat, Jean-Jacques de Peretti, lui a proposé de lui présenter son ex-épouse Christine Devier-Joncour pour un tarif extrêmement attractif; il a bien failli se laisser tenter par un atelier peinture dans la grotte de Lascaux en costume d'époque, à savoir slip boxer en poils de mammouth reconstitué et marcel très ajusté, taillé dans une panse de sanglier fermier nourri aux glands! Eh bien sachez, je peux en témoigner, que Stéphane a repoussé toutes ces propositions plus alléchantes les unes que les autres, en répondant à chaque fois: « Désolé, je ne peux pas. Ce week-end, je dois lire le bouquin de Michel Drucker. » Et, en disant cela, il avait l'air tout émoustillé… Le problème, mon cher Stéphane, c'est que vous n'avez pas lu le bon. Le bouquin qu'on vous a donné, celui qui est dans le commerce, est une version édulcorée de l'original, dont je me suis procuré les épreuves… Et je peux vous dire que c'est une bombe. Michel raconte tout ! Sur lui, sur les autres vedettes de la télé, sur les patrons de chaîne, sur les stars du show-biz, sur les politiques, c'est une tuerie ! En lisant le manuscrit, Robert Laffont a failli faire une attaque. Du coup, il a coupé des chapitres entiers. Eh oui, Michel Drucker n'est pas du tout celui que ses admirateurs imaginent. À ce propos je précise que le studio 106 est plein à craquer, et que ce n'est plus la peine de vous présenter à l'entrée. Pour ceux qui ont réussi à pénétrer à l'intérieur, je vous en prie, un peu de discipline : les brancards sur la file de gauche, les fauteuils roulants sur celle de droite ! Et je ne veux plus de bagarre à coups de béquilles ! S'il vous plaît, ayez l'amabilité de vous laver les moignons avant que Michel procède à l'imposition des mains, il est très pointilleux sur les questions d'hygiène… Quand on vous invite, ça demande de l'organisation… Vous n'imaginez pas le nombre de gens qui m'ont arrêté dans le couloir avant le début de l'émission pour me demander dans quelle grotte avait lieu l'enregistrement !

Bref, chers auditeurs, contrairement à ce que son image publique donne à croire, Michel Drucker est un être de chair et de sang – et aussi de beaucoup d'eau minérale, certes, mais quand même ! – en proie à de rudes contradictions, à de puissantes névroses, voire à de sombres démons, comme les copains. Il n'est donc pas du tout celui que vous croyez, à savoir une boule de bienveillance compassée, guidée par l'unique désir de donner du bonheur au public, d'apporter du rêve aux petites gens et autres conneries cathodico-sulpiciennes qu'on entend couramment dans la bouche de certains animateurs multimillionnaires, qui sont par ailleurs destinés à faire une belle carrière de comédien, à condition de se cantonner au seul rôle du répertoire classique dans lequel ils auront une chance d'être crédibles : celui de Tartuffe ! Non, chers auditeurs, Michel Drucker n'est pas le saint laïc que vous imaginiez ! Je dirais même plus, c'est une vraie teigne ! D'ailleurs, il l'avoue dans ses mémoires : on l'a bien fait chier quand il était gamin, alors maintenant il se venge ! Seulement voilà : il n'a pas le droit de révéler sa vraie nature.

Prenez la couverture de son bouquin, agrémentée d'une photo de lui, bambin. Quel petit angelot adorable ! Eh bien, ce n'est pas du tout celle qu'il avait prévue à l'origine, c'est l'éditeur qui l'a censuré. Lui, il avait prévu de mettre une main en train de faire un doigt d'honneur, avec marqué en dessous : « Fuck la retraite… et les retraités ! » Oui, chers auditeurs horrifiés, Michel Drucker déteste les personnes âgées. Comme il le révèle dans la première version de son livre, celle que vous ne lirez jamais, sur le plateau de *Vivement dimanche* il a un chauffeur de salle. Mais au sens propre du terme ! Le type est chargé de monter le thermostat du studio à 45 °C et de gueuler aux spectateurs : « Si vous n'applaudissez pas plus fort, c'est canicule pour tout le monde ! » Pour les obliger à multiplier les *standing ovations,* il a fait équiper tous les sièges du studio d'une couverture chauffante ! Un beau salopard. Michel a également l'image d'un mari exemplaire, je pouffe sous cape… Vous avez lu *Gala* cette semaine. On le voit en photo avec son épouse Dany Saval.

Ce fumier lui a collé pas moins de 18 yorkshires sur les genoux ! La malheureuse ressemble à Belmondo en train de métastaser ! On voit bien sur la photo qu'elle est tétanisée et que si elle bouge d'un poil de sourcil, ces sales bêtes vont la bouffer toute crue. Vu que ce sont tous des yorkshires d'attaque, nourris exclusivement à la Badoit, comme leur maître. Tu parles d'un ami des bêtes… Pourquoi vous croyez qu'il a toujours en permanence 180 petits compagnons à quatre pattes à la maison ? C'est simple : plus ils sont nombreux, moins on les reconnaît. Ce qui permet d'instituer un discret *turnover* dans le chenil. Ainsi, lorsqu'à chaque fin de mois il y en a une dizaine qui partent pour le laboratoire pharmaceutique qui lui fabrique sa DHEA, personne ne moufte… Ah ! la raclure… Il y a aussi le chromo du Michel Drucker visiteur de prison. L'honnête homme qui se déplace en personne dans les culs-de-basse-fosse de la République pour soulager la solitude des damnés de la terre. Ah, l'escroquerie ! En réalité, comme il sait très bien qu'en zonzon les détenus n'ont que ça à foutre de regarder la télé, et que c'est donc en prison qu'on trouve la plus grande concentration de panélistes de médiamétrie,

M. Drucker se déplace en personne pour s'assurer que ces crapules regardent bien *Vivement dimanche* tous les week-ends.

Il lui suffit de rendre visite au caïd de la prison et de lui faire passer en douce du shit, de l'alcool et des bouquins de cul pour que les autres suivent… Et pour avoir encore plus de garanties d'audience, il a demandé à son copain Sarkozy de lui remplir les prisons à ras bord, ce qui est en bonne voie…

Dernière illustration de l'abyssale ignominie de Michel Drucker, qui a réussi à se faire inviter au *Fou du roi* uniquement parce qu'il a d'une part un dossier sur le président Cluzel et d'autre part une pile de dossiers et des photos sur Stéphane Bern. Cela concerne le choix de ses invités à lui, justement… Il n'aura échappé à personne qu'il existe une convergence suspecte entre l'entourage *people* pour le moins baroque de Nicolas Sarkozy et les artistes parfois improbables qui fréquentent le plateau de *Vivement dimanche*: les Enrico Macias, Hervé Vilard, Mireille Mathieu et autre Jeane Manson. Le public s'imagine que si Michel les invite, c'est par bonté d'âme et compassion. En fait, pas du tout… C'est juste qu'avec Sarko, lorsqu'ils font du vélo ensemble au bois de Boulogne, ils se tirent volontiers la bourre. En clair, ils intéressent les courses en se donnant des gages : « Si t'arrives premier à hauteur du grand travelo panaméen qui est penché à la fenêtre de la Mercedes de Patrick Sébastien, là-bas, j'invite Barbelivien tout un après-midi. Par contre, si c'est moi qui gagne, tu prends Gilbert Montagné dans ton comité de soutien ! » C'est pas joli, joli, tout ça…

Pour conclure, je dirai que j'ai quand même un doute sur le fait que Michel Drucker soit vraiment l'auteur de cet ouvrage. En effet, à la fin du livre, il ne remercie que 115 personnes, et ça me surprend de sa part. Petite forme, Michel ! À demain !

DUJARDIN ET LE *PAPARAZZO*
Jean Dujardin, mardi 25 septembre 2007

Bon, les amis, c'est peut-être une des dernières fois que vous allez me voir à cette table et m'entendre à ce micro… Merci d'exprimer avec autant de chaleur démonstrative (et de spontanéité) l'angoisse et le dépit que suscite chez vous une telle perspective… Sachez que, depuis hier midi, j'ai un contrat sur ma tête, un contrat lancé par le « FLNB, canal pas ordinaire ». Le redoutable FLNB, ou Front de Libération Nationale du Biniou, dont les activistes les plus assoiffés de beurre salé ont fort peu goûté les blagues sur les Bretons que m'avait soufflées Stéphane pour m'aider à écrire ma chronique. Les plus excités d'entre eux n'hésitent pas m'accuser d'anti-bigoudisme primaire. J'ai également reçu des menaces des brigades rousses, lesquelles promettent de « me faire ma fest-noz », en me traitant de « Bigorneau lubrique » ! Tout cela fait aussi froid dans le dos qu'un souvenir de bain de mer en plein mois d'août sur la plage de Perros-Guirec ! Alors voilà : je retire tout ce que j'ai dit à propos du magnifique défilé de la fierté bretonne sur les Champs-Élysées, retransmis par TF1 dimanche matin, je ne sais pas ce qui m'a pris… J'ai salement dérapé, en reprenant à mon compte les clichés les plus éculés sur nos compatriotes à coiffe. Croyez-le bien, je ne suis pas fier de moi… Je le suis d'autant moins que j'adore les Bretons ! Un de mes meilleurs amis est breton ! Eh bien, il est très correct… En plus, je suis moi-même alcoolique, alors ! Mieux que ça : samedi prochain, je vais jouer mon spectacle juste à côté de Laval. Si je n'aimais pas la Bretagne, je n'irais pas jouer dans sa capitale ! Ça y est, là, c'est bon, je suis mort….

Sinon, je suis bien content que vous ayez invité Pascal Rostain ce matin. D'abord parce que c'est un garçon sympathique et sans afféterie. On dit volontiers que les paparazzi sont des flambeurs avides de pognon, eh bien je peux témoigner que ce n'est pas le cas de Pascal. Il est arrivé à la Maison de la Radio dans une vieille Fiat Uno blanche toute cabossée, c'est dire s'il n'est pas frimeur. J'ajoute que c'est un vrai bonheur de voir le regard plein de tendresse que lui adresse Jean Dujardin depuis qu'il est entré dans le studio. Ce sont de vieux amis, ça saute aux yeux… Ils n'ont même pas besoin de se parler pour communiquer, tellement ils se connaissent par cœur.

Par exemple, depuis tout à l'heure, Jean n'arrête pas de faire des clins d'œil à Pascal en se passant le pouce en travers de la gorge pour lui signifier que son nœud de cravate est desserré… Ils sont mignons, on dirait « Chou-

chou » et « Loulou »… Ah, maintenant Jean montre un de ses doigts à Pascal, en lui imprimant un mouvement de bas en haut, c'est sûrement un code amical pour dire : « On va prendre un pot à la sortie, y'a une buvette à l'étage au-dessus ! » Ah, ces deux-là, ils doivent être inséparables !

Quant à moi, je n'oublie pas que c'est grâce à Pascal Rostain et ses confrères que je pars en vacances chaque été avec les seins de Claire Chazal. C'est aussi ça la démocratie participative. Ce sont également des visionnaires en matière d'écologie, puisque ce sont eux qui ont inventé le tri sélectif, en l'appliquant aux poubelles des stars. Une initiative reprise par de nombreuses municipalités depuis, et généralisée à l'ensemble de la population. Et surtout, Pascal est un excellent invité, car c'est une mine d'informations capitales sur tout un tas de sujets primordiaux. Par exemple, pour tout ce qui est fils et filles caché(e)s de célébrités, il est super-pointu… La première photo de Mazarine, c'était lui – je vous rassure, il n'est pour rien dans les bouquins ! –, la photo du petit Togolais du prince Albert, pareil…

Pascal, puisque vous êtes incollable sur les enfants cachés, vous auriez quelque chose sur… oui, sur… Allez, soyez sympa, il ne veut jamais rien nous dire de sa vie privée ! Il doit bien en avoir deux ou trois qui traînent ? En plus, il est super-pote avec Albert, et on sait comment ça se passe entre copains, on aime bien se tirer la bourre : « T'as fait un petit Togolais, ben moi, je prends un abonnement sur Air Cameroun, tu vas voir ce que tu vas voir ! »

Je ne vous cacherai pas que j'ai mon idée sur l'existence et surtout la localisation d'éventuels petits Bern illicites semés dans la nature, ici ou là, au cours de ces dernières années. Je pense savoir où il les planque… Sa passion pour les Petits Chanteurs à la croix de bois est quand même plus que suspecte… Dans la troupe, j'en ai repéré deux ou trois bien frisés, dont un qui ressemblait à Nadine de Rothschild. Le pauvre gamin… Je ne serais pas surpris outre mesure que la chorale des Petits Chanteurs à la croix de bois soit devenue une sorte de lessiveuse, dédiée au blanchiment des enfants cachés de Stéphane Bern.

J'ai également repéré deux ou trois débutantes au bal du même nom qui risquent de pas être très faciles à marier, en tout cas tant qu'elles ressembleront à Mireille Mathieu !

Sinon, Pascal, auriez-vous quelques informations croustillantes à nous livrer sur nos politiques ? Sur Strauss-Kahn, laissez tomber, nous sommes à une heure où des enfants écoutent, on ne peut pas aller trop loin non plus… Tiens, François Fillon, vous avez quelque chose sur lui ? Le pauvre, quand on voit ce qu'il subit dans le boulot, on se dit qu'il pourrait avoir au moins une maîtresse ! Ça serait un minimum… Et Roselyne Bachelot, c'est une bonne vivante, je suis sûr qu'elle doit courir le guilledou… Cela dit, je plains son éventuel amant : avec la tchatche qu'elle a, le pauvre ne doit pas pouvoir en placer une. C'est pour ça que j'ai pensé qu'elle était peut-être avec le mime Marceau, ça expliquerait aussi qu'il soit mort prématurément… C'est que c'est un tempérament, Roselyne…

À propos des rumeurs sur la vie privée des politiques, il y en a une assez alléchante qui a circulé pendant la dernière campagne électorale. Un célèbre paparazzo parisien a raconté que, lors d'un déjeuner dans un restaurant connu, un des candidats à la présidentielle s'était violemment disputé avec son épouse, laquelle lui aurait carrément claqué le beignet devant les clients estomaqués, clients dont les portables auraient consciencieusement été passés au peigne fin par le service d'ordre du candidat, afin de vérifier qu'aucune photo n'avait été prise. Je me demandais, Pascal Rostain, vous le connaissez, le confrère qui a raconté ça ? Vous y croyez à son histoire ? Comme je ne doute pas que vous allez nous faire des révélations fracassantes, je vais être sympa : je vais vous faire profiter de mes applaudissements…

L'air de rien, il semblerait que mon papier ait, en quelque sorte, « libéré » Dujardin de ses inhibitions… Pendant la chanson qui a suivi, il s'est levé pour aller verser sa bouteille d'eau sur la tête de Rostain !

FOG AUTOCRITIQUE
Franz-Olivier Giesbert, vendredi 11 mai 2007

Je n'ai pas encore lu votre polar, Franz-Olivier, mais ça ne saurait tarder. Vous avez de super-bonnes critiques. Notamment celle d'un certain Jacques-Pierre Amette, que votre style a enthousiasmé. Jugez plutôt : « La prose, hachée, dure, ardente, cogneuse, fait songer à une puissante catharsis. On sursaute devant la nervosité lyrique du ton, un jappement, une franchise, des hardiesses… » Dans un autre passage, il évoque même Victor Hugo et Goya ! J'oubliais le chapeau qui résume le bouquin : « Entre guerre des gangs et hommage à Marseille, la merveille ! » La merveille, carrément… Dites donc, il a adoré votre roman, le confrère ; d'ailleurs son papier s'étend sur deux pleines pages… Pourtant, dans *Le Point,* les papiers sont souvent très courts.

Ah tiens, c'est dans *Le Point* que cette critique dithyrambique a été publiée… Quelle coïncidence, c'est justement le magazine que vous dirigez, Franz-Olivier !

C'est quand même une sacrée chance que votre collaborateur ait aimé votre bouquin… Imaginez qu'il l'ait détesté, vous étiez mal ! « Je vous le dis tout net : le bouquin de mon directeur est une énorme bouse, je me suis fait chier grave, achetez-le, mais uniquement si vous avez une armoire normande à caler ! » Par bonheur, il a adoré. J'espère qu'après un papier pareil l'excellent Jacques-Pierre Amette va avoir droit à du rab de frites à la cantine et à un crédit illimité à la machine à café… Puisqu'on parle du *Point,* je voulais vous dire que pour ma part j'adore la photo de Nicolas Sarkozy que vous avez mise en couverture pour saluer son élection. Il a l'air gentil, bienveillant, serein, on dirait la Sainte Vierge ! Que dis-je, la Sainte Vierge, la bonne mère ! Et surtout, de la façon dont il est cadré sur la photo, on a l'impression qu'il se penche légèrement en avant pour nous couver d'un regard affectueux… Vous avez réussi à faire une couverture avec talonnettes intégrées ! Ah non, cette photo a des vertus apaisantes. En la voyant, je n'ai pas pu m'empêcher de dire : « Bonne chance, mon papa. » J'espère que les deux étudiants qui ont été condamnés en comparution immédiate à quatre mois de prison ferme pour avoir jeté une canette place de la Bastille dimanche, alors qu'ils n'avaient jamais eu affaire auparavant à la justice, ont eu le temps d'acheter *Le Point* avant d'être écroués, afin de pouvoir découper la couverture et l'afficher dans leur cellule. Ses vertus apaisantes leur seront bien utiles, surtout en revenant de la douche… J'ai lu l'éditorial de Claude Imbert, c'est une vraie déclaration d'amour au nouveau président.

On dirait Jean Daniel en train de parler de lui-même! J'ai beaucoup ri, notamment quand Imbert écrit que « la jeunesse de Sarkozy fut celle d'un sauvageon réduit aux petits boulots ». Vous vous rendez compte, alors qu'il faisait son droit, il a été livreur de fleurs à Neuilly! C'est d'une sauvagerie, comme petit boulot… Moi je suis très admiratif des gars qui se sont faits tout seuls, qui ont réussi à se sortir du ruisseau à la force du poignet. Tu imagines, ton père est publicitaire, ta mère avocate d'affaires, tu te retrouves à Neuilly alors qu'avant tu habitais dans le VIIIe arrondissement: c'est la galère!

Du coup, je suis allé jeter un œil sur la biographie de Nicolas sur Wikipédia, et là, j'en ai appris de belles… Nicolas Sarkozy a redoublé sa sixième! Véridique! D'ailleurs au moment où je vous parle, son professeur principal de l'époque, M. Romuald, 76 ans, en garde à vue au commissariat de Levallois depuis lundi matin, s'apprête à être déféré au parquet pour y répondre des chefs d'inculpation suivants: « Jet de cocktail Molotov sur les forces de l'ordre à la Bastille, incendies de voitures aux Tarterêts, vol d'un scooter sur l'île de la Jatte, et une information est ouverte sur son éventuelle implication dans les assassinats de Robert Boulin, du prince de Breuil, d'Ahmed Ben Bella ainsi que du président Kennedy, à Dallas, en 1963! » Vous qui fustigez dans votre éditorial, cher Franz-Olivier, la désinformation massive dont aurait été victime notre nouveau président pendant la campagne, je note que vous vous êtes bien gardé de porter ce détail à notre connaissance dans votre journal... Je pose la question : est-il bien raisonnable de confier le code de la force de frappe nucléaire à un gars qui a redoublé sa sixième ? S'il se trompe dans les chiffres du code et qu'on bombarde le Luxembourg par inadvertance, on aura l'air fin ! Et ce n'est pas tout : Nicolas Sarkozy a échoué à son examen de sortie de Sciences-Po à cause d'une note éliminatoire en anglais ! *Bloody hell!* Nous sommes censés avoir élu le président le plus atlantiste de la Ve République, et il parle anglais comme une vache espagnole ! Si ça se trouve, quand il va aller rendre visite à Debeliou à Washington, il va lui sortir des horreurs sans s'en rendre compte, parce qu'il aura vu un film de Bruce Willis juste avant, style : « *How are you, mother fucker?* » Je réalise soudain que nous avons élu un cancre récidiviste, mes chers concitoyens ! Un cancre, mais certainement pas un imbécile, d'où son nouveau surnom : le « Faucon maltais »... Je suis quand même un peu rassuré quand je lis dans *France Soir* une interview de Pierre Hugo, le petit-fils de l'immortel auteur de *La Légende des siècles,* interview dans laquelle il déclare : « Je pense que Victor Hugo aurait voté Sarkozy. » Ça ne fait aucun doute, surtout si on lui avait dit avant que Steevy allait en faire autant !

France Soir est très en forme en ce moment. Je ne sais pas si c'est le triomphe de Sarko qui les a galvanisés, mais ils sont au taquet. Est-ce que vous avez vu la Une du numéro d'hier ? Elle est particulièrement bucolique. Vous avez un bandeau qui annonce : « Interview exclusive : Christian, pédophile, témoigne. » En dessous, en énormes caractères gras – c'est le cas de le dire – entre guillemets et sur cinq colonnes : « Je veux être castré. » Bravo, Christian ! et merci Nicolas ! Il n'est pas élu depuis une semaine que les gens commencent à devenir enfin raisonnables ! À *France Soir,* ils ont même trouvé le moyen d'intercaler la photo de Christian dans le titre, entre « je veux » et « castré ». Le problème, c'est qu'ils ont mis sa tête, c'est idiot, ils auraient dû mettre ses couilles ! « Je veux être castré ! » Il paraît qu'après avoir reçu son *France Soir,* hier, Pascal Sevran a appelé le journal pour proposer ses services. À titre bénévole, bien sûr… C'est juste pour s'entraîner un peu… en attendant d'être nommé à la Coopération… Je sais, c'est *France Soir,* c'est pas très sérieux. Mais quand même, il y a comme un climat qui s'installe… Des nouvelles de Geneviève de Fontenay, ça vous dit Franz-Olivier ? Lundi soir, Geneviève vivait la vie d'une foraine à la Foire du trône, sur TF1… À l'occasion de cette diffusion, elle a fait la déclaration suivante : « Si j'avais su que l'émission était produite par Jean-Luc Delarue, je ne l'aurais pas faite. J'ai été très choquée par son comportement dans cet avion… » Nous aussi, chère Geneviève, d'ailleurs, s'il récidive, je propose qu'on le castre !

« Cela dit, conclut la dame au chapeau, je ne regrette pas d'avoir participé à cette émission, je me suis beaucoup amusée et je remercie l'équipe de m'avoir permis de vivre cette expérience. J'ai toujours eu une grande attirance pour le milieu forain. »

Petit détail : malgré sa grande attirance, madame de Fontenay a exigé et obtenu d'être payée 3 000 euros pour aller faire la gugusse sur les manèges de la Foire du trône…

Bien joué, Geneviève ! En langage forain, on appelle ça « décrocher la queue du Mickey », mais ne l'ébruitez pas, sinon les journalistes de *France Soir* vont débarquer, bon week-end…

Franz-Olivier Giesbert prend immédiatement la parole pour me contrer, d'abord sur un ton agressif, puis, après avoir senti le public du studio 106 gronder légèrement, beaucoup plus conciliant… Un sacré roublard, celui-là…

Fontenoy d'honneur
Maud Fontenoy, jeudi 5 avril 2007

Oh ! lala ! C'est bien les gonzesses, ça… Tout le monde vous le dira : le tour du monde à la voile, ça se fait d'ouest en est, ça va plus vite et c'est moins dangereux, c'est comme ça… Eh bien non, ce serait trop simple, mademoiselle le fait dans l'autre sens ! pour faire sa maligne… Je connais, j'en ai une comme ça, à la maison… Avec l'esprit de contradiction développé, mais on s'y habitue : quand j'ai un service à lui demander, je lui demande systématiquement le contraire.

Par exemple, quand je n'ai plus de fringues propres, je lui dis : « Mon amour, est-ce que tu pourrais ne pas mettre une machine à tourner ? »

Et, chaque fois, elle me répond : « D'accord, casse couilles… »

C'est vrai, il faut arrêter : le tour du monde à la voile à l'envers ! Ho ho ho ! Ça ne doit pas tourner très rond, là-dedans… Mais ça, ça passe parce que c'est une gonzesse, on trouve ça charmant… En revanche, je peux vous garantir que le jour où Reinhold Messner va annoncer qu'il repart à la conquête des 14 sommets de plus de 8 000 mètres dans l'Himalaya, mais cette fois-ci à reculons, il va bien se faire foutre de sa gueule… Tiens, au fait, j'ai des nouvelles de Nicolas Vanier : il va retraverser le Groenland avec son attelage, mais cette fois c'est lui qui tirera le traîneau, avec ses clébards dessus ! C'est sûr que ça fait « genre »… J'ai une idée : et si désormais on faisait *Le Fou du roi* en braille ? Ce serait original !

Qu'est-ce qu'on aurait d'autre, comme discipline sportive de haut niveau un peu originale ? Le saut en parachute avec des bouteilles ? Christine Bravo l'a déjà fait ? Flûte ! On va bien trouver un truc qui n'a jamais été fait. La spéléo en apnée, par exemple… le ski nautique en patins à glace…

Le tour du monde à l'envers, on aura tout vu ! Moi, je serais à la place de votre petit ami, je vous aurais fait rentrer dans le rang vite fait. Je vous aurais collé deux ou trois petits mousses en fond de cale et hop, direction la cambuse de la péniche familiale. Avec interdiction de dépasser Conflans-Sainte-Honorine ! La navigation, c'est pas fait pour les greluches. D'ailleurs, vous noterez qu'il n'y a pas de féminin au mot « marin ». Tout n'est pas réversible dans la vie. Vous savez qu'on dit volontiers des marins qu'ils ont une femme dans chaque port ?… Essayez donc d'inverser la formule et vous verrez le résultat…

Il est clair que votre compagnon ne vous tient pas suffisamment, mademoiselle Fontenoy… D'un autre côté, j'ai lu sur Wikipédia qu'il s'agissait d'un certain Christophe Cousin, auteur d'un tour du monde en vélo de 30 000 kilomètres sur 27 pays… C'est sûr que vous ne devez pas vous croiser très souvent ! Je suis peut-être en train de gaffer d'ailleurs… Vous n'êtes peut-être plus ensemble. Dans le sport de haut niveau, c'est comme dans le show-biz : il y a un gros *turnover* amoureux. Peut-être est-il désormais avec Flavie Flament ? Et vous avec P.P.D.A ? Je plaisante, mais qu'à moitié ; je vous ai beaucoup vue en photo à côté de lui, ou plutôt lui à côté de vous…

Bon d'accord, vous êtes un peu âgée pour lui, mais méfiez-vous quand même… J'ai vu qu'il vous avait écrit la préface de votre premier bouquin ; s'il vous propose de faire la postface du prochain, partez en courant !

Bon, revenons à ce fameux tour du monde à l'envers, dont nous sommes en train de faire la promotion, alors que la semaine dernière il y a encore deux abrutis qui se sont amusés à prendre l'autoroute à contresens… Franchement, ce n'est pas sérieux, tout ça… Il y a des sports qui conviennent aux femmes. Je ne sais pas, moi : la natation synchronisée, le patinage artistique, le *twirling baton* ! Mais la voile, non… La preuve, on confie à mademoiselle un beau bateau tout neuf, fabriqué par des types compétents et motivés, et en seulement quatre mois elle trouve le moyen de péter le mât ! Si ça se trouve, elle l'a même fait exprès… Peut-être que mademoiselle y a vu un symbole phallique et que ça l'a énervée ? Avouez que c'est vous qui l'avez sciemment attaqué à la hache, espèce de furie vaginocrate ! Excusez-moi, j'ai eu deux machines à faire tourner, ce matin, avant de venir, ça m'a gonflé. Et vous savez comment il s'appelle, son bateau ? L'Oréal ! Une marque de fond de teint ! La honte ! En voyant ça, Tabarly a dû se retourner dans sa moule géante ! Décidément, vous ne respectez rien ! Et le prochain, il va s'appeler comment ? Vania Pocket ? Si ça se trouve, votre mât, il est tombé tout seul, en signe de protestation… Mais vous vous en foutiez ! Mademoiselle se débrouille très bien sans mât, elle est revenue à la rame, comme d'hab. Ça aussi, c'était une trouvaille…

Sérieusement, comment une jolie jeune fille de 25 ans peut-elle avoir l'idée saugrenue d'aller traverser l'Atlantique à la rame dans un gros suppositoire en polystyrène, sans qu'on lui ait rien demandé ?

Si encore ça avait été dans le cadre d'un stage de citoyenneté, j'aurais compris, mais là… D'autant qu'à l'époque, n'étant pas encore connue, vous n'étiez guère sponsorisée que par la Ville de Meaux, dont vous êtes native. Un sponsoring en nature, essentiellement, et malheureusement pour vous. Je rappelle en effet que la principale spécialité de Meaux, c'est le brie… Et il paraît que dans un espace confiné, ça peut vite devenir anxiogène, le brie de Meaux… Au moins, ça vous aura aidée à ramer plus vite. Je crois me souvenir que, à l'époque, vous aviez même soutenu la liste UMP conduite par le maire de votre ville, Jean-François Copé, aux élections régionales.

Comme je crois me souvenir également que votre illustre prédécesseur, Gérard d'Aboville, fut en son temps adhérent au RPR, je commence à m'interroger sur les effets secondaires de la pratique de l'aviron en eau de mer. Est-ce que ça ne rendrait pas un peu de droite, par hasard ? En tout cas, je note que vous êtes un pur produit de la Seine-et-Marne, département dans lequel les enfants sont élevés à la dure. Il paraît que dans certaines écoles primaires, comme celle de Maincy par exemple, les mômes sont nourris au pain et à l'eau, pour les endurcir… On leur applique le fameux slogan de l'UMP : « Manger moins pour travailler plus ! » Juste un petit conseil, Maud Fontenoy : pour qu'on puisse admirer vos exploits comme ils méritent de l'être, et franchement, je vous trouve sacrément balaise, éloignez-vous donc des eaux troubles de la politique. On y rame en général plus au figuré qu'au propre, et ça peut très vite devenir la galère… À demain.

Fouquet's Tinville

Fouquet-Tinville, vendredi 1er juin 2007

Avez-vous vu, jeunes gens, cette image aussi surprenante qu'emblématique diffusée hier dans tous les journaux télévisés ?

Je veux parler de la rencontre entre le président Sarkozy et le Premier ministre espagnol, José Luis Zapatero. Sarko s'avance vers José Luis, lui sert la paluche en la secouant bien fort, comme il sait faire ; les flashs crépitent, les caméras bourdonnent... On lit dans les yeux de Zapatero quelque chose comme : « *Porca miséria* ... ! Ma, il va mé réveiller ma tendinite à l'épaule, cé couillon, aïe aïe aïe ! » Excusez-moi, je ne sais pas faire l'accent espagnol, j'ai fait italien deuxième langue ! Sarko finit par lui lâcher la main, José Luis est soulagé ; soulagement de courte durée, puisque Nicolas le chope alors encore plus vigoureusement par la nuque, l'attire vers lui – c'est-à-dire l'oblige à se pencher très fort – et, là, il lui claque une double bise, tel Frédéric Beigbeder retrouvant Ariel Wizman à l'entrée du *Baron,* où ils ont rendez-vous avec

Stéphane Bern pour fêter dignement au Picon-mescal la dernière mammoplastie de Bernard-Henri Lévy !

Eh oui, chers auditeurs culs-terreux, c'est-à-dire habitant au-delà du périphérique, la bise entre hommes est un signe ostentatoire d'appartenance show-bizienne que vous ignorez dans vos contrées lointaines et qui fait des ravages dans le VIIe arrondissement de la capitale ! Par exemple, il est très rare de voir les membres de l'équipe de jour de l'usine d'embouteillage Saint-Gobain de Saint-Romain-Le-Puy, près de Montbrison, claquer la bise à ceux de l'équipe de nuit, au moment où ils se croisent dans les vestiaires ! Alors que si vous bénéficiez d'un quart de poil de notoriété et que vous tombez sur Massimo Gargia à la sortie de l'enregistrement de *Langues de VIP* dans un studio de Boulogne, vous y avez droit d'autorité ! Et je ne souhaite ça à personne. C'est une sorte de signe de reconnaissance entre *people*, qui n'a bien sûr rien à voir avec une quelconque sympathie, ou affection, ou tout autre sentiment incongru de cette nature… C'est juste un rituel d'appartenance. Et ce qui devait arriver arrive : le président Sarkozy est en train d'introduire cette funeste pratique peopolienne, aussi contre-nature qu'anti-prophylactique, sur la scène diplomatique mondiale… Au secours ! Franchement, vous imaginez, vous, Roosevelt, Churchill et Staline en train de se claquer la bise à la tribune de la Conférence de Yalta ?…

Ils auraient eu l'air fin ! Churchill qui dit à Roosevelt : « Chez nous, c'est trois ! » Roosevelt : « Ah, chez nous, c'est quatre. » Et Staline : « Chez nous, c'est sur la bouche. » Oui, je sais, Staline roulait des pelles à tout le monde... Mais lui, c'était parce qu'il avait une nature sincèrement affectueuse ! Entre le footing républicain obligatoire pour tous les ministres, sauf pour Roselyne Bachelot qui a réussi à se faire faire une dispense par Bernard Kouchner, et les claquages de bises diplomatiques, jusqu'où ira le président Sarkozy dans son entreprise de dérégulation protocolaire, je vous le demande ? Vous vous rendez compte que, maintenant, on se tutoie pendant l'*after* du mercredi matin... pardon, pendant le conseil des ministres ! On murmure également que Rachida Dati aurait l'intention de dépoussiérer sérieusement l'institution judiciaire. Désormais les justiciables seront convoqués devant le tribunal par *flyer* ! Et le nouveau procureur général s'est choisi un nom de scène : il se fait appeler Fouquet's Tinville !... Et vous avez vu cette info, publiée par le magazine *Stratégie* ? Cécilia a embauché une nouvelle attachée de presse à l'Élysée, qui officiait jusqu'à présent à Eurodisney ! Dorénavant, lors des parades officielles, les gardes républicains auront pour mission d'essayer de décrocher la queue du Mickey ! M'est avis, mes amis, que cette année, ça va valoir le coup de se faire inviter à la *garden-party* de l'Élysée du 14 juillet ! Les Guetta et Jean Roch sont déjà au boulot... À l'entrée du Palais, ils ont déjà prévu de poser une banderole tricolore géante avec cette inscription : « L'Ecsta, c'est moi ! »

Autre image forte vue à la télé cette semaine, celle du charismatique Arno Klarsfeld en campagne dans le XIIe arrondissement de Paris, où il se présente aux législatives sous l'étiquette UMP. Le bel Arno a commencé par s'illustrer en déclarant qu'il avait toute légitimité à se présenter dans cet arrondissement, étant donné qu'il l'avait déjà traversé à plusieurs reprises en participant au marathon de Paris. Comme entrée en matière, c'était déjà bien vu. Désireux de faire ses preuves sur le terrain, en début de semaine, Arno a tenté le bain de foule devant les caméras de télévision, est-il besoin de le préciser. Funeste erreur. L'image a fait le tour de toutes les chaînes et de tous les zappings, et devrait lui valoir une déculottée bien méritée. Arno est en train de serrer quelques mains avec cet air vaguement dégoûté qu'il arbore en permanence, et, soudain, un petit vieux l'interpelle : « Et qu'est-ce que vous comptez faire pour ma retraite ? »

Réponse du candidat, qui ne prend même pas la peine de s'arrêter : « Ça, c'est le programme de l'UMP. Voyez ça avec la dame qui est là. »… Et hop, il se casse, laissant l'ancêtre dépité, pour ne pas dire comme deux ronds de flan ! Si vous voulez mon sentiment : ce garçon va faire une carrière ! On connaissait les parachutes dorés, voici un beau spécimen de parachuté pas doué ! Si Arno Klarsfeld arrive à se faire élire dans le XIIe arrondissement en faisant une campagne aussi calamiteuse, cela voudra dire que les entrepôts de Bercy n'ont pas été complètement vidés de leurs stocks de pinard, et que la population en abuse !... Je comprends que le président de la République veuille le récompenser pour son engagement dans la campagne, mais dans ce cas il serait préférable de lui confier un poste à la mesure de ses compétences. Je ne sais pas, secrétaire d'État au patinage à roulettes, par exemple. Parce que dans le XIIe arrondissement, il est déjà gratifié d'un surnom qui ne laisse rien présager de bon quant à sa confrontation avec le suffrage universel : « Bobo et con à la fois », on l'appelle... Bon week-end à tous !

Fred et Omar

Omar et Fred, mercredi 7 novembre 2007

Avant tout, je tiens à présenter mes respects et mes dévotions à Antoine de Caunes, qui a dû remplacer au débotté Sophie Darel. Moi je l'avais au programme d'aujourd'hui, mais ce n'est pas grave. L'œuvre satirique d'Antoine de Caunes a été largement sous-estimée par les historiens et les politologues. Heureusement, l'actualité sociale la plus brûlante est en train de rendre justice au caractère à la fois visionnaire et puissamment prescriptif, sur le plan politique, des personnages qu'il incarna dans *Nulle part ailleurs.*

En effet, depuis hier soir, nous savons que le sixième président de la Ve République, Nicolas Sarkozy, a été profondément influencé, dans son approche à la fois subtile et pointilliste de la communication et dans sa pratique politique tout en mesure et en finesse, par le style flamboyant du personnage le plus emblématique du panthéon decaunien, j'ai nommé l'irremplaçable « Didier l'embrouille » ! « Eh ben alors ? Elle est pas contente, la grosse tapette de marin-pêcheur ? Qu'est-ce tu m'as dit, là ? Eh ben, vas-y, descends me le dire en face ! Hein, la grosse tapette en ciré ! Allez, viens te battre ! »

Vous avez vu la séquence au journal télévisé, hier ? Un grand moment !… Sarko au Guilvinec, c'était vraiment « Didier l'embrouille chez les Bretons ! » Le prochain épisode, c'est Sarko à Washington : Joe Dalton va rendre visite à Averell !

Je n'oublie pas que nous recevons ce matin Omar et Fred, deux humoristes de second plan. Avant-hier, nous avions la chance d'avoir Arthur, mais on ne peut pas avoir le top du top tous les jours… Quand je les ai vus entrer dans les studios, je ne sais pas si ça vous a frappé autant que moi, Stéphane, mais observez bien Fred. C'est le sosie d'Éric Breteau, vous savez le pompier fou de l'Arche de Zoé. Vous ne trouvez pas ? C'est incroyable ! En plus, vous avez vu avec qui il est ? Tu vas aller rendre le Noir à ses parents, mon salopard ! Plus vite que ça …!

L'autre soir, messieurs, vous étiez invités dans l'émission de Laurent Ruquier – j'espère que vous en avez profité pour embrasser Pierre Bénichou–, et l'animateur a noté, fort justement, qu'on ne savait rien sur vous. Je veux dire, sur votre vraie vie, celle dans laquelle vous répondez au téléphone en tenue de ville…

Remarque pertinente, s'il en est. Je me suis rendu compte que la seule chose un peu privée que je savais sur votre duo, c'était qu'Omar serait originaire de la même cité que Jamel Debbouze à Trappes. Et c'est tout. Or, il se trouve que, contrairement à mes sympathiques collègues de bureau qui somnolent actuellement autour de cette table et qui ne viennent s'y asseoir que pour toucher les énormes paquets de pognon que nous verse notre nouveau directeur des programmes, M. Gauthier-Sauvagnac, moi, je bosse. Je me suis donc livré à une enquête aussi rigoureuse qu'exhaustive sur la genèse de ce tandem plutôt insolite, mais ô combien drolatique, que constituent nos invités de ce matin. Et vous allez comprendre, chers auditeurs brisés d'impatience, pourquoi ils se montrent aussi discrets sur leur vie privée. Attention, je préfère prévenir tout de suite ceux de nos auditeurs qui se réjouissent d'avance à l'idée de se vautrer dans le cloaque infâme de ce peopolisme copulatoire dont une certaine presse fait son miel chaque lundi… Foin de ragots à caractère sexuel dans les révélations que je m'apprête à asséner à notre auditorat pantelant ! Ne comptez pas sur moi pour me faire l'écho de ces rumeurs sans fondement, encore que, comme disait Loana en sortant de la piscine, selon lesquelles, après avoir vécu une idylle avec une journaliste du *Figaro* puis avec Carole Bouquet, Omar et Fred auraient une liaison en ce moment même avec Laurence Ferrari, qu'ils auraient rencontrée à la machine à café de Canal +. Pour en avoir le cœur net, j'ai essayé d'organiser une confrontation ce matin, mais Laurence a refusé de venir en prétextant une angine blanche. C'est curieux. Pour autant, vous allez voir ce que j'ai découvert sur nos invités. Vous devez savoir que si Omar est bien né à Trappes, c'est de manière totalement accidentelle. En réalité, la Bentley familiale qui conduisait la maman d'Omar à l'hôpital américain de Neuilly pour qu'elle y accouche – on lui avait même réservé la suite de travail Rockefeller, celle avec le Jacuzzi qui fait péridurale en même temps – est tombée en panne à hauteur de Trappes, en arrivant de Versailles. Et c'est pour cela que le petit Omar a vu le jour en banlieue. Heureusement, d'ailleurs, pour sa future carrière d'humoriste. Ah oui, aujourd'hui, si tu es noir et que tu veux faire comique, t'as intérêt à dire que tu viens d'une cité.

Si tu dis que ton père est ambassadeur et que tu habites à Levallois, même si tu es super-drôle, à l'entrée de Canal + tu ne passes même pas la première rangée de vigiles !

D'où la grande discrétion d'Omar sur ses origines. Et sur le fait que sa maman était la cinquième épouse de l'empereur Jean-Bedel Bokassa. Il a toutefois toujours un doute sur l'identité de son papa… Avec quelques indices, cependant. Par exemple, il a découvert qu'en le mettant au monde sa maman serrait très fort dans son poing un petit diamant, et curieusement, chaque fois qu'en tournée il passe du côté de Clermont-Ferrand, il ne peut pas s'empêcher de tendre le doigt en direction de Chamalières, en criant « Maison, maison ! » D'ailleurs, Omar, ça rime avec quoi ? Tout à fait, Omar est le fils caché de Giscard, et c'est pour ça qu'il rigole tout le temps, c'est sa façon à lui d'essayer d'oublier… Et Fred, me direz-vous ? Eh bien Fred, c'est encore pire. Il est le fils caché de Christine Boutin et de Raymond Barre, dont il a hérité l'implantation capillaire. Il fut conçu en catimini en 1975, dans le vol UTA Paris-Saint-Denis de la Réunion, d'où sa passion pour l'aviation civile. Omar et Fred se sont connus sur les bancs de la prestigieuse École alsacienne, où ils ont tous les deux triplé leur troisième ; bancs qu'ils partageaient avec Mazarine Pingeot, qui elle, au contraire, avait sauté une classe, ainsi qu'avec un petit Japonais, qui payait tout en liquide et qui est rentré depuis dans son pays où il fait une belle carrière de sumo, pour la plus grande fierté de son géniteur, jeune retraité, actuellement à la recherche d'un logement payant, histoire de voir l'effet que ça fait… Eh oui, chers auditeurs effarés par mes révélations, Omar et Fred ne sont pas, comme ils essayent de le faire croire, deux jeunes de banlieue cruellement malmenés par la vie et qui, à force de travail et de renoncement à l'incendie volontaire de Twingo et à la vente à la criée de barrettes de henné coupé au marocain, auraient réussi à s'élever socialement jusqu'à devenir ce qu'ils sont aujourd'hui : des sommités du rire ! Pas du tout ! Omar et Fred sont deux petits saligauds blindés de naissance qui passent toutes leurs soirées à siffler des Picon-mescal au *Baron* avec le fils Forgeard, le fils Balkany et la fille Hortefeux. Mais comme ils sont actuellement les plus hilarants sur le marché très encombré de la rigolade télécommandée, je propose de reverser à ces deux connards la moitié de mes applaudissements. Soyez généreux !

GILLES DE R.

Gilles de Robien, lundi 5 mars 2007

Monsieur le comte, mes respects. Comment on les appelle, les comtes, Stéphane ? Son Éminence ? Sa Seigneurie ? Sa Grandeur ? Son Immensité ?… Je sais que, par exemple, le prince Albert il faut l'appeler « Son Altitude », rapport à ses performances en avion… J'ai lu dans votre fiche biographique, monsieur de Robien, que votre famille était noble depuis 1389. Ça flambe velu… Qu'est-ce qui s'est passé avec vos ancêtres ? La guillotine était inondée ? Ça tombe bien, en faisant les travaux de désamiantage de la Maison de la Radio, on en a trouvé une flambant neuve à la cave. Ça vous dirait de l'essayer ? Il paraît que lorsque le couperet tombe, cela procure une délicieuse sensation de fraîcheur au niveau du cou. Non, restez assis, je plaisante ! Tout va bien ? « Votre Chatoyance » est bien installée ? Est-ce qu'on vous a servi un petit en-cas pour patienter jusqu'au déjeuner ? Est-ce qu'on peut faire porter un sanglier à la broche, douze poulets rôtis et cinq chevreuils farcis à notre invité pour qu'il puisse grignoter pendant mon papier ? On me signale dans mon oreillette que votre chaise à porteurs est garée en double file devant la Maison de la Radio et que ce n'est pas très prudent, il paraît qu'on a aperçu Maxime Gremetz au volant de sa Skoda Tchernenko en train de tourner dans le quartier et il est très remonté, paraît-il… Faites gaffe en traversant, ça fait longtemps qu'il n'a pas écrasé un centriste, et il est sérieusement en manque. Faites également attention aux scooters, monsieur le ministre de l'Éducation, anciennement ministre de l'Équipement – et à ce titre instigateur de l'installation de milliers de radars automatiques sur toutes les routes de France et de Navarre, bien sûr… Justement, quelle coïncidence ! Il se trouve que je suis en train de repasser mon code de la route, et que depuis six mois je roule à scooter… mais un tout petit, un 49 centimètres cubes… une mobylette quoi… Je m'amuse avec ça : à 40 kilomètres à l'heure en vitesse de pointe, vous imaginez ? J'amuse aussi beaucoup les enfants de mon quartier, qui m'ont surnommé « Tonton vroum-vroum » ! C'est agréable… Merci, monsieur de Robien… Donc, soyez bien prudent en traversant, tout à l'heure, parce que, voyez-vous, mon scooter, il est tellement petit et tellement pas puissant qu'on ne l'entend pas arriver… Bon, trêve de plaisanterie, parlons un peu politique, monsieur de Robien…

Parlons surtout de votre bilan en tant que ministre de l'Éducation nationale. Il va falloir rendre des comptes, monsieur de Robien.

Vous avez entendu Steevy ? Vous êtes content de vous ? Il n'y a pas de quoi pavoiser, hein ? Il va falloir penser à réviser vos priorités : faire en sorte que les écoliers sachent lire et écrire à leur entrée en sixième, c'est bien ; à leur entrée à la télé, ça ne serait pas mal non plus !

Je vois bien à votre sourire, monsieur de Robien, que vous partagez mon point de vue : Steevy à l'UMP, c'est ridicule, non ?... Alors qu'Élodie Gossuin au conseil régional de Picardie, ça, ça en impose !

Quelle bonne idée vous avez eu de la prendre sur votre liste. Vous n'étiez pas encore ministre de l'Éducation, mais déjà, en lui accordant cette place prestigieuse, vous fournissiez un véritable modèle méritocratique à la jeunesse picarde, en lui adressant le message suivant : « Surtout ne branlez rien à l'école, montrez votre cul à la télé et dans *Entrevue,* teignez-vous en blonde, la République vous le rendra ! » Je sais, je suis un peu sévère... Si ça se trouve, elle est très utile à la Région Picardie, Élodie Gossuin... Elle a des grandes jambes. En cas d'inondation, elle peut servir de jauge...

Il est vrai que, traditionnellement, la Picardie produit ce qu'on appelle aujourd'hui des *people* de très haut niveau : Élodie Gossuin, on l'a citée, mais il y a aussi Cauet, qui constitue lui aussi, j'imagine, un légitime sujet de fierté pour le ministre de l'Éducation que vous êtes. Je vous signale à cet égard que ce brillant jeune homme exerce hebdomadairement sur TF1 sa mission d'éducation populaire en compagnie d'une fort plantureuse collaboratrice dénommée Cécile de Ménibus, qui aurait tout à fait sa place dans votre assemblée de Région. Toujours en cas d'inondation, elle pourrait fournir les flotteurs… Et surtout, il y a l'excellent Jean-Pierre Pernaut, qui est incontestablement le plus beau fleuron de votre riche terroir. Alors lui, il a tellement été traumatisé par les inondations qu'il ouvre tous ses journaux par la météo. Bravo la Picardie ! Elles sont super, vos vedettes locales. Il ne faut pas vous sentir obligé de nous les envoyer… À Paris on a déjà tout ce qu'il nous faut : Pascal Sevran, Doc Gynéco, Arthur, etc., on est complet ! J'imagine que vous êtes catholique, monsieur de Robien et que la notion de justice immanente ne vous est pas étrangère.

Quand on fabrique du Jean-Pierre Pernaut et du Cauet à la chaîne, faut pas s'étonner d'être inondé tous les deux mois ! À ce propos je note que, avant de faire de la politique, Gilles de Robien, vous étiez agent d'assurance. Très bon choix d'orientation professionnelle : assureur en Baie de Somme, cela équivaut à croquemort à Bagdad ou gériatre sur la promenade des Anglais, tu as peu de chance de te retrouver au chômage… C'est comme votre cursus scolaire : instruction primaire à l'école de la Providence d'Amiens, puis dans la foulée collège Saint-Jean-de-Béthune à Versailles : le parcours idéal pour devenir ministre de l'Éducation nationale !

Le collège Saint-Jean-de-Béthune de Versailles, ça doit être un sacré nid à gauchistes !… M'est avis qu'il n'y en avait pas beaucoup qui y étaient passés parmi les 4350 lycéens et étudiants anti-CPE raflés par les flics, avec votre bénédiction, au printemps dernier – dont 1985 ont été placés en garde à vue, 637 ont subi une procédure judiciaire, 271 en comparution immédiate et 71 collés au gnouf avec les dealers et les bandits, pendant que les vrais casseurs, eux, courent toujours. Précisément, parce que les casseurs, ça court toujours beaucoup plus vite que les flics… Je le rappelle, monsieur de Robien, parce que vous êtes un homme fort sympathique, avec beaucoup de douceur dans le regard et que dans la période que nous vivons en ce moment il n'est pas inutile de rappeler que, en politique, il vaut mieux éviter de se fier aux apparences…

À part ça, je voulais vous demander : qu'est-ce que vous pensez de la percée de votre président dans les sondages ?

Heureux ? Oui, chers auditeurs, vous verriez ça, il est fou de joie ! Monsieur de Robien, veuillez enlever ce chapeau pointu et ranger cette langue de belle-mère, ce n'est pas l'endroit ni le moment de faire la fête …! Je comprends votre allégresse, mais quand même… Je vais vous faire une confidence, monsieur le ministre. J'en ai déjà parlé sur cette antenne : figurez-vous que, il y a quelques jours, j'ai dîné au restaurant juste à côté de François Bayrou, Marielle de Sarnez et l'acteur Vincent Lindon. Ils ont parlé de vous et j'ai tout entendu… Pourtant, ils pouffaient tous beaucoup… Qu'est-ce qu'ils vous ont mis ! Presque autant qu'à Johnny Hallyday ! C'était un vendredi soir, vers 23 heures…

Vous devez vous en souvenir : ce n'est pas des sifflements qui ont dû vous vriller les conduits auditifs, c'est carrément la bande-son du *Pont de la rivière Kwaï*! C'est une langue de vipère, ce Bayrou… Comparé à lui, Massimo Gargia, c'est Kofi Annan. Et puis des trucs sur votre vie privée, et tout… Je vais vous dire : quand il a commencé à parler de vous et d'Élodie Gossuin, je me suis bouché les oreilles ! Malheureusement, j'ai entendu. Ne vous inquiétez pas, je ne dirai rien… Juste une question : à sa naissance, c'est vous qui êtes allé la reconnaître à la mairie ou sa mère, Mme de Fontenay ? Je blague ! Ils n'ont rien dit sur vous, vos camarades de parti, monsieur de Robien. Mais à mon avis, ils n'en pensaient pas moins… Bonne chance pour la suite de votre carrière, monsieur le ministre, et si un jour vous retrouvez votre portefeuille de l'Éducation nationale, faites-moi plaisir, évitez d'envoyer les flics à l'école, ou alors pour réviser, merci !

Futé, le Robien… Il fait semblant de ne pas avoir entendu ma charge sur sa gestion de la crise du CPE et sur la façon dont il a « couvert » la répression policière. Il rebondit immédiatement sur Élodie Gossuin, dont il vante les qualités d'élue régionale… Gros malin !

Gonflé, le proc !

Éric de Montgolfier, jeudi 26 octobre 2006

Enfin on reçoit une vraie star dans cette émission ! Vous auriez entendu, chers auditeurs, les cris de son fan-club quand il est entré dans le studio 106 : « Ériiiiiiiiiiiiiiiic ! » De la folie ! À côté de lui, Bruel, c'est un quidam. Le procureur Montgolfier a un charisme sexuel que vous n'imaginez pas. Quand il est arrivé, une jeune avocate s'est levée de la tribune, a déchiré sa robe et s'est précipitée sur lui, en hurlant : « Prends-moi là, grand fou, on va salir le parquet ensemble ! » On a essayé de la calmer en lui lisant un poème de Bruno Masure, mais elle est devenue hystérique : « Montgolfier, fais chauffer les brûleurs et emmène-moi au septième ciel ! », qu'elle criait. Finalement, on a réussi à la maîtriser et elle est allée se rasseoir après qu'Éric lui eut dédicacé son *Code de procédure pénale.* En vous voyant, il y a même un membre de l'équipe du *Fou du roi,* que je ne citerai pas par compassion, qui s'est exclamé : « Qu'est-ce qu'il est beau ! Quand je le vois, j'ai le barreau ! »

Vous savez que Stéphane n'est pas le dernier à être impressionné par votre stature, monsieur le procureur. Tout à l'heure, il nous a dit : « Les gars, je peux vous dire que notre invité de ce matin, il en a sous la robe ! Et c'est pas des petits modèles… On les appelle « les sœurs de Montgolfier ». Le ministère devrait en commander des reproductions et les faire accrocher au fronton de tous les palais de justice de France ! » Vous ne le voyez pas, chers auditeurs, mais je peux vous assurer qu'Éric est comme je l'imaginais : une vraie *rock-star*. Il est arrivé à la Maison de la Radio dans l'Aston Martin qu'il vient de racheter à Vikash Dhorasoo, récemment viré du PSG, et qu'il a fait repeindre en fuchsia métallisé. C'est vrai ce qu'on raconte ? Que vous l'auriez payée en liquide, après un saut vite fait à Valenciennes où vous avez conservé un pied-à-terre avec un petit jardin ? En tout cas, c'est une belle bagnole. Avec ça, vous ne devriez pas avoir trop de mal à pulvériser le record de Jack Mellick sur le Béthune-Paris, aller-retour !

En sortant de l'Aston, Éric a négligemment tendu ses clefs au président Cluzel qui était descendu pour l'accueillir, afin qu'il la gare dans le parking de la présidence.

Il lui a glissé discrètement un billet de dix euros dans la poche arrière de son costume trois pièces, assorti d'une petite tape affectueuse sur la fesse et de la recommandation suivante : « Tu es gentil, petit : tu me fais le pare-brise et tu me passes la peau de chamois sur la banquette. J'étais avec Ophélie Winter il y a cinq minutes, et on a fait un peu les fous à l'arrière. J'ai, comme qui dirait, procédé à un abus de bien social ! » Ensuite il a demandé à voir sa loge, en s'assurant qu'elle était plus grande que celle qu'on a donnée à Madonna lorsqu'elle est venue. M. le procureur avait ses exigences : de la peau d'hermine sur les fauteuils, une bouteille d'Absolut pimentée dans la glacière, deux prostituées hongroises titulaires, au minimum, d'une licence de droit, et Jean-Pierre Coffe en personne pour lui tartiner ses blinis au béluga... Quel flambeur, ce proc ! Vous ne le voyez pas, mais il est sapé comme un souteneur du Bronx dans un film d'Abel Ferrara : une paire de *platform baskets* argentées récupérées au cours d'une perquisition au domicile d'Orlando, un *baggy* en panthère synthétique griffé Prada, un marcel en lamé avec une chaîne en or jaune de Hong Kong de 7 ou 8 kg sur la poitrine, un *spencer* sans manches en peau de bébé phoque prélevée sous anesthésie générale, et une casquette hip-hop avec l'inscription suivante : « Le vrai Gogol Premier, c'est moi ! » Une vraie tuerie. Je vous le dis comme je le pense, Éric : vous êtes la seule vraie star de la magistrature française. Éric Halphen, le juge Courroye, Van Ruymbeke, Éva Joly : que des baltringues, comparés à vous ! Des *has-been* du réquisitoire supplétif et du complément d'information ! Il n'y en a qu'un dont la carrière s'inscrit vraiment dans la durée, c'est vous. C'est vous qui avez envoyé Nanard au tapis sur l'affaire OM/VA ; vous qui avez collé au mur Johnny Hallyday, malgré les menaces à peine voilées proférées par la responsable de son service d'ordre « Bernie la castagne », remis au pas les francs-macs de la Côte qui faisaient la loi au tribunal de Nice. Vous êtes mon héros, Éric. Il faut dire que j'ai un petit faible pour les procureurs. Dans la salle d'audience que j'ai aménagée chez moi, j'ai accroché votre poster entre celui de Vichinsky et celui de Fouquier-Tinville, mes deux modèles. Quand un de mes enfants a fait une bêtise, je le fais passer en comparution immédiate, et en général ça se termine par un mandat de dépôt avec effet immédiat : direction la cave ! avec les putes et les travelos ! Il n'est pas rare que mon épouse et sa mère soient également placées sous mandat de dépôt...

Que ne vous a-t-on confié les enquêtes sur le financement du RPR, les emplois fictifs et les affaires de faux électeurs !

Avec vous à la manœuvre, Jacques Chirac terminerait son deuxième mandat sur l'île du Diable, à Cayenne, Alain Juppé serait en cavale dans le Grand Nord canadien, déguisé en Inuit chauve, et Charles Pasqua se serait fait engager comme conseiller technique sur *Prison Break,* la série carcérale à succès de M6 !

Au lieu de ça, Chirac fait le cako sur France 2 depuis deux jours, en s'offrant au passage un beau succès d'audience. Notons que, en matière de programmation, le courage peut être payant. Diffusé en *prime time* deux soirs de suite, l'excellent documentaire de Patrick Rotman sur Chirac a fait de très bons scores. Pour reprendre une expression emblématique du chef de l'État, citée par

Rotman, justement: « Voilà un doc qui n'a pas fait péter l'emmerdomètre chez les téléspectateurs », et on s'en réjouit. Si on s'intéresse un peu à la politique, il est vrai qu'on n'y apprend pas grand-chose, mais l'emballage est remarquable. Et le commentaire enlevé. Par exemple, le réalisateur raconte que, juste après avoir été élu maire de Paris en 1978, Chirac va trouver son conseiller très occulte et surtout très influant, Pierre Juillet, pour lui exprimer sa reconnaissance; Pierre Juillet dont on dit que c'est lui, avec Marie-France Garaud, qui tire les ficelles accrochées au costume du grand Jacques. D'où ce commentaire de Patrick Rotman: « C'était bien la première fois qu'on voyait un cheval remercier son jockey! » Parce que j'ai la conviction que vous non plus n'êtes pas un mauvais cheval, monsieur le procureur, j'ai décidé de vous confier une mission: vous allez lire le papier que voici. Exécution!

Le proc s'est exécuté de bon cœur, mais je ne suis pas certain que ça ait amené grand monde au spectacle de mon camarade Laurent!

Gros mots
Florian Zeller, jeudi 11 octobre 2007

Cher public, j'espère que vous appréciez le magnifique exemple de pluralisme et de respect de la différence que vous donne ce matin *Le Fou du roi*... Stéphane Bern et Florian Zeller assis côte à côte... Deux conceptions diamétralement opposées du radicalisme capillaire, et pourtant la fraternité demeure ! Une bien belle leçon de vie, en ces temps de crispation et de repli communautaire.

Hier, je vous avais entretenu du fructueux échange entre B-.H.L. et Henri Guaino, le premier ayant traité le second de raciste, ce qui lui valut en retour le qualificatif de « p'tit con »... Entre-temps, le désormais célèbre « dégueulasse » de Fadela Amara a connu une jolie carrière, ce qui ne doit pas nous empêcher de signifier à nos invités, Sara Forestier et Florian Zeller, que nous sommes enchantés de recevoir dans notre émission une petite pétasse et un jeune fils de pute aussi talentueux qu'eux ! Et je ne vous parle pas d'Amanda Sthers, qui est sûrement une des jeunes pouffiasses les plus douées de sa génération.

D'ailleurs, la bande de connards qui compose le public du studio 106 ne s'y est pas trompée, en applaudissant à tout rompre les trois petits merdeux que je viens de citer. Je note que, même avec une équipe de branleurs comme celle qui a pris place autour de cette table, on peut faire une émission pas trop à chier, à condition que les chroniqueurs acceptent de dire un peu moins de conneries que d'habitude... Excusez-moi, j'adapte mon discours à l'air du temps, et l'air du temps est au relâchement sémantique, semble-t-il. Mais finalement pas tant que ça, sinon le « dégueulasse » de Fadela n'aurait pas provoqué un tel pataquès. Il faut savoir qu'au groupe UMP de l'Assemblée nationale, qui est composé exclusivement de petits êtres fragiles et d'une extrême délicatesse, cet adjectif a eu des effets traumatisants ! On a enregistré plusieurs débuts de syncope dans ses rangs, notamment chez Patrick Devedjian et Claude Goasguen qui sont deux véritables petites boules d'amour ; d'ailleurs, dans le groupe Occident où ils maniaient la barre à mine avec un rare enthousiasme du temps de leur jeunesse, on les avait surnommés « Pimprenelle et Nicolas ».

C'est amusant, parce qu'après la déclaration de Fadela Amara sur le caractère « dégueulasse », donc, de l'instrumentalisation de l'immigration le secrétaire général de l'UMP, Patrick Devedjian, qui a les boules « comme ça » d'avoir été évincé du gouvernement pour laisser la place à des bolcheviks repentis, a commencé par gueuler comme un âne, en dénonçant haut et fort l'insulte faite aux élus

UMP qui ont voté le projet de loi d'Hortefeux. Et deux heures plus tard, un communiqué du parti annonçait que M. Devedjian allait prendre son petit-déjeuner avec Fadela Amara. Hop, à la niche le Patounet !

Souhaitons qu'à cette occasion Fadela modère un peu son vocabulaire, afin de ne pas heurter la sensibilité du maire d'Antony, qui ne supporte pas les excès de langage, surtout chez les dames. Cette salope d'Anne-Marie Comparini peut en témoigner, d'ailleurs... Souvenez-vous, c'est lui qui avait traité l'élue centriste lyonnaise de « salope » devant une caméra de télé qui passait par là, et qui avait dû s'en excuser publiquement... Depuis quelques mois, il en aura ingurgité des chapeaux, ce pauvre Devedjian... Pour reprendre la délicate phraséologie chère à ses anciens copains d'extrême droite, dans le cas de Fadela Amara, c'est même un chapeau melon qu'il va bouffer !

Cette histoire de test ADN pourrait bien faire capoter la politique d'ouverture du petit Nicolas. Vous vous rendez compte que même Enrico Macias s'est prononcé contre ! Et je le comprends. Moi-même, qui suis résolument de gauche, je ne vous cache pas que, si on arrive à isoler le gène qui lui fait chanter poï poï entre chaque couplet d'une chanson, je serai tenté de réviser ma position sur le regroupement familial !

Enrico, mon frère, mon ami, reviens parmi nous ! Rejoins donc ta famille d'origine, la gauche ! Rentre au bercail ! Tu n'es pas obligé de le faire à plein-temps.

Quand tu veux chanter, tu restes chez tes nouveaux amis, et le reste du temps, tu rejoins la gauche !

Et François Fillon, qu'est-ce qui lui a pris de raconter que le test ADN n'était qu'un « détail » de la loi Hortefeux ? Un « détail », sur un sujet pareil ! Heureusement qu'il n'a pas eu l'idée de faire un calembour avec « four crématoire » !

D'accord, je comprends ! En fait il y avait une coquille dans le projet de loi… Ce n'était pas « test ADN » qu'il fallait lire, mais « test ADFN » ! Sincèrement, je ne peux pas croire que François Fillon ait utilisé le mot « détail » par désir de provocation.

Quoique ça m'ait rappelé cet édifiant petit sujet que j'ai visionné il y a quelques jours sur le site internet de LCI, consacré aux espaces personnels des enfants de ministres sur Facebook.

Ainsi, sur celui du jeune Antoine Fillon, on pouvait lire : « Je souhaite que Diam's, Sinik, Yannick Noah et Jamel quittent la France ! » De la part d'un jeune dont le père a été nommé par un type qui connaît par cœur tout le répertoire de Didier Barbelivien et qui a fêté sa victoire en chantant du Mireille Mathieu, je trouve ça un peu expéditif, comme préconisation ! Pas d'affolement, sur la même page, parmi la liste des centres d'intérêt du fils Fillon, il y avait un lien qui renvoyait vers le site de la Fédération française de l'apéritif… Voilà qui est rassurant… On sait désormais que lorsque le fils Fillon écrit des conneries dans son blog, c'est uniquement parce qu'il est bourré ! Ouf !

Pour conclure, une bonne nouvelle pour tous les heureux géniteurs de gazouillants bambins déjà familialement regroupés, et donc destinés à devenir de jeunes adultes aussi remarquables que le fils Fillon : le bouquet Canal Sat s'apprête à s'enrichir d'un nouveau programme, *Baby First*, première chaîne de télé en France à s'adresser aux petits bouts de chou âgés de 6 mois à 3 ans. Comme ça, dès leur entrée en maternelle, les petits bouts de chou en question seront déjà des vraies têtes de cons ! Youpi ! À demain !

Halloween
Lundi 31 octobre 2005

Ça y est, c'est parti ! L'« halloweenisation » des programmes télé a commencé dès hier soir, à la *Star Ac.* L'un des professeurs de chant, le dénommé Matthieu Gonet, a fait une bonne blague aux élèves. Lorsqu'il s'est assis à son piano pour démarrer son cours, il a simulé une forte quinte de toux, et s'est mis à cracher de prétendues giclées d'hémoglobine, faisant croire que c'était du sang, bien sûr. Comme il se doit, les gamins se sont mis à courir dans tous les sens, affolés, en criant : « Au secours, appelez les pompiers, une ambulance, vite, il faut l'amener à l'hôpital ! » Et là, Matthieu Gonet a lancé à la cantonade : « C'était une blague ! C'est pour Halloween ! » Gros succès, je peux vous le dire. Vous auriez vu la tête des élèves, ils étaient pliés de rire, mais intérieurement… Il n'a pas été loin d'être en position de cracher du vrai sang, ce boute-en-train de Matthieu. C'est vrai que simuler une hémorragie interne, c'est désopilant comme canular. Ça me rappelle celui que j'ai fait pour la naissance de mon premier enfant. Une fois que ma femme a eu fini d'accoucher, j'ai appelé sa mère et je lui ai dit : « Désolé belle-maman, il y a eu un problème pendant le travail, ils n'ont pu sauver que la sage-femme, je vous ramène le placenta ? » Ensuite, j'ai laissé passer quinze secondes et j'ai ajouté : « Poisson d'avril ! », mais j'aurais pu laisser passer plus de temps, elle était déjà dans le coma, la vieille… J'en profite pour rendre hommage à France télévisions, dont les chaînes restent de relatifs îlots de résistance culturelle. Pour Halloween, elles font le strict minimum : une apparition de Christine Bravo chez Ruquier et c'est baste ! Alors que sur TF1, pour faire peur aux petits enfants des banlieues, ils n'ont pas hésité à ressortir Nicolas Sarkozy de sa boîte et à l'agiter bien fort devant les caméras du *20 heures*… Après trois jours d'affrontements à Clichy-sous-Bois, le calme était en train de revenir, ça devenait inquiétant… On risquait de ne plus parler du ministre de l'Intérieur pendant vingt-quatre ou quarante-huit heures et de s'intéresser à des choses aussi incongrues que les sinistrés musulmans du Cachemire, par exemple. Quelle horreur ! Interviewé sans complaisance excessive par Laurence Ferrari – il faut lui rendre cette justice-là –, Nicolas a expliqué qu'il n'avait rien contre « les vrais jeunes ». À quoi reconnaît-on un « vrai jeune » de banlieue, me direz-vous ? Eh bien, c'est assez subtil à déterminer.

Par exemple, le « vrai jeune » ne sonne pas pareil quand on lui écrase une matraque sur le crâne. Il produit un bruit mat, assorti d'un léger craquement selon le niveau de conscience professionnelle du fonctionnaire qui a effectué le test. C'est à ça que l'on reconnaît le « vrai jeune », c'est-à-dire celui qui n'a rien à se reprocher. L'inconvénient, c'est qu'une fois qu'il a été identifié, il n'est plus trop en état d'apprécier les félicitations du ministre. Le « faux jeune », lui, a la tête beaucoup plus dure, ce qui produit un bruit nettement plus sourd au moment de l'impact. Et généralement, il ne s'écroule pas tout de suite. Il a le temps de crier « bâtard ! », de partir en courant pour aller brûler deux ou trois voitures et revendre quelques barrettes de shit, avant de se suicider par électrocution dans un transformateur E.D.F. juste pour emmerder le ministre. Lequel a prononcé la phrase suivante, hier soir, dans le *20 heures* de TF1 : « À La Courneuve, tout le monde le dit, ça va beaucoup mieux. » On aurait aimé que Laurence Ferrari lui demande qui est donc ce fameux « tout le monde » qui a l'air si bien informé de la situation à La Courneuve, et si par hasard il ne s'agit pas du même « tout le monde » qui raconte partout que Nicolas Sarkozy est un petit peu fatigué nerveusement, pour ne pas dire complètement à la masse.

Toujours à propos d'Halloween, je tiens également à féliciter Marc-Olivier Fogiel qui recevait l'abbé Pierre hier soir et qui a résisté à la tentation de le coiffer d'un chapeau pointu et de lui mettre un balai dans la main, histoire d'améliorer son taux de pénétration chez les jeunes. C'est vrai qu'en terme de prestige, une interview de l'abbé Pierre, c'est top. Par contre en terme d'audience, c'est plus casse-gueule. Résultat, l'abbé préféré des Français s'est retrouvé relégué après 23 heures. Au début j'ai pensé : « Si Marco-O l'a programmé aussi tard, c'est qu'il va nous faire des confidences plutôt olé olé, notamment sur sa vie sexuelle avant la prêtrise… Pour qu'il le fasse passer après Ovidie, l'actrice porno à la retraite, c'est qu'il a dû mener une sacrée vie de patachon, l'abbé, et qu'il va nous en raconter des vertes et des pas mûres sur ses exploits de jeune séminariste en goguette ! » Je péchais par excès d'optimisme. En fait de vie de bâton de chaise, il révèle dans l'interview qu'il a « pécho » deux ou trois Marie-Chantal sans trop de conviction, et qu'il a aimé en secret, et surtout platoniquement, un jeune choriste à la voix séraphique. Point barre.

Et c'est d'ailleurs pour cela qu'il est passé aussi tard, pour insuffisance de croustillance. Pour avoir une chance de passer à 21 heures, il aurait fallu qu'il avoue s'être tapé la totalité des Petits Chanteurs à la croix de bois, plus Daniel Ducruet !

Il se confirme en tout cas que notre abbé Pierre national est un sacré visionnaire. Il flashait déjà sur les choristes soixante-quinze ans avant tout le monde. C'est ce que j'appelle « sentir le marché »…

Il est parfaitement inutile de protester du fait que l'interview de ce saint homme ait été reléguée aux quasi-confins de la messe de minuit, à savoir Soir 3. Même lui est en mesure de comprendre que les horaires de forte écoute doivent être réservés à des invités vraiment prestigieux, porteurs d'un message dont la fulgurance n'a d'égale que l'universalité. C'est pourquoi, contrairement à l'abbé Pierre, qui a dû se contenter de 15 minutes cette nuit, Élisabeth Teissier, elle, a eu droit à 52 minutes de présence entre 19 et 20 heures samedi soir, sur France 2, dans l'émission de Laurent Ruquier. Et comme si ça ne suffisait pas, on a retrouvé la même Élisabeth Teissier trois heures plus tard, sur la même chaîne, dans l'émission de Thierry Ardisson cette fois. Pour le coup, lorsqu'Élisabeth Teissier, E.T. pour les intimes, passera dorénavant à côté du siège du France 2, elle aura toutes les raisons de tendre un index reconnaissant et de dire « Maison, maison ! » Oui, je sais, je la fais souvent cette vanne, mais là elle s'impose… J'ai même été surpris de ne pas la retrouver sur le plateau du grand cabaret de Patrick Sébastien, la fille cachée de madame Soleil et de Raspoutine. Elle aurait pu faire des révélations fracassantes, comme dire que quand Dani Lary découpe son assistante en tranches fines, façon carpaccio, et bien il y a un truc !

Tant qu'à lui consacrer une soirée entière, autant aller au bout de l'exercice. Après tout, c'est pour une grande cause : lui permettre de se faire des ovaires en platine en fourguant son horoscope annuel à un maximum de connes superstitieuses ! Une vraie mission de service public, convenez-en ! On pourrait même envisager un *Téléthon.* Mais attention, pas uniquement au profit d'Élisabeth

Teissier. Ça pourrait être au profit d'Élisabeth Teissier et de Florent Pagny. Et puis ce qui reste, on l'enverrait au préfet Marchiani, pour cantiner aux Baumettes…

Non seulement France 2 a offert une tribune en or à l'astrologue, mais on lui a déroulé le tapis rouge, notamment chez Ruquier. Manifestement, ce dernier avait demandé à ses chroniqueurs d'être gentil avec madame, qui a ainsi pu déclarer pour la nième fois sans être contredite : « J'ai conseillé François Mitterrand pendant sept ans, et j'ai réussi à le convertir à l'astrologie. » Maintenant il n'est plus là pour répondre ! Il y a vraiment des coups de prostate là où je pense qui se perdent ! « J'ai conseillé Mitterrand. » J'adore la formule… C'est comme quand l'ancien directeur de communication de Raffarin, Dominique Ambiel, se baladait en bagnole sur les Maréchaux : il cherchait un conseil ! Donc, pendant cinquante minutes, on a entendu les conneries habituelles. Celle-ci, par exemple : « Roselyne Bachelot a une configuration en scorpion qui montre qu'elle aime le sexe. » En attendant, elle, elle n'a jamais conseillé Mitterrand, espèce de balance ascendant donneuse !

J'ai bien aimé aussi celle-ci, encore : « Comme disaient les Arabes : l'astrologie, c'est l'algèbre de la destinée et du caractère. » Parle pour les tiens, d'Arabes. Ceux de mon quartier, ils auraient plutôt tendance à dire que l'astrologie, c'est le b.a.ba de l'extorsion de fonds et de l'entubage de ménagère. En entendant toutes ces belles paroles, Steevy était comme fou, vous vous en doutez…

« Ça doit être vachement dur de faire des thèmes *astrals* », s'est-il extasié, avant d'ajouter à l'intention de sa nouvelle maîtresse à penser : « Vous pourriez me faire le mien ? » Je vais te le faire, ton thème, fils, il tient en quatre mots : « con comme la lune ! » L'ambiance était tellement débridée sur le plateau d'*On a tout essayé,* que Christine Bravo a profité d'un moment d'inattention de Laurent Ruquier pour s'asseoir à sa place en hurlant : « C'est ma case, c'est ma case ! Je veux récupérer ma case ! » Comme tout le monde, je me suis dit : « Tiens, je savais qu'elle en avait une en moins, mais pas qu'elle y tenait tant que ça ! » En réalité, elle voulait parler de sa case dans la grille des programmes… C'était le samedi à 19 heures que Christine Bravo présentait *Frou-Frou,* il y a quelques années. À cette époque, Élisabeth Teissier sévissait déjà, et, parmi ses nombreux exploits, je me permettrai de rappeler celui-ci à nos auditeurs : au tout début des années 1990, Élisabeth Teissier n'avait pas hésité à annoncer dans un de ses livres que le vaccin contre le sida serait trouvé avant fin 1995.

Imaginez ce qu'a pu ressentir à l'époque la mère d'une fille ou d'un garçon séropositif en lisant ça et en y croyant peu ou prou.

C'était tout simplement ignoble, mais manifestement, à la télévision où il est de bon ton d'avoir une mémoire de poisson rouge, ça fait rigoler tout le monde aujourd'hui… Je ne désespère pas que, un jour, une certaine justice immanente passe et nous venge des méfaits de cette sorcière. Je me dis que, en cette période de grippe aviaire galopante, la déplorable habitude qui consiste à gagner sa vie en plumant des pigeons peut se révéler extrêmement funeste !

Et c'est tant mieux…

Hanin de jardin

Roger Hanin, mercredi 16 février 2005

Bienvenue, camarade commissaire ! Je pense que la formule va rappeler de bons souvenirs à certains… Il est important de porter à la connaissance du plus large public le fait que c'est un authentique militant du PCF qui incarne à l'écran le commissaire Navarro. Depuis quinze ans donc un communiste fait gagner plein d'argent à TF1. Quand on écoute le journal de Jean-Pierre Pernaut, ça ne saute pas aux oreilles ! On ne peut pas dire que ce soit la reconnaissance qui l'étouffe, celui-là… Eh oui, Jean-Pierre ! Désolé de te le rappeler, mais d'une certaine manière tu es payé par le colonel Fabien ! À vingt ans près, une partie de ton salaire de nabab t'aurait été versée directement en roubles… J'aime bien l'énerver, Jean-Pierre Pernaut, j'ai toujours l'espoir qu'il fasse comme Christophe Hondelatte ; qu'il prenne un coup de sang et parte vivre à la campagne. Il aime tellement ça, la campagne, Pernaut. En plus, lui, il n'aura même pas besoin d'arrêter le journalisme, c'est déjà fait depuis longtemps !

Bienvenue, camarade Roger ! Ça le fait bien « camarade Roger », hein ? Ah oui ça, c'est un vrai prénom de communiste… Essayez donc « camarade Gonzague, camarade Bernard-Henri ou camarade Ernest-Antoine » et, vous verrez la différence… Dis-toi bien, camarade Roger, que tu n'as que des amis dans ce studio : le public est composé exclusivement de militants de la cellule Nadine de Rothschild. Nous sommes dans le XVIe arrondissement, faut pas rêver non plus… Moi-même, je ne me suis jamais caché d'avoir quelques faiblesses pour la dictature du prolétariat… Attention, ce sera une dictature relativement laxiste, adaptée au XVIe arrondissement. Je suis pas Pol Pot ! Les contraintes seront réduites au minimum. Le port du bleu de chauffe, de la gamelle et des pinces à vélo sera, certes, obligatoire pour toute la population de l'arrondissement, mais les dames pourront conserver un usage privatif de leur yorkshire. À condition de les peindre en rouge et de manger les crottes ! Quant aux camarades travestis de la porte d'Auteuil, ils pourront continuer d'exercer leur activité. Ce n'est pas parce que le prolétariat prend le pouvoir que le patronat doit être privé de ses loisirs. Sans parler de certains de nos alliés objectifs, comme le camarade Patrick Sébastien, qui est très proche de nous…

Les camarades travelos pourront donc travailler, à condition que ce soit dans une tenue décente, de couleur kaki ou camouflage, selon leurs horaires ; avec Rangers à talons plats et béret étoilé modèle Che Guevara, plus un passe-montagne de type sous-commandant Marcos. Après tout, ils ont l'habitude de se déguiser ! Leur lieu de travail sera rebaptisé « Sierra dé Bolognas » ! Ceux qui ne seront pas contents seront priés de la boucler… En ce moment, il y a une équipe qui fait le même boulot qu'eux tous les soirs sur TF1, et ça ne les dérange pas de le faire en tenue de combat, eux ! Comme vous pouvez le constater, chers auditeurs, le communisme à visage humain, ça existe. À cet égard, je ne désespère pas de rallier le camarade Stéphane Bern à notre cause. Je ne dis pas qu'il va prendre sa carte au parti, là, maintenant, mais l'idée progresse… C'est que d'où il vient, le chemin est long !… Et la pente est raide, comme dirait ce parolier de Lorie dont j'ai oublié le nom… Non, vraiment, il est en bonne voie, Stéphane… Vous auriez entendu ce qu'il a mis à ce gros facho de Gérard de Villiers, l'autre matin, un vrai bonheur ! On aurait dit SAS en train de dérouiller un métèque ! Je ne vous raconte pas comme il a pleuré sa race, le de Villiers ! J'ai vu le moment où il allait se mettre à crier : « Arrêtez, pitié ! » Je l'avoue : toutes les Négresses ne sont pas des putes, les Thaïlandaises des masseuses, les Arabes des danseuses du ventre et les Russes des nymphomanes ! Je ne l'écrirai plus, c'est juré ! Je vais aller voir un psy pour lui parler de ma mère !

Bien sûr, comme toujours, certains camarades particulièrement atrabilaires vont insinuer que pour un militant communiste le camarade Roger dispose d'un pouvoir d'achat plus que substantiel. Certes. À la sempiternelle mais néanmoins pertinente question : « Peut-on être riche et de gauche ? », j'ai coutume de dire : « La réponse est oui, camarade, à condition d'être désolé ! » Maintenant, à la question non moins brûlante : « Peut-on être millionnaire et communiste ? », là je suis moins catégorique... J'ai bien peur que l'expression sincère d'une réelle contrition de votre part ne suffise pas à justifier une réponse positive, camarade Roger. C'est pourquoi je ne saurais trop vous conseiller de dépasser votre état de désolation en pratiquant la mutualisation : faites-moi un gros chèque, là, tout de suite, et vous verrez comme vous vous sentirez libéré... Mettez-le à mon nom, je répartirai le montant auprès des camarades de ma cellule après, en fonction de leurs besoins...

L'autre question que ne manqueront pas de poser les camarades pisse-vinaigre est la suivante : « Comment peut-on être un communiste français sincère et en même temps un mitterrandien, pour ne pas dire un mitterrandolâtre, aussi inconditionnel que vous l'avez été et que vous le restez, d'ailleurs, Roger Hanin ? » Je leur répondrai que ces deux allégeances n'ont rien de contradictoire. Quand on voit les scores que fait le Parti communiste depuis que vous le soutenez publiquement, c'est-à-dire depuis 1995, on est bien obligé d'admettre que Mitterrand peut être fier de vous. Vous êtes l'efficace continuateur de son œuvre... Encore une présidentielle et ils seront mûrs pour fusionner avec les raéliens... Quoi qu'il en soit, Roger Hanin, vous n'êtes plus l'homme d'un parti, vous êtes l'homme d'une nation, que dis-je, d'une érection nationale : vous êtes celui qui a sauvé la tour Eiffel. Vous l'avez révélé dans vos souvenirs : à son arrivée au pouvoir en 1981, François Mitterrand voulait faire abattre la tour Eiffel, et Jack Lang envisageait de raser l'Académie française.

Quelle bande de malades ! Faire tondre Line Renaud, ils y avaient pensé ? Et c'est vous, Roger, qui avez dissuadé votre beau-frère de procéder à cette funeste ablation monumentale, au terme de laquelle Paris n'aurait plus jamais été tout à fait Paris. En tout cas, au niveau du genre. Rien que pour ça, vous méritez toujours le sobriquet que vous avaient affectueusement attribué les putes et les macs de la basse casbah d'Alger : « Gros cul, bel œil ». Toute l'équipe de Fanou la frisette vous souhaite de connaître encore plein de canicules…

Histoire d'O
Jean d'Ormesson, lundi 30 octobre 2006

Ce type est incroyable ! Il est toujours de bonne humeur ! Il a l'œil qui plisse en permanence, le regard qui pétille, la bouche gourmande, la répartie joyeuse, c'est le bonheur de vivre fait homme ! L'autre jour, dans une interview, Jean d'Ormesson racontait à quel point il adorait avoir l'âge qu'il a, en expliquant que c'est entre 20 et 40 ans qu'un homme mange son pain noir. Alors que, après 60, c'est trop de la balle, surtout quand on approche des 80. Tu as raison, Jeannot ! C'est quand tu peux passer tes soirées en tête à tête avec ta prostate dans un bocal de formol, au-dessus de la cheminée de l'hospice, que la vraie vie commence ! J'ai compris le secret de la bonne humeur permanente de notre invité en passant du côté de Saint-Florent, en Corse, lorsque j'ai découvert sa maison de vacances, dans une crique paradisiaque, en lisière du sublime désert des Agriates. En la voyant, j'ai dit à l'autochtone qui m'accompagnait : « Tiens, je ne savais pas que l'Aga Khan avait sa résidence principale ici ? J'espère que le sultan de Brunei ne l'a pas vue, sinon il va faire la gueule ! » L'autre m'a répondu : « Pas du tout ! C'est le pied-à-terre d'un pitzoune très sympa, Jean d'Ormesson. C'est un type qui est à la retraite depuis sa naissance, autant dire qu'il s'est bien intégré en Corse ! » Je sais ce que vous allez me rétorquer : « Est-ce bien raisonnable pour un continental d'être propriétaire d'une villa aussi somptueuse dans la région ? »… Eh bien oui, justement, c'est une question de taille critique. Vu les dimensions de la masure, la faire sauter représenterait une telle charge de travail que, *a priori,* il y a peu de chance que ça arrive ! S'il y a des agents des contributions directes qui nous écoutent, je ne saurais trop leur recommander d'aller faire un saut en Haute-Corse, juste pour admirer la maison de vacances de Jean d'Ormesson et rêver ! Une aussi belle perspective de redressement, ça se déguste. C'est sûr que j'aurais la même, je pense que je serais assez souvent de bonne humeur, moi aussi. Faites quand même gaffe, cher Jean, de ne pas afficher un bonheur de vivre trop insolent, ça finirait presque par devenir énervant pour les autres. Les couloirs de la Maison de la Radio sont longs et semés d'embûches, et personne n'est à l'abri d'une fracture du col du fémur ! Je me souviens qu'il y a quelques années Sheila était venue nous étaler son bonheur et sa joie de vivre à la figure, elle aussi. Résultat, on lui a donné l'adresse d'un chirurgien esthétique ! Elle doit revenir bientôt, venez donc admirer le résultat ! Quel jour ? Il faut demander à

Stéphane, c'est lui qui décide. Je crois qu'il avait parlé d'Halloween, c'est ça ?

Pourtant quand on examine votre situation objectivement, Jean d'Ormesson, on constate qu'elle n'est pas si enviable que cela. En tant qu'auteur, vous vendez moins que Houellebecq. En tant qu'académicien, vous passez une partie de votre vie avec Giscard. Et en tant qu'homme, vous persévérez dans l'échec personnel. Je rappelle qu'à la question rituelle : « Comment aimeriez-vous mourir ? », vous répondîtes un jour : « Jeune, mais c'est raté. »

Ça ne s'est assurément pas amélioré depuis ! À propos de jeunes, s'il y a parmi nos auditeurs des journalistes débutants qui rêvent de travailler pour France 24, la future chaîne d'information internationale française, ils peuvent faire une croix sur leurs espoirs. La direction des ressources humaines de la chaîne croule littéralement sous les C.V., dont une bonne moitié, paraît-il, aurait été transmise directement à la présidence par Bernadette Chirac ! Commentaire du P.-D.G. : « On ne pourra jamais tous les prendre ! » Super, non ? Avant, pour devenir journaliste, fallait faire le CFJ. Il suffit désormais d'avoir fait l'opération « pièces jaunes » ! Cela dit, c'est rassurant, c'est la preuve qu'il existe un vrai pluralisme dans les filières de recrutement des journalistes français. Ceux qui ont été recalés par Nicolas Sarkozy pour entrer à Europe 1 peuvent toujours se rabattre sur France 24 en s'adressant à Bernadette. Bon, allez, j'avoue. Moi aussi, j'ai été pistonné pour entrer au *Fou du roi.* C'est Patrick Balkany qui a fait passer mon C.V. au président Cluzel, accompagné d'un cercueil miniature et d'une douille de neuf millimètres grandeur nature. Résultat, me voici ! Pour en revenir à Bernadette, je vous recommande le papier de *Libération* sur le voyage officiel du chef de l'État en Chine, publié ce week-end. On y lit le récit suivant : ça se passe vendredi dernier, à Wuhan. Les yeux rivés sur la maquette de l'hôpital de Zonghnam, Bernadette appelle : « Serge, Serge, venez voir ! » Il s'agit, vous l'aurez deviné, chers auditeurs, de Serge Dassault, l'un des intellectuels français préférés du couple présidentiel. Bernadette, tout excitée : « Vous avez vu, Serge, les chantiers à Pékin ?… Ils travaillent jour et nuit ces Chinois. Jour et nuit. Et pendant ce temps-là, nous, en France, on dort. Il faut arrêter cette décadence du travail chez nous. »

Stéphane, vous qui la connaissez bien, il faut lui dire de se calmer ! Eh oui, madame la Présidente, c'est triste à dire, mais la nuit, les Français dorment. Ils ont même dormi une heure de plus dimanche matin, ces saligauds ! Personnellement, il m'arrive même de dormir en lisant un éditorial de votre ami Serge Dassault dans le *Figaro* ! Il faut dire qu'après avoir beaucoup ri, j'ai tendance à avoir envie de dormir.

Je me permets d'ajouter qu'il est préférable de piquer un petit somme de temps en temps plutôt qu'une grosse somme souvent, et dans les caisses de l'État de surcroît, pour s'acheter des billets d'avion en liquide ! C'était ma rubrique « si Bernadette continue sur cette voie, elle va finir par obtenir une promotion, sans même avoir besoin d'être pistonnée ». De première dame de France, elle va être bombardée « premier drame de France » à l'unanimité !

Allez, au boulot, bande de feignasses !

I AM A PHARAON !

AKHÉNATON, VENDREDI 6 AVRIL 2007

Monsieur Toutankhamon, bonjour. Est-ce que vous avez expliqué à Stéphane que vous n'étiez pas un descendant de Cléopâtre ? Il y a sûrement un malentendu ; à tous les coups, il vous prend pour une sorte de prince Albert égyptien. Il a une copine dont c'est la spécialité. Comment elle s'appelle, Stéphane, la maman à cheveux bleus que vous invitez tout le temps ? Christiane Deviers-Joncour, un truc comme ça ? Ah oui, Noblecourt, c'est ça ! Elle est super-sympa, sa copine égyptologue, mais elle est quand même très âgée… Des fois, on se demande si elle ne se serait pas trouvée elle-même en faisant des fouilles !

Je vous rassure, Akhenaton, on lui a expliqué qui vous étiez, à Stéphane. Enfin, il a quand même fallu lui expliquer un bon moment. Il ne maîtrise pas encore tous les codes de la scène hip-hop… Quand on lui a dit que vous étiez un rappeur, il a répondu : « Ce serait peut-être pas mal d'inviter un autre Noir, pour le rassurer. » Oui, il ne faut pas lui en vouloir, mais Stéphane était persuadé que tous les rappeurs étaient noirs, que c'était une sorte de condition préalable pour avoir le certificat d'aptitude. On lui a dit : « Tu sais, il y a des rappeurs blancs, Eminem, par exemple… » « Mgr XXIII est rappeur ? », s'est-il affolé. « Mais non, Stéphane, pas Son Éminence ! Eminem ! » C'est du boulot. « Tu ne dois pas être surpris, Akhenaton est blanc et il est d'origine italienne. » Ça lui a donné une idée : « S'il est Italien, on pourrait peut-être inviter en même temps les Petits Chanteurs à la croix de bois pour qu'ils chantent un *Ave Maria* ? » Dès qu'il peut les caser dans une émission, il tente le coup… « Stéphane, c'est pas une bonne idée, Akhenaton, il est musulman…

— Ah bon ? Il est Italien et musulman ? Le pape est au courant ? Il va se faire excommunier ! » Un vrai boulot à plein-temps, je vous dis…

« Mais alors *You are*, c'est quoi ?

— Non, Stéphane, ce n'est pas You are, c'est *I am*, qu'il s'appelle… C'est le groupe d'Akhenaton. Ils font un style de musique qui est très populaire dans les banlieues.

— Non ? Ils sont allés jouer à Saint-Germain-en-Laye ? Ils sont gonflés ! Mais dis-moi, s'ils viennent de la banlieue, il faut peut-être leur prévoir un accueil spécial ? Quand on reçoit Mireille Mathieu ou Nana Mouskouri, je fais mettre une corbeille de fruits et un verre à dents dans la loge, mais là ça va peut-être pas suffire. »

On peut dire ce qu'on veut de Stéphane, mais il est plein d'attentions pour les invités… « Gaudéric, s'il te plaît ! » Gaudéric, c'est notre assistant de production. « Gaudéric, est-ce que tu pourrais garer ta Twingo devant l'entrée, avec un jerricane d'essence à côté ! Au cas où ils auraient envie de se détendre avant l'émission. Il faudrait peut-être aussi un peu de drogue à fumer ? Est-ce que quelqu'un peut monter à la rédaction pour voir si Jean-Marc Sylvestre est toujours là ? » Après, on a été obligé de modérer ses ardeurs, car il était prêt à pousser l'hospitalité jusqu'à demander aux hôtesses d'accueil de se déguiser en gardes mobiles afin que vous vous sentiez moins dépaysés. Et là, franchement, c'était risqué : avec les hôtesses en gardes mobiles, je ne sais pas si le président Cluzel aurait résisté à la tentation d'abuser de sa fonction ! En tout cas, vous avez été bien accueilli et c'est l'essentiel… Ça tombe bien que vous soyez là, d'ailleurs, mon cher Akhenaton, car figurez-vous qu'on cherche quelqu'un pour accompagner Nicolas Sarkozy en banlieue… Il hésite à s'y rendre, c'est curieux… Vous accepteriez de lui tenir la main ? Vous devriez y arriver, en pliant les genoux ! Je suis déçu, je le croyais moins pétochard que ça, Sarko… Ne pas oser s'aventurer sur un territoire de la République quand on prétend en assumer la présidence, ça la fout mal… D'autant qu'il pourrait très bien feinter : il lui suffirait d'envoyer Doc Gynéco en éclaireur sur la dalle d'Argenteuil pour faire diversion… Le temps que les cailles du coin découpent le Doc en fines barrettes pour aller les revendre à la sortie de la boîte de prod d'Ardisson, Sarko aurait tout le loisir de faire son meeting peinard… D'un autre côté, il n'a pas totalement tort, Nicolas…

Il règne en banlieue une réelle insécurité. Je ne sais pas si vous avez vu ce reportage diffusé hier, dans le journal de 13 heures de France 3 Haute-Normandie ? Des images sont disponibles sur le site de la chaîne et montrent à ceux qui en douteraient encore que la violence en banlieue n'est pas un fantasme. On y voit un groupe de policiers en train de tabasser allègrement deux jeunes de 20 ans qui venaient de percuter un lampadaire avec leur voiture, en état d'ébriété, selon le communiqué officiel… Un des jeunes est frappé à coups de pied alors qu'il est à terre, et attaqué à plusieurs reprises par un chien policier, avant d'être jeté dans un fourgon et embarqué.

Pas de chance pour ces fonctionnaires zélés, ils ont été filmés dans l'exercice de leur périlleuse mission par un locataire de la cité, et ce pendant les quarante minutes que la séance a duré… Et après on va encore accuser Sarkozy d'être responsable de la disparition de la police de proximité. Je suis désolé : le flic qui donnait des grands coups de tatane dans le dangereux délinquant qui le menaçait en se recroquevillant à ses pieds était tout à fait proche de son interlocuteur ! Leur proximité était totale ! Je sens que je vais encore recevoir des messages d'auditeurs m'accusant d'être de parti pris quand il est question de Nicolas Sarkozy. Je ne suis pas d'accord du tout ! Politiquement, je fais preuve en toutes circonstances d'une objectivité irréprochable! Si je m'en prends souvent à Nicolas, c'est parce que je l'admire et que je l'aime énormément. Et que je veux lui donner une occasion de prouver de manière éclatante qu'il tient ses promesses! En effet, hier, devant les étudiants de Sciences-Po, il a juré-craché que, s'il était élu président, il n'y aurait pas de chasse aux sorcières dans les médias. Grâce à toutes les horreurs que je dis sur lui, il va pouvoir en faire la démonstration. C'est un service que je suis en train de lui rendre… Christian, notre réalisateur, me dit dans mon oreillette que « si la chasse aux sorcières est fermée, celle aux petits boucus à lunettes ne va pas tarder à rouvrir ». Je vais peut-être m'arrêter là et en profiter pour signaler à nos auditeurs que les remarquables Philippe Sohier et Delphine Zana jouent demain soir leur pièce *Love Circus* à Saint-Tropez, chez Stefano, sur la route des plages; que le colossal Laurent Violet jouera son nouveau spectacle samedi 14, au Nouveau Théâtre Baulieu, à Saint-Étienne, et enfin qu'ils peuvent se procurer dans tous les kiosques depuis ce matin le numéro 7 du *Plan B,* bimestriel d'enquêtes sociales et de critique des médias. Le *Plan B*, folliculaire vachard et tricard, fabriqué à l'arrache par une bande de disciples rageurs de l'immense Pierre Bourdieu, fête son premier anniversaire. Pourvu que ça dure!

Ils sont fous ces Bretons !
Michel Galabru, lundi 24 septembre 2007

Je m'en veux, chers auditeurs, je m'en veux. On m'a dit pendant le week-end que vous aviez fait une apparition très remarquée, Stéphane, dans le dernier numéro *d'Envoyé Spécial,* jeudi soir. On vous aurait vu en train de faire virevolter de jeunes beautés au bal des débutantes.

Et dire que j'ai raté ça ! Vous savez que les auditeurs m'écrivent pour me le reprocher ! Je pensais que vous aviez mis un terme à vos… à votre partenariat avec le bal des débutantes suite à la décision de votre ami le prince Albert de diversifier ses sources d'approvisionnement plutôt du côté des compagnies aériennes…

J'imagine, monsieur Galabru, que vous avez entendu parler du bal des débutantes ? Il s'agit d'une sorte de foire-exposition annuelle au cours de laquelle un certain nombre de bénéficiaires potentiels du bouclier fiscal ou des relations de vacances du président de la République procèdent à la mise sur le marché de leur progéniture féminine, dans l'espoir de conclure de fructueuses alliances capitalistiques avec les heureux détenteurs de boutonneux défiscalisables, plus ou moins en état de perpétuer l'espèce. Est-il besoin de le préciser ? Si cette sympathique manifestation destinée à promouvoir le désintéressement amoureux, dans un esprit de mixité sociale, s'intitule le « bal des débutantes », il ne faut pas trop se bercer d'illusions sur les jeunes filles en fleurs qui y participent. Si la plupart sont effectivement débutantes, c'est uniquement en danse… En ce qui concerne les autres disciplines prénuptiales, les neuf dixièmes sont largement confirmées ! Voire à la limite du professionnalisme ! Et qui, chaque année, est chargé d'ouvrir le bal de son pas aérien, au bras de l'une de ces demoiselles ? Stéphane Bern himself, *alias* le « Travolta du gotha ». Pour combien de temps encore, nul ne peut le dire… En effet, plusieurs plaintes ont été déposées ces dernières années par les parents de certaines jeunes filles cruellement abusées par Stéphane… Vous savez ce qu'il faisait ? Après les avoir mises en confiance, il les entraînait dans sa garçonnière en leur proposant de venir avec leur grand-mère. Là, ce fumier se carapatait avec la vieille pour aller boire du chocolat chaud chez *Angélina* jusqu'à point d'heure sans toucher à la petite-fille ! Répugnant personnage !

À part ça, figurez-vous que, hier midi, après avoir terminé de regarder *Le Jour du Seigneur,* comme tous les dimanches, je zappe sur TF1 et je tombe sur un truc totalement hallucinant : un défilé de Bretons en tenue de fest-noz, en train de jouer du biniou à tue-tête, sur une avenue parisienne. Je me dis : « Tiens, ils ont rétabli l'interlude ? Alan Stivell est décédé ? On transfère les cendres des sœurs Goadec au Panthéon ? » Je me bouche les oreilles, naturellement, et j'attends que ça passe, en me disant qu'ils vont bien finir par rétablir les programmes normaux. Mais pas du tout ! Les joueurs de biniou sont bientôt suivis par des types déguisés en druides, qui soufflent dans leur bombarde avec un enthousiasme qui donne à penser que certains sont tombés dans la marmite d'hydromel quand ils étaient petits. À peine remis de mes émotions, je vois arriver un convoi d'Écossais en kilt qui font chauffer leur cornemuse, un instrument dont la ressemblance avec un alcootest géant n'est certainement pas fortuite, et une fois les Écossais écoulés, sous les vivats d'une poignée de pékins affalés sur des grilles disposées au bord de l'avenue – pour leur permettre de tenir debout je suppose –, je vois apparaître une escouade de gaziers en tenue de garçon de café, avec la voix de Jean-Claude Narcy qui claironne : « Et maintenant, voici les Gallois ! » Jean-Claude Narcy qu'on voit alors apparaître à l'image en tenue de grand reporter commémoratif et en compagnie d'un consultant barbu et rouquin, totalement inconnu, mais dont la simple apparence physique me donne une furieuse envie de foncer à Montparnasse pour m'envoyer une ou deux galettes de sarrasin à l'andouillette derrière la cravate, avec un kouign-amann pour faire glisser ! Une heure ça a duré, la parade des biniouteurs au beurre salé ! Une plombe à regarder des bécassines surélevées du chignon défiler au pas de l'oie sous la lancinante complainte des instruments à vent des monts d'Arrhées ! À 13 heures, je n'en pouvais tellement plus que j'ai accueilli Claire Chazal comme une libératrice : elle est auvergnate ! Qu'est-ce que c'est que ces conneries ! On a même vu un Écossais aux yeux injectés faire tourner son *twirling baton* pendant dix minutes avec la grâce d'une majorette de 120 kg, dont une bonne demi-douzaine en liberté sous son kilt ! Qu'est-ce qui leur a pris, à TF1, de programmer un machin pareil en dehors des horaires de mire ?

C'est pour aider France 2 à lancer son magazine de foot ? Parce qu'en terme d'espérance d'audience, de la part de TF1, c'était plus qu'audacieux... C'est un peu comme si nous, à France Inter, on avait décidé de consacrer notre lundi entier à rendre hommage au mime Marceau en ne diffusant que des extraits de ses spectacles pendant toute la journée ! Finalement, après réflexion, je crois que j'ai peut-être trouvé l'explication de cette incursion de la Une dans la quatrième dimension. C'est sûrement un coup de Patrick Le Lay, dont le tropisme bretonnant est bien connu. Furieux d'avoir été évincé de la présidence de TF1 par Nonce Paolini, il a dû programmer ça juste avant de partir, et l'autre n'a pas eu le choix, il a été obligé de diffuser...

En plus, il est corse, vous imaginez l'affront. Monsieur Paolini, je compte sur vous pour organiser des représailles à l'antenne ! Je propose un grand défilé de chars en forme de châtaignes géantes tirés par des attelages de cochons sauvages apprivoisés, transportant des sosies de Lætitia Casta déguisée en fées et distribuant au public en liesse des formulaires de demande de subvention européenne, avec, bien sûr, la participation de la chorale des petits chanteurs à la brise de mer et son orchestre d'instruments à percussion, dont la musicalité peut être un enchantement, à condition qu'ils ne s'enrayent pas entre deux rafales. Merci d'avance, mon cher Nonce…

Pour conclure, j'ai une information politique capitale à vous communiquer. Jeudi soir dernier, chers auditeurs, en regardant l'interview de PPDA et Arlette Chabot par Nicolas Sarkozy, il n'a pas dû vous échapper que le président de la République portait au poignet droit un très joli petit bracelet noir tressé que, personnellement, je n'avais jamais remarqué. Il est vrai que les Rolex qu'il porte au poignet gauche sont en général tellement énormes qu'on ne voit plus qu'elles ! Ce petit bracelet noir tressé a d'autant plus titillé ma curiosité qu'il donnait au chef de l'État un petit côté babos assez inattendu. Pour en savoir plus, j'ai mis M. Google à contribution et j'en ai appris plus sur cette grave question grâce au nouveau site d'information participative du *Monde,* Lepost.fr, où officie désormais l'excellent Guy Birenbaum. Lequel a déployé toutes ses ressources d'enquêteur pugnace pour éclaircir ce mystère du bracelet tressé. Tenez-vous bien, il s'agit d'un bracelet en poils d'éléphant. Authentique ! Il me semblait bien que, lorsqu'il était venu, Claude Allègre avait les sourcils moins fournis que d'habitude…

Eh oui, les amis! Non seulement Sarko débauche les socialistes, mais en plus il se confectionne des trophées avec leurs poils! Birenbaum a même trouvé le site internet qui commercialise les bracelets en poils d'éléphant, site agrémenté d'une photo du président de la République et de l'argumentaire suivant: « Selon une légende de 1 200 ans, le porteur d'un bracelet en poils d'éléphant serait protégé contre la maladie et atteint de grande fortune. Les nœuds constituant ce bracelet représentent les forces de vie: soleil, vent, feu et eau. La bonne fortune suivra celui qui le porte et la chance sera son guide. »

Et la conclusion: « Comme Nicolas Sarkozy, Alain Delon, Michael Schumacher, Keith Richards et Thierry Ardisson, portez vous aussi ce symbole de réussite très prisé de la Jet-set. Prix indicatif: 379 euros! »

Mes amis, je propose que nous nous cotisions pour en acheter un d'urgence à François Fillon, il va en avoir besoin!

Qu'est-ce qui m'a pris de déconner sur cette Breizh-parade des Champs-Élysées? Des dizaines d'auditeurs bretons chauffés à blanc m'ont écrit pour m'insulter et même me menacer physiquement!

Moi qui adorais les Bretons! Du coup, j'ai réalisé, et de nombreux auditeurs d'Inter avec moi je pense, à quel point une certaine « bretonnitude » d'apparence innocente peut dissimuler des pulsions xénophobes peu ragoûtantes…

JACK ADDICT
Jack Lang, lundi 26 février 2007

Excusez-moi, mais avant de commencer ma chronique, je dois vous donner lecture d'une dépêche AFP qui vient de tomber sur nos téléscripteurs : hier soir, alors qu'il voyageait dans le train Luxembourg-Paris, un célèbre animateur de France télévisions a terrorisé les autres passagers du wagon où il se trouvait. Manifestement pris de boisson, hirsute, pieds nus et vêtu d'un pyjama de type Babygros aux couleurs de l'Union Jack et assorti de l'inscription « *God save the queen* », avec une faute d'orthographe à « Gode », l'animateur a importuné plusieurs membres de l'équipe nationale luxembourgeoise de lutte gréco-romaine avec qui il voyageait en leur pinçant les fesses et les tétons et en tenant des propos obscènes relatifs à la taille des attributs reproducteurs des représentants mâles de la famille grand-ducale. En dépit de l'intervention du compagnon de voyage de l'animateur, un individu chauve répondant au surnom de « Bébert le dégarni », *alias* « la Terreur des trous d'air », qui a expliqué que son ami avait peur en train et qu'il avait bu une demi-tasse de Picon-verveine mélangé à un quart de cachet d'Aspro effervescent, l'animateur a fini par être ceinturé par les contrôleurs, menotté à son siège et bâillonné sans ménagements, après qu'il les eut traités d'« hôtesses de l'air à casquette ». Bien sûr, le respect de la présomption d'innocence s'appliquant également à ceux dont la culpabilité ne fait aucun doute, je ne peux pas vous révéler l'identité du forcené. Je me contenterai donc de me féliciter que Stéphane soit parmi nous ce matin et qu'il ait l'air en si bonne forme. Quant à Jean-Luc Delarue, impliqué lui aussi dans une affaire similaire, il a été cueilli à son retour d'Afrique du Sud par la police de l'air et des frontières de Roissy hier matin, et placé en garde à vue pendant près de neuf heures. Ça, c'est vrai, par contre. Vous avez vu la dépêche AFP ? Delarue a été collé au gnouf pendant neuf heures. À la suite de cette garde à vue, il semblerait que plusieurs fonctionnaires aient quitté leur service dans un état de profonde dépression. La société Réservoir Prod annonce par ailleurs que le prochain enregistrement de *Ça se discute* sera sur le thème : « les TOC dans le PAF ». Voilà, j'ai terminé mon préambule. Maintenant je peux m'associer au débat participatif de ce matin ; et saluer comme il le mérite le représentant du prolétariat du Pas-de-Calais. Hi, Jack!

Dites donc, ça faisait longtemps que vous n'étiez pas venu nous voir : au moins trois semaines ! Je voudrais saluer votre esprit sportif, Jack. Alors que vous étiez vous-même candidat à l'investiture socialiste, vous vous êtes mis au service de Ségolène Royal avec une abnégation qui force le respect. Du jour où elle a été désignée, vous n'avez pas ménagé vos conseils éclairés afin de l'aider dans sa campagne. Le Québec libre, c'était vous. La grande muraille et la « bravitude », c'était encore vous. Et c'est également vous qui avez eu la gentillesse de communiquer le numéro de portable de Ségolène à votre ami Gérald Dahan… J'espère que si elle est élue, elle vous nommera au moins ministre des Affaires étrangères. Votre regard s'allume, Jack ! Les soirées de l'ambassadeur, ça vous fait kiffer, ça ! Je note d'ailleurs que Ségolène vous a rendu hommage au cours de son intervention dans le *7/9* de Nicolas Demorand, ce matin. À propos du skipper français qui vient d'être libéré par l'Iran, elle a sous-entendu que c'était un peu grâce à vous, puisque vous êtes allé lui rendre visite dans sa geôle quelques jours avant son élargissement. J'ai enquêté et je suis en mesure de confirmer l'information. Il paraît que c'est quand vous avez proposé d'échanger Stéphane Lherbier contre votre épouse Monique que les Iraniens ont craqué et préféré le libérer sans conditions. Et je ne vous cacherai pas, cher Jack, que j'ai reconnu votre patte dans le style résolument primesautier de la revue de presse que la candidate socialiste nous a offerte ce matin. Elle a en effet conclu sa prestation par la citation suivante : « En campagne, c'est à la fin de la foire qu'on compte les bouses »… Connaissant votre proximité avec le monde rural, j'ai tout de suite pensé que c'était vous qui lui aviez tenu la plume. D'après Stéphane, c'était déjà vous qui aviez tenu celle d'Arielle Dombasle quand elle s'est produite sur la scène du *Crazy Horse,* il y a quelques jours. « En campagne, c'est à la fin de la foire qu'on compte les bouses », c'est une chute ! C'est signé ! Un seul homme est capable d'être à la fois l'ami de Pascal Sevran et le nègre de Ségolène sans risquer son intégrité physique.

Depuis que vous êtes son conseiller spécial, cher Jack, je constate une évolution très encourageante du style de Mme Royal. Elle est beaucoup plus cool qu'auparavant. Il faut dire que vous lui imposez un programme de *coaching* extrêmement rigoureux, dont le nom de code est « Royale au bar, Ségo à l'Élysée ! »

Je m'en suis procuré une photocopie, c'est impressionnant : trois dégustations à l'aveugle de champagne millésimé par semaine ; cours d'escamotage de petits fours en zone pince-fessière hostile et d'entrisme mondain par harcèlement téléphonique intensif ; cours de danse sur char dans un environnement « décibélique » saturé ; séminaire de proximité avec les minorités sexuelles à fort pouvoir prescripteur sur le thème « Comment serrer des mains dans une back-room sans risquer une mauvaise surprise », et enfin initiation au parler jeune dans le cadre de votre fameux programme « Comment caresser les boutonneux dans le sens de l'écoulement de sébum ». Et ça marche. Marie-Ségo paraît beaucoup moins coincée qu'au début de la campagne, quand à chacune de ses apparitions on avait envie de crier : « Sors de ce corps, manche à balai, sors de ce corps ! » Désormais je me sens en phase avec Ségolène. Elle, elle compte les bouses et moi j'en commente les formes télévisuelles ! Vous avez fait du très bon travail, Jack. Mais il manque un petit quelque chose pour que la campagne de Mme Royal soit enfin sur de bons rails : une histoire d'amour un peu glamour, un peu *people*. François Hollande est bourré de qualités, mais vous comprenez bien que pour la presse *people*, il n'est pas au niveau. Je le revois encore cet été dans *Closer*, vautré dans son canoë pneumatique, avec son *Histoire de France pour les nuls* posée sur le ventre. C'est pas possible ! Justement, je regardais Philippe Torreton chez Pascale Clark, l'autre midi, et je me disais qu'il y aurait peut-être quelque chose à creuser de ce côté. Après tout, il n'est plus avec Claire Chazal. Vous ne saviez pas ? Elle est avec Bayrou, maintenant. Vous pourriez peut-être organiser un rendez-vous galant. Il suffit de les faire boire un peu pour les mettre à l'aise… Demandez à Jean-Luc Delarue, il a une super-recette à base de vodka et de Lexomil… Une histoire un peu torride entre Ségolène et Philippe Torreton à cinq semaines de la présidentielle, ce serait top.

Je suis désolé pour François Hollande, mais vous n'aurez qu'à lui expliquer que, entre le capitaine Conan et le sergent Garcia, il n'y a pas photo ! Allez, à demain, et vive le Pas-de-Calais libre !

JOEY STARR IS BORN
Joey Starr, lundi 22 mai 2006

Je râle, je râle, mais on a quand même du bonheur dans ce boulot !

Si on m'avait dit que je verrais ça un jour : Joey Starr et Stéphane Bern côte à côte, quasiment bras dessus, bras dessous ! Quel tableau…

Je serais François Pinault, j'achèterais immédiatement ! Connaissant l'inaptitude ontologique de Stéphane à rester silencieux trop longtemps, je ne vous demanderai pas qui fait la carpe et qui fait le lapin dans le couple ! Quel merveilleux tandem ! Il faut appeler Francis Weber, il va vous faire signer tout de suite ! Mon cher Joey, attendez-vous à faire un véritable triomphe quand vous allez retrouver vos potes du 9-3 : « Hé Joey ! Il est sympa, heu, Stéphane Bern ?… C'est vrai, il l'a "pécho", la reine d'Angleuterre ?… Il te l'a présenté, le prince Albert ? C'est un gros niiiiqueur, lui ! »

Quel duo démoniaque ! Ça vous dirait, les gars, de représenter la France au prochain concours de l'Eurovision ? On pourrait vous appeler « Stéph et Didou », avec une jolie tenue chamarrée à la Patrick Juvet avant la cure, et un titre un peu costaud, style *Papa Pingouin* en version métal, on peut facilement prendre deux ou trois points à la Lettonie !

On le sentait venir depuis plusieurs mois déjà… Notre invité a décidé de tourner une page. Le *bad boy* plus ou moins incontrôlable des années 1990 est en train de laisser la place à un artiste citoyen qui n'hésite pas à s'engager, en appelant notamment les jeunes des quartiers à s'inscrire sur les listes électorales. Un nouveau Joey Starr est en train de voir le jour et c'est Stéphane qui est chargé de transformer la chrysalide en papillon : c'est son nouveau coach…

Veinard ! Faites gaffe quand même, Joey. Ne faites pas non plus tout ce qu'il vous dit. Si on prend l'exemple de votre arrivée à la Maison de la Radio, tout à l'heure, c'était plutôt une bonne idée de remplacer la Benz par une patinette. Mais pas rose, la patinette, c'est trop… surtout la fourrure sur le guidon… Il vous a parlé de vous mettre sur un super-plan gonzesse ? Faites comme si de rien n'était. La gonzesse en question, c'est sa copine Nadine de Rothschild : il lui sert de rabatteur pour ses stages de bonnes manières, et je peux vous dire : la maman, c'est une brutale, elle est capable de vous faire remettre le couvert cinq fois de suite !

Il va également essayer de vous entraîner au bal des débutantes, qu'il honore de sa présence chaque année.

Surtout, n'y allez pas ! En fait, c'est lui qui est chargé de vérifier que ces demoiselles sont de vraies jeunes filles avant l'ouverture du bal. Il est capable de vous demander un coup de main, et vous risqueriez de craquer… Évitez également de suivre ses conseils pour tout ce qui est vestimentaire ou capillaire. Gonzague Saint-Bris, c'est lui ! Geneviève de Fontenay aussi… Francis Lalanne, par contre, il n'y est pour rien. Il y a des limites.

Tout ça pour dire, Joey Starr, que je vous ai aperçu hier soir à *Sept à huit,* et ça m'a fait tout bizarre de vous voir sur TF1. À eux aussi, j'imagine. Ça a dû leur faire un drôle d'effet de recevoir un rappeur non sarkozyste. Il faut dire qu'avec Doc Gynéco, ils ont pris des habitudes. C'est historique, ce qui s'est passé hier soir, Joey Starr, sur TF1, c'est du même ordre que Steevy sur Arte. Je savais que le parallèle vous irait droit au cœur, Joey… À propos de Doc Gynéco, lui était chez Fogiel, hier soir. Quand je suis tombé dessus, il expliquait qu'il venait de perdre vingt kilos… Je commence à comprendre pourquoi ils ont décidé de se débarrasser de Fogiel, à France 3. C'est plus un talk-show qu'il fait, c'est une émission de diététique ! Désormais, tous les invités se tirent la bourre avec Carlier ! Heureusement qu'il nous reste Cauet pour nous vendre des hamburgers : il paraît qu'il a exigé que Quick le paie en lipides.

Bref, interviewé hier soir dans *Sept à huit* par Thierry Demaizière – encore une racaille de banlieue qui a réussi dans le journalisme –, vous avez déclaré : « Dans ce pays, on a une gauche couille molle et une droite qui fait son marché à l'extrême droite », ce qui m'a paru être une analyse de la situation politique actuelle aussi concise que pertinente, analyse à laquelle je ne vois rien à ajouter dans l'immédiat. C'est pourquoi je vais de ce pas aborder une question autrement plus épineuse : je veux parler du nouvel échec cuisant de la France au concours de l'Eurovision samedi soir, à Athènes.

Une fois de plus, nous avons été humiliés. Nous passons pour une nation de Moldaves aphones. Nous sommes la risée de l'Europe qui chante. Nos voisins disent de nous : « Hé, les Français, que de la gueule ! Même pas foutus d'aller se faire entendre chez les Grecs ! »

Il faut dire qu'on l'a un peu cherché. Vous avez vu la candidate qu'on a envoyée au casse-pipe ?... Rien qu'en entendant son nom – Virginie Pouchain –, tu as plus envie de lui réclamer un shampoing qu'une chanson !... Surtout cette chanson... C'était la première fois que j'entendais un titre de Corneille avec l'envie irrépressible de dire à son interprète : « Ta gueule, la mouette ! » La pauvre gamine n'y est pour rien, elle n'était tout simplement pas à sa place... La France est censée être le berceau mondial du glamour, ce qui suppose un minimum de sélectivité dans le choix de notre représentante. Dans un machin comme l'Eurovision, tu envoies une bombasse de l'espace, genre Carla Bruni avec des cordes vocales, plutôt que la petite sœur de Marie-Laure Augry ! Il faut quand même se souvenir que c'est Pascal Sevran qui l'avait repérée, la môme. Ce n'était pas très bon signe à la base. Pour sélectionner de belles gonzesses, on connaît des filières plus performantes…

À l'Eurovision, il faut y aller franco, jouer le jeu. Comme la chanteuse grecque qui a ouvert la cérémonie entourée de danseurs déguisés en dauphins qui lui tournaient autour en faisant des galipettes. Et au-dessus d'elle, il y avait une grosse boule dorée avec des mecs déguisés en anges et également peints en doré accrochés tout autour. Dans la foulée, deux présentateurs sont arrivés par les airs, accrochés à des câbles. C'est vrai que désormais, dans leur quartier, on les a surnommés « les deux cons suspendus », n'empêche qu'ils ont payé de leur personne, ils ont eu la « *12 points attitude* » !

L'ami de Tintin au Congo

Pascal Sevran, lundi 16 janvier 2006

Ah Kad et O, comme c'est beau, un vrai couple fusionnel! Vous qui avez fait de la prison, monsieur Le Floch-Prigent, vous savez de quoi je veux parler… Je galèje, bien sûr. N'ayez crainte, mesdemoiselles, nos deux lascars entretiennent entre eux des relations de cosmonautes bourrus, dénuées de toute ambiguïté. En revanche ils partagent tout, y compris leurs partenaires amoureuses, dont la multiplicité n'a d'égal que la fulgurante beauté, assortie en général d'exigences financières relativement faramineuses.

Après être passées entre leurs nombreux bras, dont certains ne sont pas articulés au niveau du coude, les jeunes femmes qui ont eu la chance de connaître Kad et O dans l'intimité répètent toutes la même phrase: « Quelques gouttes d'humour et quelques gouttes de tendresse, ça rend la vie plus belle », disent-elles en soupirant… Il arrive que des hommes le disent aussi, mais en général, c'est suite à un malentendu : le type avait les cheveux un peu longs et nos deux amis étaient bourrés…

Ce sont de fameux séducteurs, croyez-moi, mesdames. Si un jour vous croisez leur chemin, jonché de cœurs brisés, et qu'ils jettent leur dévolu sur vous, dites-vous bien que vous n'aurez aucune chance de passer entre les gouttes ! La seule chose qui différencie vraiment nos deux amis, c'est l'aménagement intérieur de leurs manoirs respectifs. Chez Kad, il est de très mauvais goût. Il faut dire que son autre meilleur ami, Florent Pagny, a entreposé une partie de ses meubles personnels chez lui pour échapper aux saisies, l'autre moitié étant chez Pascal Obispo, comme chacun sait. En échange, Kad lui a prêté ses cheveux pour qu'il puisse se faire des dreadlocks assorties à ce qu'il fume. D'ailleurs, il serait peut-être temps de penser à les récupérer…

Je me suis régalé en voyant *Un ticket pour l'espace*, lundi dernier, chers Kad et O. Je suis d'autant plus inquiet qu'au niveau de la promotion télé : c'est terrifiant ce qui vous arrive. Vous êtes, on peut le dire, « ostracisé » par le système. Manifestement, votre film dérange beaucoup de monde.

À la veille de sa sortie, les redoutables lobbys de l'Aérospatiale et de La Française des jeux ont mis tout leur poids dans la balance pour essayer de vous bâillonner. Ce fumier de Patrick Baudry et cette salope de Claudie Haignerée ont tout fait pour vous saboter la rampe de lancement, tellement ils craignent que vous ne leur piquiez la vedette. Même chose du côté de La Française des jeux. Avec David Martin qui exigeait d'avoir votre rôle, Olivier, sous prétexte qu'il vous ressemble effectivement de manière saisissante, et surtout Sophie Favier, qui est allée raconter partout que vous étiez les pères de sa fille, en précisant : « J'ai d'ailleurs gardé un cheveu de Kad sur la langue, vous pouvez aller vérifier : il ne l'a plus ! » Il faut la comprendre, Sophie Favier, pour elle, un rôle intégralement en apesanteur, c'était inespéré…

Bref, le résultat de cette cabale, c'est qu'on ne vous a quasiment pas vus à la télé ces derniers jours. À l'exception de *Vis ma vie* la semaine dernière sur TF1, de *La Méthode Cauet* jeudi soir, du *prime time* de Dechavanne le lendemain, de l'émission de Charlie et Lulu samedi matin sur M6 et de celle de Pascale Clark un peu plus tard sur Canal +, vous n'avez été invités nulle part ! C'est vraiment dégueulasse. Même certaines émissions, évidemment concernées par le thème de votre film, vous ont boycottés. Pas un mot, par exemple, dans *Le Jour du Seigneur*, alors que les gars qui produisent l'émission nous expliquent depuis des années qu'on va tous monter au ciel ! Pas un mot dans *Les Voix bouddhistes,* et pourtant regardez Kad ! Si c'est pas du prosélytisme, ça !

Et surtout, on ne vous a pas vus chez Pascal Sevran. Sans aller jusqu'à danser un mambo effréné en costume de patineur artistique biélorusse, vous auriez pu participer à son télé-crochet de présélection pour l'Eurovision. Certes, vous n'êtes plus vierges ni l'un ni l'autre, mais bon… rien ne vous empêchait de simuler, le jour de l'audition.

Il faut savoir ça, jeunes gens. En ce début d'année 2006, l'animateur de télé à la mode, c'est Pascal Sevran. Il est top dans le *mood*, le pépère, *hype* à donf, *full trendy*! Il est un peu devenu le Ariel Wizman des vétérans de la canicule, le Philippe Katerine des unités de soins palliatifs…

Au point qu'on lui a ajouté une deuxième heure d'émission le samedi midi. Je l'ai regardée pour vous, chers auditeurs, car je prends ma mission très au sérieux. Je vais au charbon, moi… Je ne l'avais pas regardée depuis un moment, et c'est vrai que c'est cocasse comme programme. Rien que le décor, ça fait un choc. Il y a de magnifiques sculptures en plexiglas disséminées partout, on se croirait dans la garçonnière de Paco Rabanne en 1971. Le fond du plateau est constitué d'un grand panneau lumineux alvéolé – là, pour le coup, on se croirait presque dans les toilettes du *Café Beaubourg*, à Paris – ce panneau étant lui-même balayé par des rayons de lumière qui ne sont pas sans évoquer les projecteurs de la D.C.A. britannique pendant les bombardements de Londres en 1942… C'est d'une modernité hallucinante, comme émission.

Pascal Sevran, lui-même, avait une coiffure assez surprenante, je dois dire. La chevelure blonde et lisse, bien dégagée au-dessus des oreilles et sur la nuque, mais plutôt abondante sur le dessus, avec une grande mèche en travers du front. Une coupe de cheveux, on va dire « moitié zazou, moitié Wehrmacht », parce que je suis sympa… Et je ne vous raconte pas comment il était éclairé : 3 000 watts en pleine face. C'est bien simple : on ne lui voyait plus que les yeux et les narines, au Pascal. On aurait dit le sosie de Fantômas. Je n'avais pas vu de lifting aussi radical depuis Régine assise…

Le plus curieux dans le dispositif, c'était qu'à chaque fois que Sevran prenait la parole pour faire un lancement, tu avais un mec qui se mettait à jouer du piano d'ascenseur derrière, j'avais l'impression d'écouter une sorte de rap en vieux français sur une musique d'ambiance pour crématorium… Et bien sûr, assis en rang d'oignons autour du *dance-floor*, nos apprentis chanteurs et chanteuses, droits comme des piquets, totalement terrorisés. Mais c'est ça, la vie d'artiste. Il faut en baver. Et on peut dire ce que l'on veut, mais pour ce qui est de faire chanter les jeunes, Sevran, il assure : « T'as compris, Kevin ? Si tu appelles la brigade des mineurs, tu n'iras pas en finale, on est d'accord ? Allez, on y retourne… »

Pour vous dire à quel point il est à la mode, Sevran, en plus de ses deux heures ce week-end, on l'a également vu chez Drucker hier après-midi. J'en profite pour signaler à Michel qu'il devrait passer un coup de fil à la régie pub de France 2 pour lui demander d'arrêter de faire du mauvais esprit.

Ainsi, dans l'écran de pub qui a précédé le démarrage de *Vivement dimanche*, voici très exactement ce que les téléspectateurs ont pu voir : un spot pour le nouveau Fixodent anti-particules, un autre du Secours catholique appelant les téléspectateurs à léguer leurs biens à l'association… Tu imagines, léguer tes biens au Secours catholique ? Ça veut dire que tes propres enfants sont déjà tous morts de vieillesse, ça te donne une idée de l'état du cœur de cible. Ensuite, on a eu droit à un film pour les soupes Knorr, logique. Un autre pour un nouveau médicament contre le ronflement appelé Silence. Ça fait froid dans le dos… Et en guise de bouquet final : une pub pour les Pompes funèbres générales et une dernière vantant les mérites de la languette Polident Fix Confort… Je n'ose même pas imaginer ce que ça peut bien être… C'est sûr que, lorsque tu attaques l'émission de Drucker après ça, tu comprends l'état de son chien. Il y a de quoi être abattu…

Donc, Pascal Sevran était de la fête, hier après-midi, et on a bien compris qu'il était venu non pas pour l'invité principal Didier Barbelivien, mais pour l'invité de l'invité : Nicolas Sarkozy. C'était un véritable enchantement, ce plateau…

Fidèle à sa réputation de franc-parler, Pascal n'a pas hésité à dire au ministre de l'Intérieur ce qu'il pensait de lui, sans détours ni circonlocutions, ce n'est pas le genre de la maison… « J'ai longtemps voté à gauche, a-t-il indiqué en préambule, mais tout cela ne signifie plus grand-chose aujourd'hui… Et je tiens à dire que j'ai du respect pour le courage, la conviction et la détermination de Nicolas Sarkozy. »

Impressionné par l'impertinence ravageuse de son interlocuteur, l'intéressé n'a fait aucun commentaire ; il s'est contenté de laisser flotter sur son visage un léger sourire à peine sarcastique.

De fait, émanant d'un type qui a passé quinze ans de sa vie à disputer à Baltique les bâtons que leur jetait Mitterrand sur le chemin de la Roche de Solutré, une telle déclaration avait de quoi faire rigoler doucement. Le problème avec Sevran, c'est qu'il y a un moment où il ne nous fait plus rire du tout. Par exemple quand on ouvre son livre à la page 214 et qu'on y lit ceci, à propos de la famine au Niger : « Les coupables sont facilement identifiables, ils signent leur crime en copulant à tout va. La mort est au bout de leur bite. Ils peuvent continuer parce que ça les amuse. Personne n'osera leur reprocher cela, qui est aussi un crime contre l'humanité : faire des enfants, le seul crime impuni. On enverra même de l'argent pour qu'ils puissent continuer à répandre, à semer la mort. »

Vous vous rendez compte de qui il parle ? On les a vus hier soir dans un reportage terrifiant diffusé par *Sept à huit*: il parle d'un peuple de miséreux, en train de crever de faim, et à 90 % analphabète. Et il nous explique que pour empêcher ces criminels – les Nigériens – de copuler comme des animaux, il faut arrêter de leur envoyer de l'argent ! C'est tout simplement ignoble. Qu'on ne me parle pas de « politiquement incorrect » : il s'agit d'une déclaration raciste, ni plus, ni moins.

Et c'est l'auteur de ces lignes que le président de *France Télévisions*, Patrick de Carolis, a honoré la semaine dernière de sa visite, en déclarant devant les caméras : « Merci à vous, Pascal Sevran, vous qui renouvelez en permanence les vraies valeurs et les vraies missions du service public. » Effectivement, pour un renouveau, c'est un sacré renouveau.

Bon, maintenant que j'ai bien plombé l'ambiance, je peux vous l'avouer, Kad et O : j'ai beaucoup aimé votre *Tiquet pour l'espace*. Je vous fiche le mien, de billet, qu'il va cartonner. Vous y développez un humour à la fois élégant et populaire, et surtout accessible au plus grand nombre : même Pascal Sevran peut aller le voir, il y a très peu de Noirs dedans et aucun ne copule.

Ce n'est pas pour me vanter, mais ce papier date du mois de janvier 2006. Et c'est en décembre de la même année, soit onze mois plus tard, qu'éclate « l'affaire Sevran », à la suite d'une interview donnée à Var-Matin *et reprise par tous les autres organes de presse.*

LAPORTE, Y GUEULE FORT
Bernard Laporte, vendredi 15 juin 2007.

Bernard Laporte, bonjour. Avant de commencer, Stéphane m'a demandé de vous poser une question parce qu'il n'ose pas le faire lui-même. Dont acte. Dans un papier du *Figaro,* il est écrit à votre propos : « Bernard Laporte a tiré le meilleur de ses joueurs. » Alors, c'est qui le meilleur ? Excusez-moi, j'aurais peut-être pas dû… Bernard Laporte, je tiens à vous féliciter pour votre patronyme qui est admirable, bien qu'un peu surchargé. Notamment la première syllabe qui n'ajoute rien à votre gloire. J'ai beaucoup de respect pour vous. D'une manière générale, j'ai beaucoup de respect pour les intellectuels. Je signale à ceux qui l'ignoreraient encore que Bernard Laporte porte des lunettes, c'est donc un intellectuel. Dans le milieu du sport professionnel, ça suffit. Le bac n'est pas nécessaire. La grille d'évaluation est la suivante : tu as des lunettes, tu es un intellectuel ; tu as une licence, tu es un anarchiste ; et à partir du DEA, tu es une tapette !… Bref, Bernard Laporte, tout le monde est unanime sur vous : vous êtes le plus grand entraîneur de rugby depuis le big-bang, le Napoléon des mêlées ouvertes, l'Alexandre le Grand des coups de pied de pénalité, le Nabuchodonosor des regroupements en touche, le Kim Jong III de l'Ovalie, le dieu vivant grâce auquel les All Blacks justifieront bientôt la couleur de leur maillot par le deuil de leur hégémonie ! Quand vous en aurez terminé avec eux, ils seront tout juste bons à faire des spectacles de danse folklorique dans les Club Med de Polynésie !... Vous noterez, Stéphane, que je manifeste une certaine obséquiosité à l'égard de notre invité. Je ne saurais trop vous conseiller d'en faire autant, car voyez-vous Bernard Laporte a la réputation d'être un garçon un peu... éruptif. Je ne le connais pas personnellement, mais la presse regorge de notations discrètes qui incitent à une certaine prudence. Dans un magazine, je lis : « Il fait peur à tout le monde. Les amis de Laporte affirment volontiers qu'il ne tourne pas très rond. » Dans un autre, j'apprends que dans son club de Bègles, on l'avait affectueusement surnommé « Ber le dingue ». Tout ça pour dire que notre invité n'est pas à proprement parler dangereux, il est simplement fou furieux ! Un de ses bons amis, l'excellent Serge Simon, qui soit dit en passant est aussi médecin – ce n'est pas un hasard –, disait de lui : « Bernard est d'une rigueur extrême. Il nous fait faire des centaines de mêlées. Il étudie la position des pieds, des mains, des oreilles... » Alors comme ça, Bernard, vous étudiez la position des oreilles de vos joueurs ? C'est intéressant... Et s'il y en a une qui dépasse, qu'est-ce que vous faites, vous l'arrachez ? D'ailleurs, quand on voit tout le bien que les journalistes spécialisés écrivent sur lui, on comprend qu'il y a anguille sous roche. Les mecs, ils sont terrorisés ! Il paraît qu'un débriefing un peu musclé du XV de France par Bernard Laporte, ça vaut le détour ; à côté, *Massacre à la tronçonneuse,* c'est les *Télétubbies*!... Émile Louis est venu un jour, il a fait une syncope... Quand on s'adresse à Bernard Laporte, il faut mesurer ses propos. Il est chaudement recommandé d'éviter d'ironiser sur son implantation capillaire quelque peu darfourienne en lui disant que, dans le rugby français, il est bien le seul à ne pas être à poil ! À ce propos, j'ai noté que dans la composition du XV tricolore pour la Coupe du monde, il y a pas mal de joueurs du Stade français. Ça risque de coûter bonbon à la fédération en crème de jour et en cire dépilatoire. Le Stade français, c'est le seul club de rugby au monde où on ne se tire pas sur le maillot mais où l'on se l'épile ! Et où les soigneurs ont une formation complémentaire d'esthéticienne. Quand un joueur parisien est victime d'une fracture ouverte dans un regroupement, le soin qu'il demande en priorité, c'est un raccord maquillage, histoire de ne pas se présenter sur le billard comme une souillon. Le modèle des All Blacks, c'est Attila, alors que celui du Stade français, c'est Dalida ! Du coup, les plus folles – c'est le cas de le dire – rumeurs circulent à leur sujet. On murmure qu'à Paris, pendant les entraînements, l'en-avant est, comme il se doit, sanctionné, par contre l'en-arrière serait fortement encouragé ! C'est des conneries, bien sûr... C'est normal qu'on les mette en boîte, si je puis dire, les Parisiens. Avec leur calendrier, ils nous donnent des verges pour se faire battre ! Ce qui est certain, c'est que ça les rend beaucoup plus sympas que les footballeurs. Dans le football, on paie des putes aux arbitres, alors que dans le rugby, on leur offre des fleurs ! C'est quand même plus civilisé. Et surtout, Bernard Laporte est un ami personnel du président Sarkozy, que nous vénérons tous, ici, à cette table, n'est-ce pas les amis ? Allez, avec moi : « Nicolas ! Ouakbar ! » Il ne s'en cache pas, Bernard a voté Nicolas le 6 mai dernier, contrairement aux joueurs du Stade français qui ont tous voté Ségolène, mais pas pour des raisons politiques. C'est juste qu'ils adoraient ses petits tailleurs blancs… Ne nous voilons pas la face, chers collègues, notre invité ne fait pas mystère de ses ambitions politiques et il sera à coup sûr le prochain ministre des Sports de Sarko ; dès que le poste sera libéré, ce qui ne devrait pas tarder, les performances actuelles de Roselyne Bachelot dans le domaine de la course à pied ne lui laissant que peu d'espoir de passer l'hiver ! Je ne saurais trop lui recommander d'abandonner la Jeunesse et les Sports, si elle ne veut pas y laisser sa santé ! Cela dit, même en temps que pharmacienne, il ne semble pas que Roselyne soit d'un très bon conseil pour le président, si l'on en croit cette vidéo de sa conférence de presse au G8 que tous les Français ont vue sauf Arlette Chabot et PPDA ! Ça ne fait pas un pli, Stéphane : c'est un futur ministre que nous recevons ce matin, et sincèrement, il le mérite. Vous l'écrivez dans votre livre, Bernard Laporte : « Je suis le fils d'un socialiste. » Il faut croire que ça saute une génération... En tout cas, vous le dites clairement : l'homme de droite que vous êtes respecte ses adversaires politiques, parmi lesquels il compte de nombreux amis. De fait, je n'imagine pas une seconde qu'avec les fonctions que vous occupez avec succès depuis plusieurs années, vous puissiez être un homme sectaire. J'en profite donc pour vous prendre à témoin d'une inquiétude que nous sommes nombreux à éprouver en ce moment. Il existe sur l'excellente chaîne de télévision publique France 5 une non moins excellente émission de critique et de décryptage des médias qui s'appelle *Arrêt sur images* et qui est la seule dans son genre. Son producteur et animateur, Daniel Schneidermann, a une vraie gueule de curé de gauche atrabilaire pour les plus indulgents, et de juge Burgaud du PAF pour les plus sévères. Lui et son équipe constituent une fameuse brochette de sodomites de coléoptères, n'empêche qu'ils font un boulot indispensable à la bonne santé mentale d'une télévision française ontologiquement encline au tirage de nouilles et au lustrage de pompes à talonnettes. Donc, je préviens MM. de Carolis et Duhamel : si vous coupez la chique à cette joyeuse bande de chieurs, je fais kidnapper Stéphane Bern par mes amis les Petits Chanteurs à la croix de bois et je vous envoie Patrick Sabatier à la place. Bon week-end quand même et longue vie à *Arrêt sur images* !

Au moment où j'ai écrit ce papier, j'ignorais tout de l'affairisme frénétique du sélectionneur du XV de France, dommage !

L'Azouzi

Azouz Begag, lundi 14 mai 2007

Monsieur Begag, quelle bonne surprise ! Vous avez réussi à entrer dans la Maison de la Radio ? Ça doit vous faire bizarre. Nous avons demandé à nos physionomistes de faire une exception pour vous. On leur a dit : « Les gars, si Azouz Begag se présente à la porte, vous nous l'amenez, et fissa ! » Ça va, ils n'ont pas été trop brutaux ? Ils auraient quand même pu vous détacher les pieds, mais bon, c'est déjà bien que vous n'ayez pas d'hématome visible… Alors, comment vous trouvez notre Stéphane Bern ? Tel que vous le voyez, il ne vous fait penser à rien ? Regardez ses cheveux. À un mouton, bien sûr ! Non, ne l'égorgez pas, malheureux, on en a encore besoin ! Vous devez être super-content ? Ça fait plus d'une heure que vous êtes à cette table et personne ne vous a tutoyé, c'est génial, non ? Vous savez qu'on prend sur nous, afin de vous offrir ce petit plaisir. On a fait un training pour ça. La mairie du XVIe arrondissement nous a gentiment prêté un Maghrébin de son service de voirie pendant une semaine, pour qu'on s'entraîne à le vouvoyer. Au début, ça fait un drôle d'effet, mais après on s'y fait très bien. Regardez, j'arrive même à vous appeler « monsieur le ministre » sans pouffer !

J'ai jeté un œil à votre bouquin, il a l'air pas mal... J'espère que vous n'avez pas pris un nègre pour l'écrire, parce que là, ça ferait trop ! Sérieusement, monsieur Begag, j'en ai lu quelques passages qui me confortent dans l'opinion que j'avais de vous : vous êtes complètement parano, mon vieux ! Pardonnez-moi cette familiarité, mais à France Inter, entre collègues, on s'appelle tous « mon vieux ». Ça rassure nos auditeurs... Mais oui, vous êtes parano... Par exemple, à propos du petit contentieux que vous avez eu avec le ministre de l'Intérieur pendant les émeutes de novembre 2005 après avoir déclaré : « Je ne m'appelle pas Azouz Sarkozy », vous révélez que Nicolas vous a appelé pour vous dire : « Je vais te péter ta gueule, connard ! », et vous nous signifiez clairement votre mécontentement. Azouz, soyons sérieux. Vous avez le futur président de la République, un ami personnel de Jean Reno et de Christian Clavier, qui prend la peine de vous appeler personnellement, si ça se trouve en composant lui-même votre numéro sur son téléphone mobile, et vous, vous chipotez votre bonheur ?

C'est quand même une sacrée reconnaissance, pour un type comme vous. C'est à la limite de la discrimination positive ! Je sais, il a dit : « Je vais te péter ta gueule, connard ! », ce que vous vous êtes empressé d'interpréter comme une marque d'hostilité, voire un manque de respect à votre égard. Quelle chochotte vous faites !

Il vous a tutoyé ? La belle affaire ! Ça signifie que Nicolas Sarkozy vous met au même niveau qu'un journaliste, donc qu'il vous respecte énormément. Le mot « gueule » en lui-même a plutôt une connotation favorable : « Il a une belle gueule », « Ça a de la gueule », « On manque de grande gueule ». C'est sympathique. Certes, il y a le mot « connard » à la fin, qui peut introduire une certaine ambiguïté, mais peut-être est-ce un malentendu ? Il a dit « canard », « mon canard », et vous avez mal compris ? Que vous ne maîtrisiez pas encore parfaitement notre langue serait tout à fait plausible, compte tenu de vos origines… Ou alors c'est votre portable qui est défectueux. Vous en changez souvent ? Et même, il aurait dit « connard », il n'y a pas de quoi monter sur ses grands chevaux… Ce n'est pas comme s'il avait dit « connard d'enculé de ta race de bâtard ! » Là, oui, ça aurait été désagréable. Vous en rajoutez une couche en racontant qu'après cet incident le bras droit de Nicolas Sarkozy, Brice Hortefeux, vous a interpellé sur les bancs de l'Assemblée nationale en vous disant : « Dégage de là et fissa ! » Jésus Marie Joseph ! Que n'avait-il dit là ! Il a dit « Fissa », c'est horrible ! Ce pauvre M. Begag en a été tout retourné, comme la veste de Séguéla la veille du second tour ! Quel pinailleur vous faites… « fissa », c'est juste une expression arabe que nous avons intégrée dans la langue française pour vous prouver la considération que nous avons pour vous. Au même titre que « kif-kif bourricot » ou bien « Trabadja la moukère, trempe ton cul dans la soupière » ! Et puis vous avez votre façon bien à vous de raconter l'histoire. Quand vous expliquez qu'Hortefeux vous a dit, de toute évidence sans penser à mal : « Dégage de là et fissa ! », vous vous gardez bien de préciser que, s'il avait voulu être vexant, rien ne l'empêchait d'ajouter « bicot » à la fin de sa phrase, or il ne l'a pas fait !… Ayez l'honnêteté intellectuelle de le dire ! Je note par ailleurs que lorsque Brice Hortefeux vous a gentiment interpellé en prenant la peine d'utiliser un mot arabe, « fissa » en l'occurrence, pour que vous vous sentiez plus en confiance, mieux intégré, vous n'avez pas pu vous empêcher de le rabrouer brutalement en lui disant : « Désolé, je ne parle pas le breton ! »

Le Bernithon
Mardi 10 octobre 2006

C'est un chroniqueur épanoui, presque euphorique que vous avez en face de vous, Stéphane, au lendemain de la diffusion par France 3 Régions de son programme de télévision préféré : le *Bernithon*, quatrième du nom, dont la vocation est de récolter des fonds pour nos amies les personnes âgées qui ont la malchance d'être hospitalisées.

Pourquoi autant d'allégresse de ma part ? Eh bien, parce qu'en seulement trois éditions, le « Bernithon » annuel de France 3 s'est imposé comme l'un des programmes phares de l'ORTF, j'en parlais encore tout à l'heure avec Alain Jérôme et Georges Folgoas, et ils me disaient : « Y'a pas de lézard, *brother*, cette émission, c'est vraiment une pure tuerie ! » Disons-le tout net, pour ceux qui, à l'instar de votre serviteur, kiffent velu la télévision à l'ancienne, ce programme est un diamant brut. Il est vrai que, comparé au *Bernithon*, *Le Jour du Seigneur*, c'est *Taratata* ! Quoi de neuf dans ce rendez-vous que nous donne désormais chaque année la première dame patronnesse de France ? Il me faut bien vous l'avouer, j'ai été un peu déçu. Tout d'abord par le nouveau brushing de Madame la Présidente. Lequel a perdu beaucoup de sa chatoyance passée. Et c'est regrettable. Nous étions des millions à vouer un véritable culte au brushing de Bernadette, avec ce volume hors du commun – environ 80 centimètres entre la racine des cheveux et les premières couches de laque – et cette étrange orientation vers l'arrière du crâne qui la faisait ressembler comme deux gouttes d'eau au commandant en chef des extraterrestres dans *Mars Attacks*. Eh bien, j'ai le regret de vous annoncer que Bernadette a fait table rase de ce somptueux édifice capillaire pour adopter un brushing des plus ordinaires, sans relief, débarrassé de toute référence surréaliste ou dadaïste, presque technocratique, tristement fonctionnel, un brushing sans âme ni véritable ambition, à la Paul Wermus ou à la Douste-Blazy. Pour reprendre l'expression utilisée par Stéphane, tout à l'heure, avant le début de l'émission : un brushing de petite bite ! Est-il besoin de le préciser, pour donner la réplique à Bernadette, c'est Michel Drucker qui a été choisi. Ce n'est pas franchement une surprise. Il y avait quand même relativement peu de chance que le service de communication de l'Élysée jette son dévolu sur Charlie et Lulu, Omar et Fred ou Gérald Dahan. Pourtant, Dahan, ça aurait été rigolo.

Il aurait pu se faire passer pour Chirac auprès de Bernadette. Attendez, depuis le temps qu'elle ne l'a pas vu, c'était jouable. Donc, Madame la Présidente est entrée sur le plateau d'un pas majestueux, accueillie comme il se doit par un obséquieux baisemain de la Drucque. Le tout dans un décor des plus rutilants, avec orchestre symphonique et dorures à gogo. Et ces messieurs-dames ont commencé à s'entretenir de leurs bonnes œuvres sur un ton relativement précieux, pour ne pas dire guindé, très Chaudron de Courcelles, petit doigt en l'air et bouche en cul-de-poule. À ce moment précis, je ne sais pas pourquoi, j'ai repensé à ce que j'avais lu il y a peu dans le bouquin intitulé *Sexus politicus,* à propos des petites phrases préférées de Jacques Chirac…

Quand, par exemple, il annonce qu'il va faire une sieste « sur mon matelas Treca pour niquer sans tracas ». Oui, c'est de Chirac, ça.

Et dire qu'il y en a qui prétendent qu'il n'a rien fait de ses deux mandats. D'une femme facile, il dit également volontiers : « Elle a des frelons dans la culotte », et il n'est pas rare qu'à table, il déclare à ses hôtes : « Mangez épicé, c'est bon pour le poum-poum… » Chers auditeurs, qui comme moi avez eu la faiblesse de voter Chirac au deuxième tour en 2002, et de le faire réélire avec 82 % des voix : ce jour-là, c'est nous qui y avons eu droit, au « poum-poum » ! Et bien profond… Mais revenons à notre *Bernie Show* d'hier soir. Un autre changement dans le dispositif de l'émission m'a quelque peu déçu.

Les vedettes invitées ne sont plus tenues d'apporter un objet personnel pour qu'il soit vendu aux enchères en direct. Il y a deux ans, Johnny avait amené avec lui une paire de santiags et avait déclaré, je le cite de mémoire : « Ce sont des bottes à moi qui m'appartiennent personnellement. » Cette année, Johnny a amené sa femme Lætícia, mais elle n'a pas été mise aux enchères, je vous rassure. Elle a juste fait la déclaration suivante : « Mamé, mon arrière-grand-mère m'a aidée à me construire. Elle a fait de ma vie un " je t'aime ". Elle m'a laissé une sagesse incroyable. Les vieux, il faut y prendre soin quand ils sont là. C'est toute cette sagesse-là qui faut savoir prendre soin. »

Au niveau transmission de sagesse, je n'ai pas les éléments pour juger de la qualité de l'héritage que cette brave Mamé a légué à son arrière-petite-fille, en revanche, au niveau apprentissage de la syntaxe, je peux vous dire qu'elle ne s'est pas trop foulée, la vieille.

Le principal changement dans le dispositif du *Bernie Show* est que, désormais, les vedettes invitées interviennent entre deux chansons pour appeler aux dons en se faisant les porte-parole, en quelque sorte, d'un objet précis qui pourra être acheté avec les fonds récoltés. Par exemple, untel a expliqué que les personnes âgées avaient besoin de fauteuils roulants, un autre, de stores électriques dans leur chambre, un troisième, de minibus aménagés pour partir en balades, etc. Dans la bande de *people* réquisitionnés pour la soirée, il y avait des petits malins qui s'arrangeaient pour faire la retape pour des accessoires pas trop déprimants. Par exemple, Arielle Dombasle a fait l'article pour l'aménagement d'espaces verts en milieu hospitalier, et Pierre Palmade pour la création de salons de coiffure. D'autres ont été moins vernis. Ainsi Stéphane, qui est toujours sur les bons coups, s'est vu confier la gratifiante mission d'expliquer à la France entière que sa générosité allait permettre l'achat de coussins de positionnement. « 850 en tout », a-t-il précisé, en ajoutant un truc du genre : « On en a énormément besoin, alors donnez ! » À partir de maintenant et pour le reste de son existence, quand on pensera à Stéphane Bern, on pensera aussi à un coussin de positionnement. Bravo, Stéphane ! Vous avez échappé de justesse au matelas anti-escarres, aux alèses chauffantes, et aux kits lavements… Mais qu'est-ce donc qu'un coussin de positionnement, me direz-vous ? Comment l'utilise-t-on ? C'est simple… Si vous vous positionnez en tant qu'ami des personnes âgées qui souhaite leur éviter une déchéance longue et douloureuse, vous prenez le coussin, vous l'appliquez sur le visage de la personne âgée pendant son sommeil et vous appuyez fort en pensant à Giscard.

Parlons un peu du plateau d'invités. Patrick Fiori et Lara Fabian, rien à dire. C'est typiquement le genre de chanteurs qui convient à ce type de programme. Grâce à eux, les sourds se trouvent bien contents de l'être et les appareillés économisent les piles de leurs sonotones. Par contre, j'ai trouvé la prestation de Garou assez tendancieuse. En chantant *Summertime,* il avait la bouche tellement ouverte qu'on voyait toutes ses dents, jusqu'aux molaires du fond, et je peux vous dire qu'elles étaient bien blanches, bien alignées, nickel… On avait la désagréable impression qu'il les exhibait juste pour faire chier les vieux ! Il va sans dire que Florent Pagny était également de la fête, en tant que porte-drapeau des valeurs de civisme et de sacrifice de ses intérêts personnels au profit du bien public…

Également bienvenu, Karl Lagerfeld, qui porte en permanence des cols en forme de minerve par solidarité avec tous les seniors qui se sont fait le coup du lapin en tombant dans l'escalier de leur HLM.

Malheureusement, au terme de près de deux heures d'émission, le total des promesses de dons ne dépassait pas les 250 000 euros, autrement dit « des cacahouètes », « pas bezeff », pour ne pas dire « peau de zobie ». Deux heures de direct, à 21 heures, sur une chaîne nationale, pour récolter au final 250 petits milliers d'euros, ça flambe moyen. Si on fait le calcul de ce que ça a coûté à la collectivité, via le budget de France Télévisions, on pourrait même découvrir avec une stupéfaction modérée que la communication compassionnelle de Mme Chirac nous coûte bonbon, à nous, contribuables, enfants de vieux et futurs vieux nous-mêmes. En attendant, comment expliquer ce déficit de générosité des téléspectateurs hier soir ? Je crois pouvoir affirmer que le retour d'Alain Juppé au premier plan de la vie politique a dû effrayer les donateurs potentiels. Ils se sont dit : « Moi j'envoie pas d'argent à Bernadette alors que Juppé reprend du service. Il va avoir besoin d'un appartement, d'un emploi fictif pour sa femme, Chirac va vouloir fêter son retour en amenant tout le monde au *Royal Palm Hôtel* de l'île Maurice, David Douillet va expliquer que 38 ans, pour un sportif, c'est très vieux, et que justement il a un petit décalage de trésorerie en ce moment. Bref, mon pognon va partir en frais de bouche divers et variés. Je comprends leur réaction. Moi-même, je n'ai rien promis. Excusez-moi, mais « donner pour les vieux », c'est bien gentil, mais je trouve ça un peu court, comme programme. Moi, je dis d'accord, mais je veux savoir à qui je donne précisément. Il existe des vieux peu recommandables que je n'ai pas du tout envie de subventionner. Si c'est pour que mon don se retrouve dans la poche revolver déjà lourdement encombrée du complet rayé de Charles Pasqua, je dis « stop » ! Au fait, il y a un petit détail qui m'a frappé dans l'émission d'hier soir. Pendant les deux heures qu'il a duré, ce téléthon politico-gériatrique, on n'a pas vu un seul vieux à l'image, à part Michou et Line Renaud ! Tout un symbole ! À demain les jeunes !

Le raciste repenti !

Jeudi 7 septembre 2006

Je le trouve très en forme, Jean-Luc Delarue. Lundi, pour sa première émission de la mi-journée, il m'a épaté. Je pense que c'est la perspective de devenir papa qui le galvanise. Tout à fait, vous m'avez bien compris : un nouveau petit Delarue va bientôt voir le jour. La redevance va encore augmenter ! Pour ceux qui ne suivent pas l'actualité *people*, je signale que le bébé en question a été conçu en interne. Jean-Luc l'a fait avec une salariée de Réservoir Prod. Tant qu'à faire, ça permettra de faire passer la péridurale en notes de frais.

Lundi, donc, il recevait sur son plateau des couples mixtes, comme celui composé par Maïté, Normande pur jus de pomme, et Paul, Sénégalais de souche… de baobab. Or, justement, Paul et Maïté attendent un heureux événement, ce qui a amené la jeune femme à faire la réflexion suivante à l'antenne : « D'ailleurs, Jean-Luc, si vous voulez, on pourra les mettre ensemble à la crèche, avec le vôtre… » Je ne voudrais pas lui faire de peine, à

Maïté, mais je ne suis pas persuadé qu'il y a énormément de nouveau-nés franco-sénégalais dans la crèche où Jean-Luc a inscrit le petit Crésus. À noter que, depuis qu'elle porte le fils de Delarue dans son ventre, la future maman n'a pu effectuer aucun déplacement en avion. Elle ne passe plus sous les portails de sécurité, à cause des couilles en or du bambin… Je vous disais que l'émission de lundi était consacrée aux couples mixtes et, pour l'occasion, Jean-Luc nous a déniché dans son stock de cas sociaux un spécimen tout à fait précieux : le raciste repenti. Tout à fait ! Nous avons vu à l'antenne un brave quadragénaire en train d'expliquer qu'il avait vu d'un mauvais œil sa grande fille tomber amoureuse d'un bic, heu…, d'un bougn… d'un Maghrébin, et en bas de l'écran, on pouvait lire : « Gilbert, raciste repenti » ! Je dois dire que ça, je ne l'avais jamais vu à la télé. Ça ouvre des perspectives extrêmement prometteuses. Vive la transparence dans le sous-titrage !

J'espère que la méthode va être élargie aux personnalités, y compris politiques. Ça pourrait être sympa. Sous la binette à de Villiers, on pourrait lire : « connard assumé » ; sous celle de Sarkozy : « cocu surélevé », et sous celle de Chirac, « couillon lessivé » ! Ça pourrait redynamiser la campagne électorale, l'air de rien… Ce qu'il faut savoir de ce brave Gilbert, c'est qu'en sus d'être repenti, il était monoraciste. Sa phobie à lui, c'était le Maghrébin. Or, la particularité de celui qui n'était alors que son futur gendre, le jeune Moustapha, est d'être à la fois maghrébin et noir, ce qui a créé énormément de confusion dans l'esprit de son futur beau-père. Pour un raciste généraliste, les choses sont relativement simples : il aperçoit un Chinois, un Noir, un Arabe ou un Esquimau en train de parler à sa fille, il sort son fusil et il l'abat. Mais s'il est juste monoraciste comme le client de Delarue, ça peut devenir extrêmement compliqué à gérer. Quand notre ami Gilbert a vu sa grande fille Bénédicte débarquer au bras d'un grand Noir, il s'est dit : « Super, je vais enfin pouvoir planter du coton dans le jardin. Et en attendant la récolte, on va l'envoyer en cuisine. » Il était enchanté.

Du coup, sa fille n'a pas osé lui avouer la sinistre vérité. « Au lieu de le présenter sous le nom de Moustapha, a-t-elle indiqué à Delarue, on l'a présenté sous le nom de Stéphane. » Et son fiancé d'ajouter : « Le lendemain, j'ai décidé d'écrire une lettre au père de Bénédicte. Je lui ai écrit que j'étais désolé, que j'avais menti, que j'étais d'origine maghrébine et que je comprendrais s'il refusait que j'aie une relation avec sa fille. » Avouez que ce garçon est quand même plus que correct pour un jeune qui s'appelle Moustapha… Retour sur Gilbert, attendri, qui déclare à la caméra : « Je n'aurais jamais cru qu'une personne de couleur puisse écrire une lettre comme celle qu'il m'avait écrite »… « Puisse écrire une lettre tout court », vous pouvez le dire, cher Gilbert ! Et notre raciste repenti de conclure, l'œil de plus en plus humide : « Il se disait prêt à quitter ma fille, à gâcher sa vie à lui pour que, moi, je ne sois pas malheureux… » Et là, que voit-on à l'écran ? Une reconstitution des retrouvailles entre les deux hommes, légèrement floutés, avec du André Rieu en tapis et la voix de Moustapha qui dit en off : « Il m'a sauté dans les bras, il m'a attrapé et il m'a serré fort, très fort et s'est mis à pleurer. » Effectivement, à l'image, Gilbert est pendu au cou de son gendre et fait de louables efforts pour simuler des sanglots déchirants et franchement, il a beau être flouté, il a vraiment l'air con. Le reportage s'achève de la manière suivante : Moustapha déclare en pleurant : « Gilbert est très sensible, moi aussi, et tous les deux, on s'est compris. » Et ce dernier indique, également en pleurant : « Désormais, Moustapha fait partie de la famille et jamais plus je n'aurai des idées comme j'ai eues. Snif. »

M. Sarkozy, si vous m'entendez, j'ai une requête à formuler : si vos services ramassent le jeune Moustapha en train de marcher dans la rue sans baisser la tête, et qu'ils décident de l'inculper pour outrage à agent et de le renvoyer dans son pays d'origine, exceptionnellement je vous autorise à mettre le beau-père, la belle-mère et la fille dans le même avion et de nous en débarrasser une bonne fois pour toutes, sinon Delarue est capable de nous les refourguer à la première occasion, merci…

Les Brasseur réunis
Claude et Pierre Brasseur, mardi 2 octobre 2007

Bonjour messieurs. Remerciez *Le Fou du roi,* une émission où l'on autorise le regroupement familial sans analyse ADN préalable !

Cela dit, pour vous, il n'y en a pas besoin… Qu'est-ce que vous vous ressemblez ! Mesdames du public du studio 106, si le fils ressemble autant au père que le père au grand-père, je vous recommande la plus extrême vigilance si vous voulez conserver une petite chance de rester de vraies jeunes filles. Vous ne m'en voudrez pas, messieurs, si je signale à nos auditeurs que la rumeur publique attribue volontiers aux représentants de la branche masculine de votre dynastie une grande détermination dans sa volonté d'approfondissement du dialogue entre les sexes… Pour faire court, on va dire que, chez les Brasseur, on a volontiers l'hétérosexualité communicative… Messieurs-dames, voici deux lascars que l'on n'a aucune chance de voir un jour devenir des martyrs de l'islam radical. En arrivant au paradis, le martyr est censé avoir droit à 72 vierges pour décompresser, sauf qu'il faut tenir toute l'éternité avec ! À ce tarif-là, les Brasseur, ils ne signent pas !... Pour en revenir au regroupement familial, on essaye d'en faire le plus possible au *Fou du roi*... On cherche à inviter Alain Delon et son fils Anthony, et David Douillet pour les séparer !

On aimerait bien avoir aussi le prince Albert et la branche togolaise des Petits Chanteurs à la croix de bois...

Parlons un peu de télévision, si vous voulez bien. Stéphane, je vous ai beaucoup vu dans la lucarne, ce week-end. Si on parlait un peu de vous... Chers invités, admirez la jolie couleur verte que prend en ce moment même le visage de Stéphane : c'est le signe qu'il est content et qu'il attend avec impatience la suite de mon intervention...

Dans un premier temps, je vous ai vu sur le plateau de *Plus clair*, l'émission médias de Canal +. Vous étiez en train d'expliquer à Charlotte Le Grix de la Salle que vous trouviez injustes les critiques qui ont accompagné la diffusion de vos deux précédentes émissions sur France 2, *L'Arène de France* et *Les Manchots*, en rappelant que vous aviez fait des audiences plus qu'honorables. Et vous concluiez en déclarant en substance : « Je n'ai pas la carte et je suis victime du délit de sale gueule. » Stéphane, je ne peux vous laisser dire ça.

Que vous soyez très légèrement en retrait par rapport à George Clooney, sur le plan de l'agencement pur des traits du visage et de l'harmonie qui peut en découler, je veux bien l'admettre… Encore que, vous, vous avez une chevelure beaucoup plus chatoyante que lui ! Mais pour autant, vous n'avez pas une sale gueule du tout, non ! Moi, j'ai une sale gueule…

Merci, chers collègues, pour votre bruyante unanimité dans la dénégation… Je suis lucide, j'ai une sale gueule… Pour en avoir le cœur net, j'ai sondé récemment un échantillon d'auditeurs bretons, et ils sont tous tombés d'accord sur ce point… Quand vous dites que vous n'avez pas « la carte », je m'inscris également en faux. Que lis-je en effet dans les pages télé du *Parisien* d'hier, au lendemain, donc, de la diffusion de votre premier *Secrets d'histoire* ? Un article intitulé : « Du très bon Bern », dans lequel on peut lire : « Stéphane Bern a livré hier un excellent premier numéro de son magazine historique, blablabla, c'était passionnant, blablabla… » Et enfin la chute : « Entendre parler un dimanche, entre deux tranches de Drucker, de "la petite forêt noire de Joséphine" (Napoléon aimait très charnellement l'impératrice), ça vous réveille un téléspectateur ! »… Comment pouvez-vous dire que vous n'avez pas la carte, Stéphane ? Non seulement la presse intellectuelle de gauche vous encense, mais elle met en exergue les meilleurs passages de cul de votre magazine d'histoire ! Elle est pas belle la vie ? Il n'a pas tort, le confrère du *Parisien*… Après deux heures d'interview de Line Renaud par Drucker, vous entendre parler de manière aussi fleurie de la chatte de l'impératrice a un côté extrêmement rafraîchissant…

Le problème avec les journalistes, c'est qu'ils sont extrêmement réducteurs, dans l'éloge comme dans la critique, d'ailleurs… J'ai regardé *Secrets d'histoire* avec plaisir, je dois l'avouer, même si ça m'arrache un peu la gueule de le dire avant d'avoir reçu ma demande d'augmentation signée… Et je ne peux pas laisser mon confrère du *Parisien* donner à croire que, dans cette émission, Stéphane n'a parlé que de la chatte de l'impératrice. C'est faux. Il a aussi parlé de la bite de l'empereur ! Un des intervenants, un historien très éminent semble-t-il, a expliqué « que l'instrument impérial » avait été conservé, après que le médecin personnel de Napoléon eut subtilisé différents organes sur sa dépouille mortelle.

Pressé de questions par Stéphane, comme on peut s'en douter, l'érudit a indiqué que ce « morceau de choix » avait fait l'objet d'une transaction en 1969, pour une somme équivalente à 38 000 euros… Et l'expert en attribut impérial de questionner à son tour Stéphane : « Si vous héritiez de cette intéressante relique, ne seriez-vous pas tenté de la conserver par-devers vous ? Imaginez que, mise sur le marché, elle n'atteigne pas un prix suffisamment élevé, ce serait une humiliation pour la nation tout entière ! » Comme dirait l'autre : « Parfois, l'enchère est triste ! » Dans *Secrets d'histoire,* Stéphane ne s'est pas contenté d'interroger des historiens ou des médecins, il a aussi interviewé un jeune gauchiste hirsute qu'on voit beaucoup à la télé en ce moment, j'ai nommé Dominique de Villepin. Il a accompli l'exploit de faire parler ce dernier pendant dix bonnes minutes sans qu'il prononce une seule horreur sur Sarkozy, un vrai scoop !

Naturellement, il va sans dire que la grande question a été évoquée : est-ce bien le corps de l'empereur qui repose aux Invalides, ou celui de son valet Cipriani ? Question stupide, s'il en est. Bien sûr que c'est Cipriani qui repose aux Invalides, puisque Bonaparte n'est pas mort et qu'il vit avec Elvis Presley et Lee Harvey Oswald, dans les sous-sols du Pentagone, sous la surveillance du Mossad, lequel obéit aux ordres de la Trilatérale… Au demeurant, l'empereur revient en France de temps en temps, en se faisant appeler Régine…

Pour conclure, un coup de chapeau à un confrère, une fois n'est pas coutume. Il s'agit d'un véritable scoop, découvert sur le site de l'ineffable Jean-Marc Morandini. Sous le mot « exclusivité », écrit en gros et en rouge, on lit ceci, au mot près : « Il y a quelques jours, c'était le 3e Festival de Groland à Quend-plage, une petite station balnéaire de la Somme. Et les gendarmes de la Somme n'ont pas du tout apprécié ce festival. Dans une note confidentielle, le capitaine commandant la gendarmerie d'Abbeville dénonce " une grande beuverie infâme " – ce sont les termes qu'il a utilisés – et tous les incidents qui ont émaillé le week-end de festivités. Voici quelques exemples : samedi, à 17 h 40, le comédien Christophe Salengro, qui incarne le président de la présipauté de Groland, déambulait dans les rues de la ville complètement soûl. »

Passons les nombreuses déjections humaines, retrouvées un peu partout, ainsi que le site internet dont les photos incitent à la consommation d'alcool et de cannabis. De plus, la drogue circulait : des affaires de stupéfiants sont arrivées entre les mains de la gendarmerie. Un jeune homme est rentré chez lui samedi soir en prenant l'autoroute à contresens, sous l'effet de l'alcool et peut-être de la drogue… Je vous épargne le reste, qui est du même calibre…

Toute l'équipe du *Fou du roi* et moi-même condamnons avec la plus grande énergie les débordements scandaleux auxquels se sont livrés les membres de l'équipe de Groland ; en revanche, nous félicitons chaudement notre confrère Jean-Marc Morandini pour la louable assistance qu'il apporte à la gendarmerie nationale d'Abbeville dans son entreprise de moralisation des coutumes festives en Baie de Somme. Une collaboration qui s'annonce d'autant plus fructueuse que Jean-Marc Morandini n'a jamais abusé de la drogue ni de l'alcool, même quand il présentait sur TF1 son émission de télé-poubelle avec des curés transformistes et des siamois zoophiles. J'ajoute enfin à l'intention des voisins de notre éminent confrère : en cas d'invasion allemande, surtout, n'hésitez pas, déménagez !

Les seins de Claire

Lorànt Deutsch, jeudi 13 septembre 2007

Bonjour, monsieur Deutsch. Vous me connaissez, Stéphane, s'il y a un domaine dans lequel on ne peut pas me reprocher d'être de parti pris, c'est bien la politique. Quoi qu'il se passe dans l'actualité, je demeure toujours d'une neutralité absolue, n'est-ce pas, Stéphane ?... Vous ne pouvez pas le voir, chers auditeurs, mais il approuve vigoureusement.

S'il y a quelque chose que je déteste par-dessus tout, ce sont ces chroniqueurs qui confisquent l'antenne pour y déverser leurs opinions personnelles, sans aucun égard pour ceux des auditeurs qui ne les partagent pas, c'est insupportable. Et la remarque s'applique également à nos invités. Quand M. Deutsch profite du micro que nous avons la faiblesse de mettre à sa disposition pour claironner son amour du théâtre, il le fait aux dépens de l'immense majorité de nos auditeurs qui n'y va jamais ! Qu'à cela ne tienne ! M. Deutsch vient faire sa propagande sans état d'âme... Il est vrai que la consonance fort désagréable de son patronyme donne à penser que M. Deutsch se croit volontiers en pays conquis partout où il passe, notamment dans le studio Tino-Rossi de Radio-Paris, où il est persuadé d'être assis en ce moment même. Hein, fumier de fridolin !

Tu l'as planqué où, ton casque à pointe ? D'abord, tu vas me faire le plaisir d'aller t'excuser auprès de Popeck pour tout ce que tes grands-parents ont fait !

Pardon, je reprends le fil de ma chronique... J'étais donc en train de rappeler à nos auditeurs, à qui ça n'avait de toute façon pas échappé, que je manifeste en toutes circonstances une neutralité totale sur le plan politique, au point d'être surnommé par les autres chroniqueurs de l'émission « le Suédois », et même par certains « le Suédois suisse ».

C'est un peu aussi à cause de mon physique. Je le précise à l'intention de nos auditrices qui ne s'en doutent pas forcément : je suis le sosie du nouveau petit ami de Claire Chazal, qu'on a pu voir en photo dans les gazettes pendant tout l'été... Claire Chazal qui s'est encore fait gauler avec les seins à l'air sur la plage par les photographes de *Voici*, pour la troisième ou quatrième année consécutive. C'est devenu leur marronnier, à *Voici*, les seins de Claire Chazal.

Personnellement, j'ai tellement pris l'habitude de les voir que, lorsque j'aperçois Claire Chazal en train de présenter son journal en chemisier, ça me choque ! Naturellement, tous les ans, Claire attaque *Voici* et gagne son procès. Tous les ans, du côté de Nanterre, il y a un juge et ses deux assesseurs, plus une poignée de greffiers, qui sont mobilisés pendant plusieurs heures afin de statuer sur la valeur marchande des seins de Claire Chazal, au lieu de poursuivre des délinquants, c'est quand même regrettable. Je m'étonne que Julien Courbet n'ait pas encore été saisi de ce scandale ! Au nom de toute l'équipe du *Fou du roi*, et tout particulièrement de Stéphane Bern, que cet état de fait révulse profondément, j'adresse l'ultimatum suivant à Claire Chazal : soit vous vous décidez à mettre un soutien-gorge quand vous allez à la plage, soit, si c'est trop dur, vous faites don de vos seins à une œuvre, à la fondation Jane-Birkin, par exemple, mais en tout cas, il faut que cesse cette gabegie ! Pardon, à force de digresser, j'ai encore perdu le fil de mon propos.

En dépit de mon objectivité politique légendaire, je suis bien obligé de constater la cuisante défaite de l'équipe de France de football, hier soir, contre l'Écosse. Cuisante défaite qui fait suite à une humiliante déculottée du XV de France contre l'Argentine, elle-même précédée par des championnats du monde d'athlétisme où les athlètes tricolores ont fait jeu égal avec leurs homologues monténégrins, le tout après un Tour de France piteux sponsorisé par le cartel de Medellín ! La conclusion s'impose d'elle-même : depuis que Nicolas Sarkozy est président de la République, la France est infoutue de gagner quoi que ce soit ! C'est un fait !... Difficile d'être plus objectif que ça, vous êtes d'accord ? On n'aurait jamais dû l'élire président, c'est malin ! Vous ne le voyez pas, chers auditeurs, mais Lorant Deutsch opine vigoureusement du chef à tout ce que je suis en train de dire, ce qui est frappé, il faut bien l'avouer, au coin du bon sens ! Tout ce qu'on peut espérer désormais, c'est qu'un championnat du monde de footing avec des Ray-Ban voie le jour dans les plus brefs délais, afin qu'on puisse enfin gagner un trophée et redevenir une grande nation sportive ! J'ai pensé aussi à un championnat du monde de Vélib.

Mieux encore : un concours international de lecture de la lettre de Guy Môquet ! Ou encore une régate de yachts de milliardaires où l'on gagnerait une Rolex géante… Ce qui est certain, c'est que des mesures d'urgence s'imposent.

Étant personnellement opposé à toute mesure sexiste, je ne saurais préconiser le limogeage de l'actuelle ministre de la Jeunesse et des Sports, Roselyne Bachelot, mais il me paraît indispensable de lui adjoindre un chargé de mission pour la recadrer. Je propose Claude Allègre. Comme vient de me le glisser à l'oreille Lorant Deutsch : « Depuis le temps qu'il rêve de dégraisser un mammouth, c'est l'occasion rêvée ! » Sans vouloir suivre notre invité dans ses dérapages misogynes, probablement imputables à sa petite taille, il faut bien admettre que depuis que Roselyne est ministre, les seuls terrains où une réelle symbiose entre la jeunesse et le sport s'est exprimée ont été la gare du Nord et la place Pigalle ! Pas question non plus de confirmer Bernard Laporte au secrétariat d'État au Sport.

Sa place est à la direction de la concurrence et de la répression des fraudes où son expertise en matière de jambon devrait faire merveille.

Voilà, une fois de plus, *Le Fou du roi* s'est révélé être l'espace privilégié d'une expression à la fois critique et constructive, tout en offrant à ses invités une exposition maximale de leurs qualités artistiques et humaines. Ne me remerciez pas, car cela offenserait ma modestie et, de toute façon, la postérité s'en chargera… J'ai terminé.

Mazarine, c'est plus ma copine !

Mazarine Pingeot, lundi 3 septembre 2007

Alors, Stéphane, vos vacances en Grèce ? Je me suis laissé dire que vous aviez acheté un nouveau barbecue dont vous avez eu du mal à maîtriser le mode d'emploi ?

Pour ma première chronique de la saison, j'ai décidé de chanter les grands auteurs. Allez, tous avec moi : « Mazarine, c'est ma cousine ! » Quoi ? Bien sûr que c'est ma cousine, Mazarine. En tant que fille de Tonton, c'est notre cousine à tous. Alors comme ça, vous allez intégrer la bande à Ruquier sur France 2 ? Vous ne craignez pas que votre papa se retourne dans sa tombe en apprenant que vous allez prendre la place de Steevy ? C'est le principal avantage de l'agrégation de philosophie, option Spinoza : la pluralité des débouchés ! Mazarine ! J'ai de la tendresse pour vous… Qu'est-ce que vous avez dû en baver, avec un prénom pareil ! Il ne vous a pas ratée, Tonton ! Dans tous les sens du terme ! Vous apprécierez, j'espère, le compliment subtilement glissé au passage… Profitez-en, car ça risque de ne pas durer… C'est vrai, dans une cour d'école, aussi huppée soit-elle, être affublée d'un prénom qui évoque un cardinal transsexuel, ça peut être lourd de conséquences en terme de socialisation ! Au demeurant, estimez-vous heureuse, vous avez échappé de justesse à Napoléonie ou Colberthe ! Je mesure parfaitement toute l'étendue de votre détresse d'écolière, Mazarine.

Moi-même, j'ai eu l'idée malheureuse d'appeler mon fils Gaston, un prénom qui fait très bobo, dans les deux sens du terme, là aussi…

Je m'étais dit à l'époque : « Pourquoi pas, comme ça, il sera obligé d'avoir de l'humour… » Résultat, j'ai été obligé, moi, de l'inscrire au karaté dès qu'il a su marcher… En grande section de maternelle, ils sont loin d'être tous admissibles à l'agrégation de philo, ces petits cons ! Gaston Bachelard, ils ne savent pas qui c'est ! Par contre, *Gaston, y'a l'téléphon qui son*, ils maîtrisent tous à fond ! Vous, encore, Mazarine, quand vos petits camarades se moquaient de votre prénom à longueur de récré, vous ne manquiez pas de répondant. Vous pouviez toujours leur rétorquer : « Si tu continues, je vais me plaindre à mon papa et il va t'envoyer le capitaine Barril pour t'attendre à la sortie ! » Alors que la seule menace dont dispose mon fils Gaston pour dissuader les quolibets de ses tortionnaires, c'est de le répéter à son papa, qui va leur envoyer Stéphane Bern…

Autant vous dire qu'il en prend plein la figure, le pauvre môme ! Je compatis sincèrement, Mazarine. Ça n'a pas dû être facile tous les jours, d'être la fille cachée de François Mitterrand. Vous vous imaginez, vous, en train de sauter sur les genoux de Pascal Sevran ? Je ne souhaite ça à personne. Ou alors, à pieds joints ! En lui criant : « Tu le sens comme j'ai le rythme dans la peau, hein, tu le sens ? »

Il est de notoriété publique que votre géniteur vous idolâtrait, chère Mazarine, cela n'en faisait pas pour autant un éducateur parfait, loin s'en faut. Je me souviens d'un documentaire pas du tout complaisant vous concernant, dans lequel votre copine qui le réalisait montrait une séquence tournée au caméscope alors que vous deviez avoir 8 ou 9 ans tout mouillés. On y voyait votre papa vous faisant réciter les dialogues d'une scène entière d'un épisode de *Dallas,* diffusé à l'époque pour la première fois à la télévision française. Lui faisait JR et vous Sue Ellen… Une nymphomane alcoolique notoire ! À 8 ans !…

C'était formateur, comme rôle ! En plus dans *Dallas*, un feuilleton notoirement de gauche ! Bonjour la trouble fascination ! En y repensant, je comprends mieux pourquoi les Sevran, Séguéla, Hanin, Tapie, Benamou, Charasse, Macias et consorts se sont convertis au sarkozysme avec autant de facilité qu'un himalayiste chevronné effectuant l'ascension de la roche de Solutré par la voie normale et par grand beau temps. Faire dire des dialogues de *Dallas* à une petite fille de 8 ans, enfin c'est monstrueux ! C'est comme si, moi, je demandais à la mienne de me réciter par cœur les fructueux échanges entre Laurence Parisot et Philippe Val à l'université d'été du Medef, sur le campus d'HEC de Jouy-en-Josas.

Eh oui, chers auditeurs estomaqués : notre collègue de bureau Philippe Val, par ailleurs directeur de la rédaction de *Charlie-Hebdo,* était la semaine dernière à l'université d'été du Medef ! Comme dirait l'autre : tout devient effectivement possible ! Au moment où je vous parle, je ne serais pas outre mesure surpris que notre ami et collègue de bureau Jean-Marc Sylvestre soit en train d'arracher sauvagement quelques plans de maïs transgéniques avec un keffieh autour du cou et un tee-shirt « Je kiffe Hugo Chavez » ! En attendant, chère Mazarine, du passé, faisons table rase, et parlons un peu de votre actualité. Littéraire, forcément.

À propos de « forcément », le thème de votre roman et la polémique qu'il provoque m'ont fait repenser à l'exclamation célèbre de Marguerite Duras, évoquant dans un article de *Libération* l'infanticide présumé du petit Grégory par sa mère en ces termes : « Sublime, forcément sublime ! » Un enthousiasme que l'intéressée, innocentée par la justice depuis, avait modérément goûté à l'époque. Que voulez-vous, les gens sont d'une susceptibilité ! Bref, lorsque j'ai eu vent de la sortie de votre livre, je me suis demandé si vous ne cherchiez pas à nous faire votre Marguerite, Duras, forcément Duras ! Si c'est le cas, je vous le dis tout de suite : vous n'êtes pas crédible. Je veux dire au niveau picole. N'oubliez pas que

Marguerite, elle ne suçait pas que des glaçons. Et elle avait bien raison, vu ce que certains laissent traîner au milieu! Il n'y a pas à dire, c'est un bon sujet de roman, l'affaire Courjault. Pas de roman réussi sans le récit d'une rupture! Même si c'est celle de la chaîne du froid! Youpi! Qu'est-ce qu'on rigole!

Et alors, le coup de pouce du destin inespéré: juste au moment de la sortie du *Cimetière des poupées,* boum badaboum: l'affaire d'Albertville! Vu le nombre de bébés qu'on trouve dans les congélateurs en ce moment, si le mien tombe en panne, c'est pas le réparateur de chez Darty que je vais appeler, mais un responsable du planning familial! Je vous jure: maintenant, quand je fais mes courses chez Picard, je regarde bien les étiquettes avant d'acheter!... Je n'ai qu'une angoisse, c'est de tomber sur un bout de cordon ombilical en décongelant mes spaghettis bolognaises!

Chers auditeurs, je vous en conjure, je mesure à quel point c'est flippant de penser qu'on va se taper cinq années de présidence Sarkozy et je comprends que vous vouliez absolument épargner ça à vos enfants, mais de là à les mettre au frigo, non!

En tout cas, je ne me fais pas de souci pour vous, Mazarine, le lancement de votre roman est assuré. On va également vous voir à la télé à une heure de grande écoute. Vous aviez déjà fait de nombreuses apparitions dans plusieurs émissions de Paris Première, plus le doc que j'évoquais tout à l'heure. Je pense qu'avec ça, aujourd'hui, tout le monde vous connaît. Pour une ancienne fille cachée, on peut dire que vous vous êtes bien rattrapée.

Peu après votre *outing* plus ou moins sauvage dans *Paris-Match,* en 1994, vous aviez déclaré avoir vécu cela comme un viol. Treize ans plus tard, à savoir il y a quelques semaines, on vous a retrouvée à nouveau en couverture de *Match,* enceinte de surcroît, et cette fois totalement consentante. Je sais ce que vous allez me répondre : le meilleur moyen de contrôler, sinon de désamorcer les paparazzades, c'est encore de s'y soumettre volontairement. Mouais. Cet argument me laisse toujours un peu sceptique. Et parce que je vous trouve fort sympathique et pas du tout arrogante, j'espère pour vous qu'aucun émule de la grande Marguerite ne se fera la réflexion suivante : « Treize ans qui s'écoulent entre un viol et une grossesse, c'est une bonne histoire, ça, coco ! Ça mérite un bouquin ! Vendeur, forcément vendeur ! »

Minc alors !

Alain Minc, jeudi 8 février 2007

Avant toute chose, je voudrais remercier chaleureusement Alain Minc d'être venu nous visiter ce matin, au risque de rater le départ de la manifestation pour la défense des fonctionnaires, tout à l'heure. Camarades enseignants et cheminots, soyez sympas : attendez-le avant de commencer à défiler… Vous vous en foutez, vous, vous êtes des nantis, mais Alain, lui, il est obligé de travailler même les jours de grève…

Vous avez vu, Stéphane, on parle de nous à la Une du *Canard enchaîné,* cette semaine. Ils disent qu'on est l'émission « comique » de France Inter… Première erreur : l'émission comique de France Inter, c'est la chronique de Jean-Marc Sylvestre. Seconde erreur : ils m'appellent « le chansonnier Didier Porte »… Je suis désolé, mais je n'ai jamais écrit de chanson ! Je le signale à nos amis feuilletonnistes du *Canard enchaîné* – que j'aime beaucoup, bien sûr, comme tout le monde. Il faudrait juste que quelqu'un leur explique que René Coty n'est plus président de la République ! Chansonnier ! Le coup de vieux que je viens de prendre ! En moins de trois secondes, j'ai pris conscience que j'avais une prostate ! C'est malin… Maintenant, quand je me balade dans les couloirs de la Maison de la Radio, les gens me montrent du doigt en criant : « Sors de ce corps, Jean Amadou, sors de ce corps ! »… Je ne vais pas faire mon susceptible, hein, je suis mal placé pour ça. Je vais prendre exemple sur Alain Minc, qui a l'habitude d'en recevoir plein la tronche, en gardant toujours le sourire. Oui, mais lui, il le mérite ! Non, je déconne… J'adore Alain Minc. En 1995, il soutenait Balladur, en 2002, Jospin, et cette année, Sarkozy ! Youpi ! Et surtout, il ne soutient pas du tout José Bové. On va gagner, on va gagner ! Mais le vrai métier d'Alain Minc, c'est de conseiller des grands patrons. Par exemple, il y a quelques années, il avait conseillé au milliardaire italien Carlo De Benedetti de faire une OPA sur la Générale de Belgique, et ça avait été un véritable triomphe. Aux dernières nouvelles, Benedetti a fini par retrouver un job : il est livreur de pizzas chez Speed Rabbit !

J'ai également découvert que vous étiez le conseiller de Stéphane Courbit, le jeune et sémillant patron d'Endemol France, à qui on doit, entre autres, la *Star Academy*, bien sûr, mais aussi *Le Loft*, la *Première Compagnie* ou *La Ferme Célébrités*. Remercions Alain Minc, mes amis.

Si, pendant tout un mois, nous avons eu le plaisir de voir Régine en pyjama, c'est grâce à lui ! On m'a dit aussi que c'était vous qui aviez conseillé à Stéphane Courbit de faire gagner Magali, l'an dernier, à la *Star Academy*. Vous confirmez ? C'est un super-boulot, ça, conseiller de grands patrons. Il suffit de leur conseiller de gagner encore plus de pognon et, en général, non seulement ils trouvent l'idée géniale, mais ils te paient pour l'avoir eue ! Pour en revenir à votre activité d'éminence grise des politiques, cher Alain Minc, je ne serais pas outre mesure surpris d'apprendre que c'est vous qui conseillez Sarko dans le choix de ses supporters *people*. Jusqu'à présent, ce fut une telle réussite qu'on est tenté d'y voir votre patte légendaire. On a eu d'abord Pascal Sevran, le fameux démographe africaniste, puis Johnny Hallyday, l'opticien-conseil défiscalisé, ensuite Doc Gynéco, *alias* « le roi de la boulette », dans tous les sens du terme, et enfin, dernière recrue en date, mais non des moindres, l'inénarrable Roger Hanin, célèbre himalayiste solutréen, ex-chauffeur de salle personnel de François Mitterrand et lui aussi roi de la boulette, sauf que lui ne les fume pas : il les met dans le couscous ! Encore un renfort prometteur pour Sarkozy, puisque le dernier candidat que Roger ait soutenu n'était autre que Robert Hue. On va gagner ! Il paraît que le prochain à se déclarer sera Bernard Tapie : excellent choix. Tapie, c'est le sens de l'intérêt général, la solidarité avec les plus démunis, le désintéressement, la probité, bref, c'est une caution morale inestimable pour un candidat… J'attends avec impatience le ralliement à Nicolas de Francis Heaulme, de Pablo Escobar et du général Mladic ! Invité par Marc-Olivier Fogiel, mardi soir, le commissaire Navarro a vigoureusement réfuté l'accusation de retournement de vareuse. Il a justifié son ralliement à son ministre de tutelle, en expliquant qu'après avoir entendu son discours de Périgueux, il avait compris que Sarko était de gauche.

À cet instant, la très primesautière Isabelle Mergault, également présente sur le plateau, a très légèrement pouffé, ce qui a fortement déplu à Roger, et quand Marc-O. s'est tourné vers elle pour lui demander son avis, il a déclaré d'un air méprisant : « Je ne suis pas sûr que mademoiselle soit au courant qu'il va y avoir une élection présidentielle. – Euh, je suis pas complètement crétine, non plus », s'est défendue la jeune femme. Décidément furax, Hanin a enfoncé le clou en ajoutant : « Je ne supporte pas la sottise ! » Et il a ponctué sa phrase en faisant avec la bouche le bruit du type qui crache par terre… Réplique immédiate de Marc-O. : « Comment pouvez-vous dire qu'Isabelle Mergault est sotte alors que son film a fait trois millions et demi d'entrées ? » On a chacun ses critères… Bref, notre bon commissaire Navarro s'est montré parfaitement goujat et odieux vis-à-vis d'Isabelle Mergault, qui est très exactement le contraire d'une conne, et il s'est fait abondamment siffler par le public, lequel était pourtant puissamment blindé en matière de goujaterie, puisque c'était celui de Fogiel. C'est un phénomène aussi récurrent qu'étrange. Il suffit qu'un *people* annonce qu'il soutient Sarkozy pour qu'instantanément il pète les plombs et se montre sous son jour le plus sombre. Je ne doute pas que le ralliement de Roger Hanin va contribuer à mobiliser massivement le vote des femmes en faveur de son nouvel ami, surtout après avoir indiqué qu'il ne souhaitait pas que Ségolène Royal devienne présidente de la République, car « elle n'est pas outillée pour ». C'était une histoire d'outil... et manifestement, celui de Nicolas a impressionné Roger ! Surtout compte tenu de leur différence de gabarit... Je vais vous dire : moi qui fais la même taille que Sarkozy, ça ne me surprend pas... Il est des circonstances de la vie où le fait d'être affligé d'une petite taille peut créer un effet de contraste tout à fait saisissant pour nos partenaires. Je suis sûr qu'Alain Minc est d'accord avec moi... À l'inverse, pour certains grands, cet effet de contraste risque de jouer cruellement en leur défaveur, et je ne dis pas ça parce que Pascal Bataille mesure 1,95 mètre ! À demain.

Moati,
un type cultivé et marrant
Serge Moati, vendredi 22 décembre 2006

Je ne sais pas si c'est dû à la présence parmi nous du très empathique Serge Moati, qui est un peu la Mireille Dumas des hommes politiques, en moins frisé, mais ce matin je me sens enclin à la repentance. Je suis en effet souvent le premier à me réjouir lorsque les représentants de la force publique sont victimes d'une quelconque avanie, conformément à la tradition bien française qui veut que lorsqu'il s'agit de rosser les cognes, tout le monde se réconcilie… Merci Brassens. J'ai décidé, ce matin, de déroger à cette règle de conduite en exprimant exceptionnellement ma compassion aux agents de la direction générale des Renseignements généraux qui enquêtent sur un site de poker en ligne et qui, à cette occasion, ont été obligés « d'entendre Patrick Bruel pendant plus de trois heures en début de semaine, sans mesure coercitive ». Comprenez par là que les policiers n'ont même pas pu bâillonner le prévenu, ni utiliser le bottin téléphonique pour l'empêcher de chanter… Quel sale boulot ils font, quand même…

L'info est dans *Le Monde* daté d'aujourd'hui et je vous la recommande : PPDA a confirmé avoir refusé la proposition que lui ont faite plusieurs membres du CSA de prendre la présidence de l'organisme de régulation de l'audiovisuel en remplacement de Dominique Baudis. Il a estimé qu'il avait encore quelques belles années de présentation du journal télévisé devant lui… Il attend avec impatience la mort de Fidel Castro, qui ne devrait pas tarder, pour pouvoir l'interviewer une deuxième fois…

Franchement, quel dommage que PPDA ait refusé. Avoir à la tête du CSA un gars qui a été condamné par la justice pour recel d'abus de biens sociaux parce qu'il se faisait offrir des week-ends tous frais payés par un homme politique véreux, ça aurait eu de la gueule! Avis aux membres du CSA qui lui ont fait cette proposition judicieuse : ne désespérez pas, les amis, il paraît que Pascal Sevran est d'accord pour occuper le poste. Il a plein d'idées, notamment sur le financement de la redevance. Pascal propose que son montant fasse l'objet d'un calcul individualisé : en dessous de 16 centimètres, tu es exempté, par contre au-dessus de 22, tu paies plein pot !

Quand je vous disais, en début de semaine, que l'éditeur de Pascal Sevran devait avoir du boulot en ce moment pour rendre son prochain manuscrit présentable, j'avais le nez creux, semble-t-il. Selon *L'Express* paru hier, en effet, dans son prochain journal de l'année, à paraître dans quelques jours, Pascal avait écrit qu'il fallait non pas « stériliser » mais carrément « châtrer » la moitié de la planète. La phrase a été supprimée *in extremis.*

On peut reprocher tout ce qu'on veut à Pascal Sevran, mais au moins il a de la suite dans les idées. Et tant qu'à faire, autant joindre l'utile à l'agréable… Au-delà des contingences démographiques, il paraît que lorsqu'on le châtre, le Noir chante mieux. En tout cas, c'est ce qu'a cru comprendre Pascal en regardant la *Star Academy* cette année… Je déconne… Pauvre Cyril… Cyril, vous savez, c'est le petit Martiniquais qui est en finale de la *Star Ac* et qui a une voix de fille. On est content pour lui, le problème c'est qu'il amène de l'eau au moulin de Pascal Sevran…

Autre information, qui date de la semaine dernière cette fois-ci, elle concerne notre ancien collègue de bureau Guy Carlier, qui a été condamné par la justice pour avoir, dans une de ses chroniques à la télé, identifié le patronyme de Julien Courbet à un gros mot, genre : « Attention à ne pas marcher sur Julien Courbet, ou alors faites-le du pied gauche, ça porte bonheur… » Vous voyez l'esprit ? Eh bien ça, ça vaut 1 500 euros de dommages et intérêts… Personnellement, je trouve assez réjouissant que Julien Courbet porte plainte parce que son nom est assimilé à un gros mot, alors qu'il produit depuis des années ce qui au départ n'était qu'une séquence intitulée *La Guerre des voisins,* qui est devenue par la suite une émission entière. Elle consiste à débarquer dans des quartiers pourris où règnent l'échec scolaire et la promiscuité, afin de filmer des pauvres en train de s'agonir d'injures plus ou moins exotiques, mais toujours puissamment imagées, genre celle-ci, dont j'ai gardé un souvenir ému : « Va-t'en, sale pute, ton cul n'est pas propre ! » Julien Courbet est capable de te faire cinquante-deux minutes de *prime time* sur TF1 avec seulement des voisins qui se traitent de « sale morue pourrie » ou de « gros enculé qui pue du gland », et à côté de ça, il porte plainte parce que Carlier a dit que c'était une merde… Chochotte, va ! Afin de ne pas m'exposer à une pareille déconvenue, je vais de ce pas démentir l'accusation de Guy : non, Julien Courbet n'est pas une merde…

Et c'est précisément parce qu'il n'en est pas une qu'on peut lui reprocher d'en produire autant…

En pédalant sur la toile, ce matin – oui, personnellement, je suis incapable de tenir plus de deux secondes sur une planche de surf, par contre le pédalo, je maîtrise – en pédalant sur la toile, donc, j'ai trouvé une info qui concerne Serge Moati. C'était sur le site du *Nouvel Observateur,* et à mettre *a priori* au conditionnel : la direction de France 5 serait embarrassée par le ton trop compassionnel dont notre invité aurait usé à l'égard de Jean-Marie Le Pen lorsqu'il l'a reçu dans *Riposte,* il y a peu. Je vous le dis tout net, je n'ai pas vu cette émission, par contre j'ai lu la déclaration que Serge Moati a faite au *JDD* quelques jours après. J'en suis resté un chouïa sur le cul, je dois l'avouer. Je compte sur vous, Serge, pour nous dire si vous avez bien tenu les propos suivants : « Le Pen est un type sympathique, marrant et cultivé. Il a quelque chose de ces grands bonshommes que l'histoire traverse et qui traversent l'histoire. » Vous avez vraiment dit ça ?

Bon, je ne suis pas là pour donner des leçons à qui que ce soit, mais je vais quand même profiter de l'occasion pour signaler à nos auditeurs la parution d'un ouvrage intitulé *Histoire secrète de la Vᵉ République*, aux éditions de la Découverte, sous la direction de Roger Faligot et de Jean Guisnel. Pour tous ceux qui pensent que Le Pen est un « type sympathique » et surtout « marrant », je recommande la lecture des pages 45 et 46 de cet excellent ouvrage. Je ne vais pas vous les lire à l'antenne car ce serait du kidnapping émotionnel et je préfère laisser ça à d'autres confrères beaucoup plus doués que moi pour cet exercice. Sachez seulement qu'il s'agit du récit de l'assassinat d'un militant du FLN à Alger par les parachutistes du lieutenant Le Pen, dans la nuit du 2 mars 1957, à son domicile et en présence de sa famille. Ce récit a fait l'objet de plusieurs procès intentés par son principal protagoniste, qu'il a finalement perdus. Il a donc valeur aujourd'hui de vérité historique. On y lit notamment le témoignage du fils de ce militant, âgé de 6 ans à l'époque des faits, et qui raconte comment il a vu un des hommes de Le Pen sauter à pieds joints sur le ventre rempli de dizaines de litres d'eau de son père, lequel a été ensuite « terminé » à l'électricité… Faut-il rappeler qu'à l'époque le lieutenant Le Pen était déjà député de la République, il savait donc ce qu'il faisait…

Jeunes auditeurs qui ne savez pas encore pour qui vous allez voter en mai, lisez ce passage, histoire de bien mesurer à quel point Le Pen est « marrant ».

C'était ma rubrique : « il paraît qu'il ne faut pas diaboliser Jean-Marie Le Pen, car on ne guérit pas une maladie en cassant le thermomètre ». Peut-être, mais ce n'est pas en s'asseyant dessus que la République aura moins mal, joyeux Noël…

À peine ai-je terminé mon papier que Serge Moati confirme qu'il trouve Le Pen « sympathique, cultivé et marrant » et me vomit dessus un torrent d'injures toutes plus infamantes les unes que les autres. Il qualifie ma chronique de « papier hygiénique », « ignoble », « abjecte » et j'en oublie. En bref: Le Pen est sympa mais moi je suis une merde !… Ça fait bizarre à entendre… En réalité, je comprends à ce moment-là que ce qui rapproche Moati et Le Pen, du point de vue du premier en tout cas, c'est qu'ils sont tous les deux des notables du microcosme politico-médiatique et qu'un obscur petit chroniqueur vaguement comique comme moi n'a pas à se mêler de leur « business ». C'est un petit marquis médiatique outragé que j'ai en face de moi, et cet aspect de sa personnalité n'est pas le plus sympathique. Je recevrai d'ailleurs près de 400 e-mails d'auditeurs après ce papier. Des auditeurs souvent surpris et déçus du nouveau Serge Moati qu'ils venaient de découvrir. Dans mon esprit, il demeure un homme de télévision exceptionnel.

Nadine m'a tuer

Nadine de Rothschild, vendredi 27 avril 2007 (enregistrée le 16)

Salut Nadoche ! Ça va-t-y comme elle veut ? Tu me retapisses ?

C'est le cousin Didier de Bourg-la-Reine ! De l'époque où tu n'étais pas encore une rombière de la haute qui annonce son matricule dans de la soie après s'être enfourné du caviar jusqu'aux sinus ! Tu ne vas pas faire ta bêcheuse avec mézigue, frangine. Je n'oublie pas d'où tu viens. Avant de te faire dorer les miches à l'or fin en devenant la panthère du Edmond, tu n'étais jamais qu'une Marie-pisse-trois-gouttes des boulevards… Je te conseille de ne pas l'oublier, ma fendue ! Sinon, je pourrais en éprouver du ressentiment… Tu ne joues pas les Joconde avec ma pomme, rapport au fait que j'ai l'impatience à fleur de peau… Les chouquettes qui prennent la raie de leur cul pour le méridien d'origine, je les remets très vite sur le bon trottoir ! Ça roule ?… Il ne t'a pas trop chauffé les escalopes, le frisotté ?

Méfie-toi de lui, il cache bien son jeu, l'ébouriffé. Sous ses airs d'évaporé du ciboulot, c'est un furieux du calbute ! Il a de la dynamite dans les joyeuses ! Un jour, alors qu'il était en vacances chez ses potes les sodomites gominés, il a coincé Nana Mouskouri dans les allées du Parthénon, je ne te raconte pas comme elle a grimpé aux colonnes, l'extravertie de la glotte... Pour une fois, elle a eu une bonne raison de nous ravager les portugaises en couinant, double pare-brise ! Bon, s'il te serre de trop près, le lardu, tu me préviens, je le termine au fusil à bromure...

J'ai jeté un œil sur ton pavé... Il y a comme qui dirait un détail que me turlupine : ton bouquin, il s'intitule *Les Hommes de ma vie* et ne fait que 367 pages... C'est juste la table des matières, alors ?... Il y a d'autres tomes prévus ? Ou alors tu as sacrément perdu le feu sacré ! Il y a des bizarreries à l'intérieur. Par exemple, passe 305... Pardon ma pouliche, je voulais dire page 305, tu écris : « Je suis restée fidèle à Cardin. » Pourquoi ? « Parce que chaque année, il m'élargit le modèle. » Ça, c'est une surprise ! On ne doit pas parler du même. Celui que je connais, il ne risque pas de t'élargir grand-chose ! En tout cas, il n'y a pas à tortiller du chinois, tu as bien rentabilisé ta boutique, ma sauterelle ! Je connais des gagneuses qui ont le père Fouettard productif, mais le tien, il a sa place au CAC 40... Il ne faut plus dire : « J'ai mal au cul » mais « J'ai le Noël Forgeard douloureux. » Tu as bien fait de lui passer les menottes, à Eddie la particule, il avait les rognons méchamment enrobés!… Et tu l'as terminé comment le micheton ? À la mort-aux-rats ou à la Félix Faure, en lui tirant sur la grosse veine bleue ?… Je ne vais pas te mentir, ma Nadoche, mais je ne l'ai pas tout lu, ton bouquin. Qu'est-ce que tu veux, la grande littérature, moi, ça me court très vite sur le haricot… Tous ces efforts intellectuels à fournir, ça me met le cigare en surchauffe… Mais j'aime bien l'objet… M'est avis qu'en le voyant, il y a pas mal d'armoires normandes qui vont crier famine!… J'ai un petit faible pour la photo de couverture, super classieuse… Ah oui, mais ça, l'élégance et le bon goût, quand tu l'as, c'est de naissance… C'est génétrique, comme dirait un poteau à moi qui est un peu mariole et qui est en train de réussir un gros coup ! J'aime beaucoup ta toge en soie rose avec des nœuds aux épaules, ça se marie bien avec la peau de léopard, juste en dessous… J'aurais bien vu un esclave nubile à côté, en train de t'aérer le décolleté avec un éventail en plume d'Autriche, comme dans *Astérix et Cléopâtre*! Et puis au niveau bijoux, ça reste discret ce que tu portes : il y a quoi là, sur la photo ? De quoi remplir un fourgon de la Brink's, pas plus ?

À ce moment-là de mon papier, Nadine, jouant les outragées – alors qu'elle venait juste d'expliquer encore une fois sa conception du rôle de la femme dans le monde, à savoir : trouver un pigeon blindé à épouser ! –, s'est levée de son siège pour me verser son verre d'eau sur la tête… J'ai esquivé avec brio et j'ai terminé mon papier, dont, malheureusement, je n'ai pas retrouvé la chute ; j'ai dû la jeter parce qu'elle était trop mouillée ! À la fin de l'émission, qui était enregistrée ce jour-là, sentant que la maman était capable d'aller au procès, j'ai donné mon feu vert à Stéphane pour qu'il supprime ma chronique le jour de la diffusion. Stéphane, je le rappelle, ne lit jamais aucune de nos chroniques avant diffusion quand elles sont en direct, ce qui constitue une garantie de liberté essentielle et justifie qu'on évite de le mettre (trop) dans la merde quand on peut l'éviter…

Noah en slip !
Yannick Noah, vendredi 6 octobre 2006

Bonjour, camarade, et puisque personne n'a été foutu de le faire au cours de la première heure, je vous dis merci, merci pour votre engagement tiers-mondiste. Votre campagne d'affichage en faveur de l'Afrique est courageuse. Excellente, votre idée de poser en slip pour illustrer le dénuement de tout un continent, dépouillé de ses ressources naturelles par la perpétuation de l'échange inégal sous l'égide de l'infâme Organisation mondiale du commerce ! En plus, comme c'est des slips tout pourris que vous portez, on a encore plus envie d'envoyer des dons, sans compter que, vu le nombre d'affiches que j'ai croisées, elle a dû vous coûter la peau des fesses – c'est le cas de le dire – cette campagne de solidarité. Bravo, camarade, vraiment ! Cinquante ans après la décolonisation, l'Afrique est quasi à poil, vous avez su le montrer dans une allégorie simple et forte : génial !

Vous avez d'autant plus de mérite que j'ai cru comprendre que vous étiez également engagé contre la pauvreté intellectuelle : vous êtes parrain de la *Star Academy.* Ça fait beaucoup pour un seul homme. Moi qui ne le suis pas, je me permets de vous poser la question, Yannick : quels sont les droits d'un parrain sur un filleul ?... Peut-il lui dire : « Fermez vos gueules ! » avec une chance d'être obéi ? Pour en revenir à vos affiches, j'ai également apprécié le message subliminal adressé à Sarkozy : « Je suis noir, je n'ai pas mes papiers sur moi, vu que je suis en slip, dois-je pour autant être expulsé ? »... Bien vu. En plus, une fois que l'association d'idées est faite, vous ne pouvez pas vous empêcher d'imaginer Sarkozy en slip, et là ça fait mal pour lui.

En tout cas, Yannick, je peux vous dire que Stéphane était content de vous recevoir. Il est vrai qu'on est obligé de constater une convergence dans vos manières respectives de vous exprimer. Stéphane posant lui-même régulièrement tout nu dans *Paris-Match,* il a dû reconnaître en vous une sorte de frère d'armes. D'ailleurs, avant le début de l'émission, tout à l'heure, il a lancé à la cantonade : « Hé les gars, vous avez vu les affiches avec Noah en costume traditionnel de sa tribu camerounaise ?... Il ne lui manque plus qu'une plume dans le cul pour qu'on le confonde avec un rugbyman du Stade français ! »

Il a son franc-parler, Stéphane. Il n'y a que dans *Gala* qu'il parle comme la veuve de Balladur.

Dans la vraie vie, il s'exprime dans un langage beaucoup moins châtié. À mi-chemin entre Mme de Fontenay beurrée et Christine Bravo sobre... D'ailleurs, tout à l'heure, il a même ajouté : « À votre avis, pourquoi il a choisi de faire de la pub en calbute, le petit père Noah ? Pour qu'on ne voit pas ses couilles en or, pardi ! »…

Bon, j'arrête de vous charrier avec vos affiches, Yannick. Après tout, il y a au moins un aspect positif à cette campagne : on n'y voit aucune photo d'Henri Leconte en slip. Vous imaginez les ravages dans le métro, la recrudescence de suicides… La prochaine fois, quand même, choisissez une marque un peu plus classe, Yannick.

Franchement, Sloggi, on dirait un nom de clébard. C'est d'autant plus paradoxal que, en principe, un slip est censé nous empêcher de remuer la queue. Oui, je sais, je pourrais parler d'autre chose, de la carrière de chanteur de notre invité, qui est brillante. Non.

Et je vais vous dire pourquoi. En tant que chroniqueur, j'ai un modèle, dont je m'inspire en permanence : il s'appelle Steevy et je fais tout pareil que lui. Avant, mon modèle, c'était Paul Wermus. Mais c'est fini. Dans son journal, il m'a traité de gougnafier. Vous vous rendez compte de la brutalité de ce type ? Puisque c'est comme ça, je riposte : « Espèce de malandrin ! Va donc au diable ! » Et tac !… Ah non, il ne faut pas nous chercher au *Fou du roi.* On est des barbares. Donc, je vous disais que Steevy est mon modèle. Cette semaine, dans l'émission de Ruquier, il a fait la déclaration suivante à propos de Janet Jackson, la sœur du célèbre puériculteur amateur : « C'est incroyable ! Vous avez vu Janet ?… Il y a à peine deux mois, elle était grosse, mais grosse… » Et là, il a jeté un coup d'œil à peine appuyé en direction de Christine Bravo, ce n'était pas très sympa. « Vraiment, elle était grosse. Eh bien regardez-la maintenant, elle est super-belle, mince et tout. Elle a dû perdre au moins dix kilos! En quoi ?... En même pas deux mois, c'est vraiment une très grande artiste. » Fin de citation. La critique musicale, c'est un métier. Voilà, je viens de faire pareil avec vous Yannick... J'ai fait cinq minutes pleines sur vos performances en tant que porteur de slibard et je conclus : ce Noah, quel chanteur ! Ce soir-là, chez Ruquier, il y avait un autre ancien sportif de haut niveau, mais dont la reconversion est moins étincelante que la vôtre. Il s'agit de Vincent Moscato, ancien International de rugby. Plutôt marrant, comme gars.

Souvenez-vous, on l'avait vu il y a deux ans dans cette télé-réalité paramilitaire de TF1, *La Première Compagnie*... Et comme Moscato a l'air d'être un type plutôt à la coule, pas trop faux derche, chez Ruquier il a expliqué que, s'il avait participé à cette émission de merde, c'était clairement pour l'argent. Pas l'argent qu'il a fait gagner à la sempiternelle association cache-sexe qui fait office de sauf-conduit moral aux *people* qui viennent remplir leur gamelle dans ce genre de galère, mais bien l'argent qu'il s'est mis dans sa poche à lui... « Je l'ai fait pour l'artiche, point barre ! », a conclu l'ancien champion. Vous savez comment a réagi Laurent Ruquier ? Il l'a fait applaudir par toute son équipe ainsi que le public en indiquant : « C'est tellement rare d'entendre ça dans la bouche d'une personnalité que ça mérite des applaudissements. »

C'est quand même incroyable. Les animateurs de télé sont tellement habitués à donner la parole à des hypocrites et des faux-culs qui simulent la grandeur d'âme et le désintéressement alors qu'ils ne pensent qu'à se goberger sur le dos du public, que le jour où ils tombent sur un type qui dit ce qu'il pense vraiment pendant dix ou vingt secondes, on lui organise une *standing ovation*! Si on examine la situation objectivement : Moscato s'est fait applaudir uniquement pour avoir déclaré qu'il avait participé à une émission de chiottes juste pour s'en mettre plein les fouilles ! En fait, il est applaudi pour s'être vanté de son propre cynisme... Mais, comme d'habitude, les *people* qui fréquentent les plateaux de télé ajoutent l'hypocrisie au cynisme, eh bien Moscato obtient des félicitations publiques de la part de Laurent Ruquier. En gros, la malhonnêteté intellectuelle est tellement systématiquement valorisée et récompensée à la télé que les moins pires finissent par passer pour des petits saints...

Alors autant faire de la pub pour des slips plutôt que de faire semblant de venir en aide aux affamés d'Afrique. Yannick, vous avez raison, le coup droit, il n'y a que ça de vrai... mais ce n'est pas récompensé pareil.

C'était ma rubrique « les applaudissements à la télé, c'est de la daube, alors qu'à la radio, c'est du bon », la preuve...

Nom d'un Deschiens, Morel revient
Gérard Darmon et François Morel, jeudi 30 novembre 2006

Alors, Pomponnette, tu es de retour au bercail ? Ah, bougresse d'infidèle ! Tu n'as pas honte ?

Ce n'est pas à vous que je m'adresse, Gérard Darmon, je ne me permettrais pas de vous appeler Pomponnette, comme ça, au débotté, sans un minimum de préliminaires. D'ailleurs, vous n'avez pas le physique de l'emploi, la voix, non plus. Enfin, j'imagine… Vous pouvez faire « miaou », pour voir ?

Chers auditeurs, si vous avez une pomponnette à la maison qui a la même voix que Gérard Darmon, faut la faire couper ! En fait, vous l'avez compris, je parle à ce saligaud de François Morel, ce gros lâcheur.

Alors, Pomponnette ? Tu es fière de ce que tu as fait ? Regarde-toi, péronnelle ! On dirait Cécilia, de retour de New York, la queue basse, la patte raide, la moustache honteuse… Que dis-je, Cécilia… Tu es notre Nathalie

Marquay à nous ! Cavaleuse ! Tu t'es bien amusée avec ton Ducruet ? Ce matouvu ! Ce pilier de gouttière ! Mais peut-être qu'on n'est pas assez bien pour toi, ici, au *Fou du roi*?… Qué misère !

Et pourtant, Stéphane, il a embauché plein de nouvelles petites pour t'inciter à revenir. La petite Ruggieri… Marion, elle s'appelle… C'est la fille d'Ève Ruggieri et de Pavarotti. Mais quand elle est rasée de frais comme ce matin, ça ne se voit pas…

Et la petite Girod de l'Ain… C'est la veuve de Francis Girod, mais là, ça va, elle a récupéré… Elle écrit dans *Elle.* Des articles pour les gonzesses, sur les points noirs, les vergetures, les régimes dissociés, enfin que des trucs importants, quoi !

Tu sais que quand tu es parti, Stéphane, il a pleuré tout ce qu'il pouvait. Même le prince Albert, il n'arrivait plus à le consoler. Il faut dire que le prince Albert, dès qu'on n'est plus en avion, il n'est plus bon à rien… Et la cicatrice est encore béante, crois-moi… L'autre jour, on recevait Sheila qui racontait que, lorsqu'elle était petite, il y a quelques années, elle jouait à la marelle…

Marelle, Morel… Dans l'inconscient de Stéphane s'est opérée une sorte de glissement sémantique, comme dirait Steevy, et il a explosé en larmes dans les bras de Sheila qui lui disait : « Calme-toi, mon Ringo, il va revenir ! » Oui, dans l'intimité, Sheila appelle Stéphane « Ringo », je ne sais pas pourquoi et je préfère ne pas savoir… C'est leurs histoires…

C'est comme avec Mireille Mathieu, il y a des zones troubles…

Je veux bien que Mireille soit une nostalgique du général de Gaulle, mais c'est quand même étrange que lorsqu'elle se retrouve en tête à tête avec Stéphane dans la loge des invités, comme l'autre jour, elle lui demande sur un ton implorant : « Sois gentil, montre-moi le grand Charles, comme tu sais bien le faire, il n'y a personne pour nous voir ! » Sur l'histoire du grand Charles, il faut relativiser. Mireille, elle ne fréquente que des Japonais…

Reviens parmi nous, François, nous sommes ta famille… Tu veux devenir chanteur, c'est ça ? Pour passer à la *Star Ac* avé Nikos… le fils caché de Johnny Hallyday et de Nana Mouskouri ! Alexia Laroche-Joubert, *alias* « la danseuse de Saint-Guy », j'adore la voir danser pendant les *prime*… Ça me rappelle mes premiers voyages en Asie du Sud-Est, quand je ne maîtrisais pas encore les effets de la tourista… Et Pascal Nègre, bien sûr, avec sa fameuse veste en peau de vache, tellement bien assortie aux bouses qu'il produit.

Je signale à nos auditeurs casse couilles qu'il est inutile d'écrire à la direction de France Inter, avec copie au CSA, au conseil de sécurité de l'ONU et à la Cour pénale internationale de La Haye : je ne viens pas de me rendre coupable d'un dérapage raciste. Le président d'Universal s'appelle Pascal Nègre et c'est donc lui qu'il faut accuser de racisme.

Après tout, personne ne l'empêchait de changer de nom et de se faire appeler Pascal Decouleur…

Tu ne vas quand même pas faire le chanteur, François, ce n'est pas digne de toi… Tu te vois, chez Pascal Sevran ? Tu n'as plus la condition, malheureux ! Courir le cent mètres en moins de douze secondes, ce n'est plus de ton âge… Et au-dessus de douze, il te rattrape, hé ! Il est super-entraîné, Pascal. Ce n'est pas un métier, chanteur. Demande à Gérard ce qu'il endure, depuis qu'il fait le crooner ! Toutes ces groupies à honorer, tous les soirs, à l'hôtel, les unes après les autres !

Et pour peu qu'elles soient passées avant dans la chambre de Patrick Bruel, tu as droit à des réflexions : « regarde les cernes qu'il a sous les yeux, le pauvre ! Il n'en peut plus, il a la même tête que le jeune attaché parlementaire de Christine Boutin, quarante-huit heures après la fin du carême !… Il est au bout du rouleau ! » À ne pas confondre avec la situation de la petite amie de Patrick Balkany quand elle prodigue une faveur à son Patounet sous la menace affectueuse d'un Magnum 757. On dit alors d'elle qu'elle est « au bout du lourdeau » !

Sérieusement, François… Reviens dans l'équipe du *Fou du roi.* Ils étaient bien, tes papiers. Enfin, certains !… Pas tous, bien sûr…

Toi aussi, il t'arrivait de temps en temps de céder à quelques facilités, c'est humain. Je me souviens en particulier d'un portrait que tu avais fait de Laurent Ruquier, invité au *Fou du roi,* dont c'était la première apparition au micro d'Inter depuis son départ, cinq ans auparavant. Tu ne t'étais pas foulé, ce jour-là, je m'en souviens bien.

Vous savez, Gérard, comment Morel avait attaqué son papier sur Ruquier ? Je vous le fais : « Pomponnette, te voilà enfin de retour à la maison, bougresse ! » Et tout le papier comme ça !... Ah il ne s'était pas fait chier... À demain...

Ouf ! Papier réussi, le public s'est marré et Morel aussi. C'était important pour moi, car j'ai beaucoup d'estime pour l'auteur qu'il est et l'honnête homme que je le soupçonne d'être.

NOTHOMB RIDER
Amélie Nothomb, jeudi 6 septembre 2007

Chère Amélie Nothomb, notre marronnier à nous – un marronnier qui ne produirait que de bonnes feuilles, et il paraît que, cette année, elles sont particulièrement ciselées. J'espère que vous n'avez pas raté, sur France 3, en début de semaine, ce sublime documentaire consacré à feu la princesse Grace de Monaco, un régal. De la pure balle de la mort qui tue… ta mère !… Si je puis me permettre…

À votre avis, Amélie, qui a bien pu réaliser un documentaire de quatre-vingt-dix minutes, ce qui représente des semaines de boulot, sur un sujet aussi brûlant que la vie et l'œuvre – enfin, surtout les bonnes œuvres – de la princesse Grace de Monaco, hein ? À votre avis ? Je sais que la question est difficile ! Cherchez bien, regardez autour de vous, avec un peu de chance, vous allez découvrir un indice !

Regardez Stéphane! Il en rosit de plaisir rien que d'y repenser ! C'était bon, hein ? Albert et Stéphanie servis sur un plateau, rien que pour vous !

Des pelletées d'images d'archives exclusives, avec des belles dames en crinoline et des messieurs en queue-de-pie, dans tous les sens du terme ! Le gros kiff, hein, Stéphane ?... Le grand panard cosmique !... Vous me pardonnerez de ne pas avoir regardé la totalité du documentaire, mais bon... Je ne vous surprendrai pas si je vous avoue que, personnellement, la princesse Grace de Monaco, je m'en tamponne grave le coquillard ! C'est peu de le dire... Je m'en bats les roubignoles à peu près autant que du roi des Belges – sauf votre respect, Amélie ! – et pourtant, Stéphane, vous avez réussi à me scotcher devant mon poste pendant une bonne demi-heure, tellement le plaisir que vous aviez à le réaliser était communicatif... D'ailleurs, manifestement, vous avez tout fait vous-même : les interviews, les plateaux, l'écriture des commentaires, la voix off, le montage, la production, tout ! Permettez-moi, Stéphane, de formuler une petite critique de nature technique : quand vous diffusez un extrait de film d'Hitchcock, même si c'est à 21 heures, prenez le risque de la version anglaise sous-titrée plutôt que la version française d'origine. Non, parce que les doublages de l'époque, c'était quelque chose...

Quand tu entends Grace Kelly, qui était quand même la représentante type de la classe dominante américaine de la côte Est, déclamer avec la voix de Dany Carrel : « Oh, dis donc, beau gosse !... Fais-moi donc faire un tour dans ta Pontiac, j'te donnerai du bonheur ! »... Ça fonctionne moyennement... En revanche, votre commentaire, j'ai adoré. J'en ai noté quelques extraits… Par exemple, à propos du père de Grace Kelly, un entrepreneur en maçonnerie irlandais : « Il fonde une famille de 10 enfants, tous élevés dans les fières valeurs traditionnelles irlandaises : pugnacité dans le travail, sens du devoir, simplicité de vie, honnêteté et rigueur morale. »

Sacré Stéphane, vous avez oublié l'alcoolisme ! Il fait partie des fières valeurs traditionnelles irlandaises… En plus, il était maçon, le pépère… Je ne vous raconte pas comme il devait dérouiller mémère en rentrant bourré du turbin, avant de lui coller un polichinelle dans le tiroir ! Autre extrait qui m'a fait marrer, à propos du célibat du prince Rainier : « La raison d'État l'avait contraint à renoncer à sa liaison avec Gisèle Pascal. » Non, c'est vrai ?… Il était avec Gisèle Pascal, le prince Rainier ?… Sans déconner ! Gisèle Pascal ! Vous me la baillez bonne !… J'étais persuadé qu'il était avec Brigitte Bariton, Rainier… C'était juste après être sorti avec Josyane Robert, non ? Ah, il n'y a que vous, Stéphane, pour nous dénicher des célébrités de ce calibre : Gisèle Pascal ! Je ne connais pas cette petite dame, mais au vu des images du prince Rainier à l'époque, je peux vous garantir que ce n'est pas la raison d'État qui les a séparés : à mon avis, c'est plutôt Gisèle qui s'est barrée en courant. Qu'est-ce qu'il était vilain, le prince Rainier ! Jeune, il ressemblait à Jean Benguigui, en pas drôle ! C'est là qu'on réalise à quel point Grace Kelly avait le sens du caritatif ! Bon, j'arrête de vous asticoter, Stéphane… D'ailleurs je partage votre conclusion sur Grace Kelly : qu'est-ce qu'elle était bonne ! Ce n'était pas ça ? Désolé…

J'ignore, Amélie, si vous comptez vous rendre sur le plateau de l'émission de Marc-Olivier Fogiel sur M6 pour votre promo, mais je vous le recommande chaudement. Il faut absolument y aller, c'est un bonheur. Son émission de rentrée était totalement exemplaire. Que dis-je ? Admirable ! Son invité d'honneur était le jovial Michel Sardou. Marc-O. : « On sait, Michel, que vous êtes très ami avec Nicolas Sarkozy, que pensez-vous de son élection ? » Réponse de Michel : « Je suis très content qu'il soit président et j'emmerde ceux qui ont perdu. » Bien, sympathique…

En tant que citoyenne belge, Amélie, vous n'avez pas le droit de voter en France, mais si je me réfère à l'interview que vous avez donnée au *Parisien* récemment, je crois comprendre que l'exubérant Nicolas n'est pas tout à fait votre assiette de frites. Et que si les Belges votaient en France, ce que personnellement je préconise ardemment, vous ne lui auriez pas accordé votre suffrage. Eh bien, sachez que Michel Sardou vous emmerde !

Suite de l'interview : « Michel, vous êtes toujours favorable à la peine de mort ?

— Pas du tout, je suis favorable à la loi du talion. » Précision indispensable à la bonne compréhension de cette séquence d'anthologie : il faut savoir qu'en début d'émission, Marc-O avait annoncé dans son sommaire la venue sur le plateau du père du petit garçon récemment violé par un pédophile récidiviste, tout ça après une interview de Mya Frie et une autre d'Ophélie Winter…

Je reprends. Michel Sardou : « Je suis favorable à la loi du talion. Tout à l'heure, tu as prévu de recevoir un homme dont le fils a été tué et violé… » Marc-O. : « Heu… non, il n'a pas été tué. » Sardou, à la limite de l'impatience : « Bon, oui, violé !… Mais bon, d'autres ont été tués ! Et beaucoup !… Ça m'arrive à moi, ça vous arrive à vous ». Il se tourne vers le public, « Ça t'arrive à toi », il tape sur l'épaule du malheureux Roland Magdane assis à côté : « Si tu peux choper le mec, qu'est-ce que tu lui fais ? Tu vas penser à la loi, tu vas penser une seconde à la morale ? La morale de quoi ? Mon cul, je lui tire une balle dans la tête ! » Dans le public, quelqu'un fait « Hou ! » Sardou se retourne : « C'est qui l'abruti qui fait " hou " ? Tu verras quand ça t'arrivera ! » Sympa, non ?… Sur le plateau, personne ne pipe, à l'exception d'un pauvre gars qui essaye, un membre du jury de *Pop stars*, qui proteste mollement et finit par féliciter l'orateur pour sa liberté d'expression. Du coup, Sardou rembraye : « À l'époque de l'abolition de la peine de mort, ma mère a eu une phrase formidable. Elle a dit : « "Bon, d'accord, on s'est prononcé contre la guillotine, mais on n'a rien dit contre le sécateur." » Rires de Mia Frye. Sardou : « Pour les pédophiles, je serais assez d'avis de réhabiliter le sécateur »…

C'est frais, non ?… Imagé, et tellement intelligent… Naturellement, applaudissements nourris dans le public.

Un SMS de téléspectateur défile en bas de l'écran : « Bravo, Michel, pour ton franc-parler. » Et Fogiel de conclure : « Ah ben, dites donc, ça démarre fort pour une première ! » Ça, c'est bien vrai !… Voilà de la vraie bonne télévision ! À la fois ludique, distrayante, tout en étant pédagogique, éducative. Sur un thème aussi délicat que la répression de la pédophilie, c'est le traitement idéal : dépassionné et distancié… C'est ce que j'appelle de la télévision décomplexée. Et si en plus, tu disposes, à portée de ton canapé, d'une bassine pour vomir, tu passes une vraie bonne soirée.

Pomponnette is back

Guy Carlier, lundi 2 avril 2007

Mon cher Guy, je ne vais pas te faire le coup du « Alors, Pomponnette, tu es de retour ? », ça serait un peu convenu. D'autant que j'espère bien que tu n'es pas de retour ! Maintenant que je suis installé dans ton fauteuil, je n'ai pas l'intention de m'en laisser déloger comme ça… Pour une fois que je peux prendre mes aises… De toute façon, de mon point de vue, tu n'es jamais vraiment parti, j'ai régulièrement des nouvelles de toi dans *Gala* ou *Closer*…

Et puis j'écoute ta chronique tous les matins à 8 heures moins 5. J'adore. Surtout celle du vendredi. Je déconne. C'est quand même un sacré vicieux, notre directeur. Quand on voit comme tu t'es fait chier à maigrir pendant des mois, et lui, il met Jean-Pierre Coffe et ses recettes de la poularde aux morilles ou de la tourte au reblochon pour te remplacer le vendredi ! En tout cas, je te trouve très en forme, en ce moment. Il faut dire qu'à la rédaction des matinales, ils travaillent pour toi. Le coup du buzzer, quelle trouvaille ! Quand j'ai entendu ça, j'ai cru qu'ils avaient nommé Julien Lepers comme chef d'édition ! Tu as d'autant plus de mérite d'avoir accepté ce challenge, mon cher Guy, que l'autre chroniqueur humoristique de la matinale est une sacrée pointure, et surtout qu'il est là depuis un moment. Passer derrière Jean-Marc Sylvestre, c'est pas de la gnognotte !...

Quoi qu'il en soit, j'ai eu une pensée pour toi, hier midi, quand j'ai vu que l'invité de Michel Drucker n'était autre qu'Hervé Vilard. Je me suis dit que ça t'aurait plu... C'est vrai que même pour un 1er avril, ça paraissait presque trop beau, comme programmation... Même le clébard à Drucker, qui était dans le coma depuis quatre ans, s'est mis debout sur le canapé pour vérifier qu'il ne rêvait pas... Pourtant, il en a vu défiler des ringards, mais il ne pensait pas que son maître irait aussi loin. Trois plombes d'Hervé Vilard chez Michel Drucker, c'est au-delà du kitsch. On entre dans cette espèce de zone grise, à mi-chemin entre le happening situationniste et la performance wharolienne. Un peu comme si Drucker avait décidé de faire péter le système en s'infligeant à lui-même une sorte d'automutilation métaphorique fatale ! Après Hervé Vilard, il n'y a plus rien. Même le souvenir du brushing de Bernadette Chirac te paraît fade. Je suis sûr que, hier soir, en éteignant leur poste à galène, des milliers de téléspectateurs fidèles de *Vivement dimanche* ont coupé définitivement leur sonotone et tourné la molette de leur thermostat à fond pour en finir en beauté sur cette image sublime : Hervé Vilard en train d'engueuler Jean-Pierre Coffe parce qu'il avait mis trop de crème fraîche dans son pâté berrichon ! Sérieux, il lui a passé un vrai savon : « Ouais, c'est trop riche, ce n'est pas comme ça qu'on le fait dans mon patelin ! » Oh, le pénible !… Trop bonne pomme, le Jean-Pierre Coffe. Moi, à sa place, vu qu'il y avait de la crème dans le pâté, je m'en serais servi pour lui rafraîchir la permanente, au chanteur à minettes ménopausées ! Et je lui aurais fait bouffer la croûte en lui recommandant de s'étouffer avec, histoire que Capri, ça soit fini une bonne fois pour toutes ! Non, franchement, c'était irréel cette émission. En la regardant, je me disais : « Ça y est ! Le président de Carolis est persuadé que Sarko va être élu président et qu'il va le virer comme une merde, il n'a donc plus rien à perdre, alors il s'amuse… La semaine prochaine, il va demander à Drucker d'inviter Danièle Gilbert, à Sébastien d'animer son *Grand Cabaret* en direct du bois de Boulogne, à Pascal Sevran de faire une spéciale *Negro spirituals* ; et dans la foulée, il va nommer Daniela Lumbroso à la direction des programmes et racheter à M6 le concept de *Panique chez le coiffeur* pour le proposer à Stéphane ! » Dès le démarrage de l'émission, j'ai subodoré le pire. Michel Drucker a accueilli son invité en ces termes : « Il est intemporel, il est hors des modes, voici Hervé Vilard ! Et sans plus attendre, il va chanter pour nous. Hein, mon gamin, tu vas chanter ? » Le gamin : « Oui, je vais chanter, mon Michel. Ton chanteur d'amour est là ! » Texto. Autant vous dire que, depuis hier, on se pose des questions dans les maisons de retraite. « Ah non, pas lui, pas Michel Drucker ! » En entendant ça, il y a des mamies qu'ont dû anticiper sur la prochaine canicule ! Bon, pendant la chanson, j'ai appliqué le principe de précaution : j'ai coupé le son de ma télé. Ben oui, mes enfants étaient avec moi et je n'ai pas trop envie que ces deux petits saligauds m'offrent un paquet de couches confiance à mon anniversaire. Ils ont un peu mon humour…

J'ai rallumé quand Hervé Vilard est allé s'asseoir sur le canapé. Et que Drucker a sorti de sa hotte le bouquin de souvenirs qu'il a fait écrire par l'autobiographe de Loana, en nous expliquant que c'était un chef-d'œuvre de la littérature. Mimant à merveille la modestie offensée, notre chanteur d'amour a alors négligemment ramené en arrière cette magnifique mèche rebelle qui le fait ressembler à Philippe Douste-Blazy, si tant est qu'on puisse dire d'un grand-père qu'il ressemble à son petit-fils. Il a pris son air le plus profond, et Dieu sait que dans ce registre il peut aller loin, et il a dit : « C'est vrai, j'aime beaucoup les livres. J'aime Chateaubriand. J'aime Flaubert. »

C'est bien, mon gars. Je ne suis pas certain que la réciproque aurait été vraie. Ce n'est pas pour être cruel, mais *Capri, c'est fini,* c'est quand même plus du niveau de Steevy que de Chateaubriand ! Il faut quand même le dire, le Hervé Vilard, il souffre d'une méchante hypertrophie des lobes frontaux ! Il est manifestement convaincu que la cuisse de Jupiter n'est pas étrangère à son apparition sur Terre !... Il ne faut surtout pas qu'il s'amuse à traverser Cavaillon un jour de marché tête nue, parce que, s'ils l'attrapent, les culs-terreux du coin vont le réquisitionner pour le présenter au *Guinness Book* des records !

Un peu plus tard, dans l'émission, Drucker a expliqué que son invité était un grand amateur d'art contemporain, propriétaire de plusieurs toiles de Dubuffet. En fait, c'est des tableaux qu'on lui avait fait acheter d'autorité quand il avait touché le jackpot avec *Capri, c'est fini,* histoire de lui constituer un petit pécule. On a donc vu quelques images des œuvres du maître, et en sortie de magnéto, les traits du visage d'Hervé ont été comme tendus par une sorte de colère intérieure, son regard s'est durci et il a dit : « Non, mais attendez, l'art brut n'est pas fait seulement pour les yeux, mais aussi pour l'esprit ! C'est une culture formidable, c'est notre vie quotidienne, c'est... Mph... Aujourd'hui, Dubuffet est d'un tel modernisme, c'est d'une violence, c'est extraordinaire, c'est... »

« Bien sûr ! », l'a coupé Drucker, dans le regard duquel on pouvait lire très exactement : « Qu'est-ce qu'il est con, celui-là, alors, comment on le débranche ? » Et il poursuit : « Et maintenant, tu vas nous rechanter quelque chose, hein ? » Et hop, rebelote, j'ai recoupé le son. Je l'ai regardé faire ses grimaces sur le dernier tube de Tokio Hotel que ma fille était en train de télécharger... C'était presque pas mal, le mélange des deux... Et ensuite, on a attaqué la quinzième mouture des souvenirs de Cosette à l'orphelinat… Avec la énième diffusion du témoignage du vieux curé qui l'a pris sous son aile à sa sortie de l'Assistance publique. Bon, il a cassé sa pipe, ce brave abbé, mais ils ont eu le temps de tourner des images, donc on y a droit à chaque fois… Chaque fois, je ne vous raconte pas comme ils tirent la gueule à l'épiscopat!…

Ben oui, dans la séquence, on voit ce brave curé en soutane en train d'expliquer qu'il a tout appris à Hervé Vilard! C'est un peu embarrassant… Surtout qu'il ajoute: « Je l'ai aimé plus que tous les autres, et pourtant, j'en ai vu défiler des enfants de chœur »… Quand il voit ça à la télé, Mgr XXIII, il les a là… Ben oui, elles ont été tournées il y a trente ans, ces images. À l'époque, le public était beaucoup plus candide. Hier après-midi, Hervé Vilard a également fait la déclaration suivante: « Dalida est arrivée comme une colombe dans ma vie… » Globalement, on s'en fout complètement, mais je l'ai noté, parce qu'entre-temps j'ai lu dans *Paris-Match* que Dalida avait également joué les colombes avec Mitterrand, sauf que, pour le coup, ce n'était pas sur sa tête qu'elle s'était posée… Voilà, cher Guy, j'espère que cette chronique t'aura rappelé de bons souvenirs. Comme tu peux le constater, tu es parti, mais les émissions à la con demeurent!

Pour toi, public !
Arthur, lundi 10 octobre 2005

Chers auditeurs, c'est un service que je vous demande : réservez massivement vos places pour le one-man-show d'Arthur. Si besoin est, achetez-en quatre ou cinq d'un seul coup. Faites-le pour moi et pour tous ceux dont le métier est de regarder la télé et qui n'en peuvent plus de voir la binette de l'animateur de TF1 en train de faire la promo de son spectacle sur toutes les chaînes et dans toutes les émissions. Une fois que la totalité des places aura été vendue, peut-être aurons-nous enfin la paix. *Les Guignols* en ont fait un running-gag, mais ils sont encore en dessous de la vérité. À part *Le Jour du Seigneur, Des chiffres et des lettres* et *Les Jeux de 20 heures,* il les a toutes faites, Arthur. Et encore, c'est juste parce que *Les Jeux de 20 heures* n'existent plus depuis vingt ans que la production des *Chiffres et des lettres* a refusé de céder à ses exigences, à savoir supprimer les lettres et lui laisser l'usage de sa calculette pendant le jeu, et qu'il s'est carrément engueulé avec les producteurs du *Jour du*

Seigneur, à qui il voulait imposer l'innovation suivante : organiser une quête par téléphone grâce aux appels surtaxés, avec des questions dans ce style : « Combien étaient les douze apôtres ? » ou bien « Comment s'appelait la femme de Joseph ? La Vierge Marie ? Mireille Mathieu ? ou Vincent Mc Doom ? »

Pour qu'on parle une fois de plus de son spectacle, lundi dernier, Arthur n'a pas hésité à faire *Vis ma vie* et à se mettre dans la peau d'un garçon boucher. Vous connaissez le principe de *Vis ma vie*? Ça consiste à s'immerger dans un milieu ou une activité qui vous est totalement étrangère… Logiquement, Arthur aurait donc dû choisir de se glisser dans la peau d'un humoriste, mais finalement il a préféré la boucherie, parce qu'il a peur du sang.

Exceptionnellement, la présentatrice de l'émission, Laurence Ferrari, a lancé la séquence en l'assortissant de l'avertissement suivant : « Attention, certains passages de ce reportage peuvent heurter la sensibilité des plus jeunes. » De fait, dans le sujet, Arthur a tenté deux ou trois vannes et c'était effectivement pénible.

Il est vraiment partout, en ce moment. Hier soir, ceux d'entre vous qui ont voulu regarder *On ne peut pas plaire à tout le monde* ont constaté que l'émission n'a pas pu avoir lieu normalement ; elle a démarré avec trois quarts d'heure de retard et s'est déroulée en direct des loges.

Contrairement à ce qu'a expliqué Fogiel, ce n'était pas du tout à cause d'une manifestation de supporters de

Dieudonné. C'est juste Arthur qui a essayé de forcer l'entrée du plateau pour venir faire sa promo… Bon, je sais ce que vous allez me dire : Didier, tu devrais te réjouir qu'Arthur réussisse la promo de son spectacle, car si ça marche pour lui, il va peut-être arrêter la télé pour se consacrer à la scène ?

On peut toujours rêver. L'animateur déclare en effet, dans le dernier numéro de *TV Magazine* : « Je ne vois pas pourquoi je partirais de la télé, ce serait une insulte à mon public. » C'est beau, l'abnégation. Vous réalisez ce que supporte ce garçon depuis des années : gagner des milliards de centimes en rachetant des émissions de merde à l'étranger pour les adapter en France, louer un yacht chaque été à Saint-Tropez alors qu'il a peur de l'eau, réinvestir les milliards gagnés à la télé dans des affaires immobilières compliquées, tout ça juste pour ne pas risquer de vexer son public…

Vous imaginez la détresse de ces millions de gens, s'ils apprenaient qu'Arthur décide de raccrocher ?… « Vous êtes au courant ? Arthur arrête la télé ! – Qu'est-ce que vous dites ? Qu'on ne pourra plus voir chaque soir l'émission dans laquelle il fait ouvrir des boîtes en carton avec du pognon dedans à des gens ? Non, ce n'est pas possible, non ! Il ne peut pas nous faire ça ! Comment pourrions-nous vivre sans *À prendre ou à laisser* ? »

Ce serait terrible, tous ces pauvres gens livrés à eux-mêmes, obligés de regarder Cauet à la place d'Arthur… Cauet qui sera très bientôt sur scène pour un one-man-show, lui aussi. Décidément, à TF1, c'est leur truc en ce moment. M. Le Lay, si vous m'entendez, j'ai une bonne nouvelle : le Point-Virgule vous tend les bras !… Faites-vous plaisir… Déconneur comme vous êtes, ça va être un triomphe, votre one-man… Une heure et demie de blagues toutes en breton… Je vois d'ici l'affiche : « Patrick Le Lay, le Élie Kakou bigouden ! »…

Dans son interview à *TV Magazine,* Arthur fait également la révélation suivante : « Récemment, Étienne Mougeotte m'a dit qu'il avait remarqué à quel point j'avais l'air heureux et proche des gens. » Oui, ça, il faut le savoir : sur TF1, tu as le droit d'être heureux, mais en étant en même temps proche des gens. Si tu es heureux et loin des gens, tu es viré. Et si tu es heureux et sous-titré en allemand, c'est que tu es sur Arte. Et enfin si tu es heureux, bien que très mal payé, tu es sur France Inter…

Donc, Arthur n'a jamais été aussi proche des gens et c'est probablement pour cela que son spectacle est un triomphe. Ainsi, explique-t-il à *TV Mag*: « Je raconte au public des choses que tout le monde connaît dans sa vie. Quand je raconte que les femmes collent leurs pieds glacés sous les nôtres au moment de se coucher, je me rends compte que cela touche les gens. »

C'est peu de le dire. Moi, ça me bouleverse carrément. Je vais réserver tout de suite ! Ce n'est plus de la proximité, c'est de la sorcellerie ! C'est ma vie qu'il raconte là ! Mais oui ! Tous les soirs, un ancien mannequin sublime qui m'a épousé juste pour mon humour colle ses pieds glacés sous les miens dans le lit de notre douze-pièces avenue Montaigne. Merci, Arthur, d'avoir trouvé les mots pour exprimer ce qu'on ressent, nous, les gens.

Sauf que ma femme à moi, elle n'a pas du tout les pieds glacés. Pas du tout. Je te signale au passage que si c'est le cas de la tienne, ça veut dire qu'elle a des problèmes de circulation et donc, qu'à terme, elle va avoir des varices. Donc, tu t'es fait avoir!... Pourquoi tu croyais que David Hallyday s'en était débarrassé?... J'en parlais récemment avec le mari de Régine, et il m'a dit qu'il y a à peine trois ou quatre ans, elle avait les pieds gelés au lit...

« Entre les gens qui sont dans la salle et moi, il n'y a rien qui nous empêche d'être heureux », indique également notre nouveau géant du rire à *TV Mag*.

C'est vrai, quand on y pense, c'est tout simple le bonheur: une salle de spectacle, Arthur et nous. C'est à cela qu'on reconnaît les grands artistes: leur modestie.

Juste un petit détail avant de conclure. Pour vous donner une idée du niveau de proximité d'Arthur avec les gens à qui il donne du bonheur, il faut savoir que, pour la première de son spectacle dans une petite salle de Rive-de-Gier, modeste bourgade sise entre Lyon et Saint-Étienne, il avait mobilisé un service d'ordre impressionnant. Lorsqu'il a quitté la salle pour s'engouffrer dans sa Mercedes, il était encadré par une escouade de jeunes gens extrêmement musclés, à côté desquels Mike Tyson ressemble à un petit rat de l'Opéra et Jean-Pierre

Castaldi à un professeur de maintien dans un pensionnat de jeunes filles. C'est une véritable armée de gorilles qui a investi la salle des fêtes de Rive-de-Gier, on aurait dit Donald Rumsfeld en visite officielle dans la bande de Gaza, et tenez-vous bien : tous les spectateurs ont été fouillés à l'entrée et se sont vu confisquer tout ce qui pouvait constituer une menace pour l'intégrité physique de l'artiste, genre stylo-feutre à répétition ou téléphone portable à cran d'arrêt, ai-je lu dans un autre magazine TV. Ce pauvre Arthur se prend pour John Lennon, c'est pathétique. Ne t'inquiète pas, fiston, personne ne va attenter à ta vie ! Le seul qui aurait eu un mobile, André Lamy, pour concurrence déloyale, n'est plus en état de te nuire. Il purge actuellement une peine de trente ans à la prison centrale de Bruxelles pour avoir étranglé son épouse dans un moment de folie. Tout ce qu'il a trouvé à dire pour justifier son geste fut cette phrase : « Cette salope avait les pieds glacés au lit. »

Reparlons un peu de *On ne peut pas plaire à tout le monde,* dont la nouvelle formule est excellente je dois dire. Le président de Carolis avait bien prévenu qu'il comptait sucrer dix ou vingt minutes d'émission au petit Fogiel, mais manifestement, il avait en tête une réduction de budget beaucoup plus drastique. De ce point de vue, son idée de demander à Dieudonné et ses amis d'envahir le plateau s'est révélée excellente. Bien joué, président de Carolis, la preuve est faite qu'*ONPP* peut très bien être produite à moindre frais : un canapé, deux projecteurs et une caméra.

Et surtout à meilleur compte : débarrassée de son public de crétins grégaires payés pour applaudir à coups de bons d'achat Bricorama, ainsi que de ses SMS plus ou moins bidon, l'émission n'a jamais été aussi bonne qu'hier soir. J'ai particulièrement apprécié le passage où Christophe Hondelatte a déclaré en substance : « Les méthodes de la presse aujourd'hui me dégoûtent. Vous vous rendez compte : c'est cette semaine qu'on va apprendre le nom de la nouvelle petite amie de Nicolas Sarkozy… *VSD* nous a dit mercredi que c'était une journaliste, le lendemain, *Le Parisien* a dit dans quel journal elle travaille, en principe on connaîtra son nom avant la sortie du prochain *Paris-Match,* c'est couru… Je suis écœuré… »

Sacré Hondelatte, il n'a pas changé… Figurez-vous que, personnellement, et je pense qu'on est quelques millions dans ce cas, je n'étais pas du tout au courant de cette histoire de nouvelle petite amie de Sarko. J'étais complètement passé à côté de l'info… Mais maintenant que Christophe nous en a parlé à une heure de grande écoute pour dire à quel point il trouvait honteux de diffuser ce genre de ragot, je vous garantis que je vais être aux aguets pendant toute la semaine. Moi qui n'achète jamais la presse *people*, là je vais faire une exception. Merci de nous avoir prévenus, Christophe !… Une journaliste, avez-vous dit ? Qui ça pourrait bien être ?

Bon, ce n'est pas Arlette Chabot, qui est avec Villepin, on le sait. Ce n'est pas non plus Béatrice Schönberg, ça serait du cumul caractérisé. Ce n'est pas Florence Aubenas, elle est avec mollah Omar…

Joëlle! Mon Dieu! Ce n'est pas toi, rassure-moi? Comment? Tu les préfères avec des jambes? Tu as raison… François Reynaert, qui est au *Nouvel Obs,* donc bien informé, me dit qu'elle se prénommerait Anne. Je ne peux pas le croire! On savait qu'Anne Sinclair avait un goût de chiotte pour choisir ses pull-overs, mais là, ça va trop loin… Ah, Patrice Carmouze me dit que ce n'est pas la même Anne et que celle de Sarko travaillerait au *Figaro*… Ouf!

Stéphane, je suis désolé mais vous n'avez pas le droit de vous défiler. Répondez: quelle journaliste du *Figaro* se prénommant Anne est zoophile? En tout cas, merci à Christophe Hondelatte d'avoir lancé le débat, ça ne m'étonne pas de lui… C'est un type qui aime les gens et qui sait rester lui-même…

Princesse Clotilde
Clotilde Courau, vendredi 27 octobre 2006

Chers auditeurs, vous n'ignorez sûrement pas que, aujourd'hui, France Inter se déplace en banlieue. Une partie de nos émissions est diffusée à partir de Mantes-la-Jolie, mais pas *Le Fou du roi.* C'est la raison pour laquelle je tiens, au nom de toute l'équipe, à exprimer ma solidarité avec l'équipe de la matinale, notamment Nicolas Demorand, qui se trouve actuellement à l'intérieur d'un réfrigérateur, ce qui, pour un normalien, n'est pas forcément une situation habituelle. Je vous rassure : le frigo en question n'est pas branché, vu qu'il se trouve encore sur le toit de la tour dites de Bab-el-Oued, au Val-Fourré, dans l'attente du passage de la voiture de patrouille de la B.A.C. Bonne descente, Nicolas ! Pour amortir le choc, je vous conseille d'essayer de glisser la tête dans le bac à légumes. J'ai une pensée aussi pour Jean-Pierre Coffe, qui se trouve en ce moment enfermé dans une cave du même immeuble, en compagnie de deux pitbulls et trois rottweillers qui n'ont rien mangé depuis trois semaines. Il a pour mission de leur expliquer que les régimes carnés n'ont pas que des avantages, qu'ils peuvent même avoir des conséquences douloureuses, surtout au moment du passage des lunettes. En plus, ce n'est pas forcément très agréable de sentir son estomac vibrer pendant la digestion…

J'adresse également un salut confraternel et surtout compatissant à Stéphane Paoli, qui vient de terminer de mettre le feu à sa huitième voiture de la matinée, dont la sienne, à la demande expresse de ses nouveaux amis, à qui il a, par ailleurs, beaucoup de mal à faire comprendre que ce n'est pas lui, Philippe Val, et qu'il n'a donc aucune raison d'être mis à contribution pour la réalisation d'un tableau vivant censé illustrer le nom de la cité : le Val-Fourré !

Toute l'équipe du *Fou du roi* est de tout cœur avec vous, les gars ! Courage ! Malheureusement, on n'a pas pu être avec vous ce matin. En revanche, on sera là pour le prochain déplacement de France Inter, le mois prochain, à Sarlat, joyau du Périgord et capitale mondiale du foie gras poêlé aux ceps et du magret de canard au miel ! Quand il s'agit de tendre la main aux banlieues, on n'est pas les derniers, au *Fou du roi*! Ben oui Sarlat, c'est encore plus excentré que Mantes-la-Jolie, comme cité… Non vraiment, on est total solidaires, ce matin. La preuve, on a invité une petite jeune qui vit également en banlieue. En très grande banlieue, même : ça s'appelle l'Italie !…

Elle a l'air toute mignonne et toute propre sur elle, mais il ne faut pas croire, c'est une vraie caille ! Hein, Clo ?… Dis donc, le reupe de ton keume, là, il est en zonzon, non ? Ta nouvelle famille, là, ils font bosser des tepus, c'est les Corleone ! C'est trop de la balle, pour toi… Il est où, ton gun ?… Cette jeune fille si pure quand elle travaillait dans le cinéma a sombré depuis dans la délinquance : elle a fait un mariage princier ! Depuis, elle est en cavale entre deux grossesses.

C'est pratique, les grossesses, pour les passages de frontière un peu délicats. Eh oui, c'est triste à dire, mais le beau-papa de Clotilde utilise sa bru comme mule… L'autre fois, quand elle est rentrée d'un voyage express en Bolivie, heureusement que les douaniers ne lui ont pas fait d'échographie à son arrivée à Roissy, ils n'auraient pas été déçus !

Pauvre Clotilde, qui pensait naïvement que dans les macaronis, c'était le gratin qui était le meilleur !… Funeste erreur. Cela dit, Clotilde a des compensations : ses filles ont plein de parrains. Il y a tonton Escobar, tonton Marcantoni, tonton Imad Lahoud, tonton Balkany, tonton Charles, bien sûr, qui est au Sénat… Enfin, ça lui fait une grande famille. Je vous ai vue chez Ruquier, l'autre samedi, Clotilde, et on sentait bien que ça commençait à vous gonfler de n'être parfois plus considérée que comme un marronnier pour *Point de vue-Images du monde,* une princesse de plus sur le tableau de chasse de Stéphane. Comme vous venez d'enfanter de deux filles coup sur coup, si je puis dire, Ruquier vous a demandé si votre famille ne vous mettait pas trop la pression pour fabriquer quelque chose d'un peu plus productif en termes de transmission de particule, genre « un garçon », par exemple. Et en vraie fille de soixante-huitards que vous êtes, vous avez répondu que ce n'était pas votre problème. C'est compris, les Ritals ? Notre Clotilde, c'est une jeune femme moderne, qui fait des enfants comme ça lui chante. Cela dit, il va falloir quand même s'y mettre un de ces jours. Si votre blondinet n'arrive pas à vous faire un garçon, vous n'avez qu'à demander à Stéphane de vous brancher avec le prince Albert. Vous n'avez pas peur, en avion ? Pas de problème, Albert, il peut vous faire tous les garçons que vous voulez. En plus, avec un peu de chance, il sera noir ! Pour obtenir le rétablissement de la monarchie en Italie, ça ne va peut-être pas aider beaucoup, mais pour faire la Une de *Gala* et de *Match,* ça devrait être un bon tremplin…

Quoi qu'il en soit, Clotilde, si vous retombez enceinte dans les semaines qui viennent, j'ai une super bonne nouvelle pour vous.

Vous allez avoir de la distraction. Évelyne Thomas retrouve une émission quotidienne très bientôt, entre le 7 et le 15 novembre, si je me souviens bien. Ce sera sur RTL9. Vous vous souvenez d'Évelyne Thomas, Clotilde ?… Vous savez, cette femme qui recevait sur son plateau des dames obèses qui venaient expliquer qu'elles étaient super-bien dans leur peau et qu'ensuite elle relookait avec des fringues de pré-ados anorexiques, comme ça, elles paraissaient encore plus terrifiantes… Moi je croyais que c'était la foire aux monstres, mais en fait pas du tout : c'était une formidable école de tolérance. Il y a deux ou trois ans, elle avait même servi de modèle pour le buste de Marianne. Ça a dû vous faire bien marrer, vous, les aristos, de voir la République avec la binette à Évelyne Thomas ! Bref, elle revient. Elle était même chez Denisot, cette semaine, où elle s'est soumise à l'épreuve de la boîte à questions. En répondant, notamment, à celle-ci : « Quel est le plus beau compliment qu'on puisse vous faire ? » Réponse d'E.T. : « Le plus beau compliment qu'on puisse me faire, c'est de me dire ça : “ Évelyne, tu m'as aidé à vaincre mes peurs, mes souffrances, etc. ” » Je confirme. Par le passé, Évelyne m'a souvent aidé à vaincre ma peur de la page blanche au moment de rédiger ma chronique télé. Comme chaque fois c'était pire que la veille, j'étais sûr d'avoir toujours du grain à moudre ! Et je n'ai qu'un vœu à formuler : que depuis qu'elle a disparu des antennes, Évelyne soit restée elle-même, c'est-à-dire qu'elle continue à nous faire froid dans le dos… Bon week-end.

J'ai bien vu que Clotilde Courau n'était pas loin de se foutre en rogne à cause de mes saillies sur son beau-père indigne, mais les rires du public et de la table l'en ont dissuadée… Tant mieux pour elle.

Promotion Arthur
Arthur, lundi 27 février 2006

Avant de commencer cette chronique, je voudrais envoyer un message à tous les moustiques réunionnais porteurs du virus du chikungunya, la seule maladie tropicale dont l'intitulé te permet d'avoir l'air ridicule jusque sur ton lit de mort…

C'est vrai que, *a priori,* le chikungunya, tu as plus envie de le danser que de l'incuber. Avec un nom pareil, faut pas s'étonner que le gouvernement ait mis autant de temps pour s'en inquiéter… « Y'a du soleil et des nanas, darla dirla dada, viens danser le chikungunya, darla dirla dada ! »

Villepin a dû penser que ça faisait partie de la promo pour *Les Bronzés 3.*

Avec le chikungunya, ce sont les vieux et les enfants qui meurent les premiers. Il y a du progrès par rapport à la canicule de 2003. Oui, qui dit « enfants malades » dit « pièces jaunes », et, grâce à l'épidémie de chikungunya, les Réunionnais vont enfin en voir la couleur. Le problème, c'est qu'on ne peut pas les leur faire livrer par T.G.V., comme d'habitude. Bernadette a donc décidé de leur envoyer le *Clemenceau*…

Donc, voici mon message aux moustiques de la Réunion : « Messieurs, je signale à votre attention la présence sur l'île de toute une équipe de télévision en train de tourner la grande saga de l'été de France 2, vous savez ces gros mélos pompeux et interminables, peuplés d'acteurs et d'actrices mûrs pour le désamiantage, qui nous polluent les grandes vacances depuis six ou sept ans, aussi bien sur TF1 que sur France Télévisions. Tant qu'à piquer, les amis, autant piquer utile… Si vous pouviez nous mettre cette bande de baltringues hors d'état de nuire, on vous en voudrait un peu moins pour tous nos compatriotes innocents que vous êtes en train de flinguer allègrement. Merci d'avance. » Autre message, adressé cette fois-ci à l'entourage de notre Premier ministre Dominique de Villepin, qui vient d'arriver sur l'île de la Réunion : « Surtout empêchez-le de se mettre en caleçon de bain comme il a l'habitude de le faire dès qu'il voit une plage et des caméras, avec les moustiques locaux, ça ne pardonne pas. »

Allez, il faut garder le moral. Dans ce pays, on voit toujours le côté négatif des choses. N'oublions pas que grâce au chikungunya, le gala des élèves de la *Star Ac* prévu sur l'île ce mois-ci a été annulé. Vous voyez, tout n'est pas si noir. Les mélomanes réunionnais sont soulagés. En revanche, les moustiques font la gueule. Pour eux, la défection de Magali est un vrai coup dur. Ça leur fait un sérieux manque à piquer.

Comme vous le savez sûrement, vendredi soir dernier, France 3 diffusait le gala de clôture de patinage artistique des J. O. de Turin, avec toutes les vedettes de la discipline dans leurs merveilleux costumes chamarrés, qui ont largement contribué à l'effondrement du régime soviétique en même temps qu'au renouveau de la libido de Bruno Masure.

À cette occasion, le très polyvalent Nelson Monfort, judicieusement surnommé par son acolyte Philippe Candeloro « Mets le son moins fort », a chanté à l'antenne le premier couplet du patineur de Julien Clerc : « C'était un échassier bizarre, il ne sort pas de ma mémoire », et je dois dire que la métaphore m'a paru fort pertinente.

Quand on voit comment ils sont fringués sur la glace, les patineurs et les patineuses, on se dit qu'ils ressemblent effectivement à des échassiers bizarres et que, justement, une mesure d'abattage massif ne serait peut-être pas du luxe ! Contrairement à Bruno Masure, moi, le kitsch albanais, ça m'excite moyen... Par exemple, aussi jolie soit-elle, je ne pourrais pas me taper une patineuse. J'aurais l'impression d'entrer dans l'appartement d'Orlando...

En tout cas, je ne vous cacherai pas que j'ai été un peu déçu par la prestation de notre paire de choc lors de ce gala de clôture. Je parle bien sûr des deux seules vedettes françaises du patinage artistique qui soient sorties grandies de ces J. O. : Nelson Monfort et Philippe Candeloro. Je les ai trouvées un peu en dessous. La veille encore, Nelson, en grande forme, nous avait gratifiés de la fulgurance sémantique suivante : « Le suspense est irrespirable ! »

Quant à Candeloro, s'il est allé faire pipi pendant le direct, il n'a même pas pris la peine de nous en informer, contrairement à son habitude. Il n'a pas non plus jugé utile de nous vanter, comme il le fait si bien, les qualités mentales et sportives des athlètes féminines, notamment au niveau de leur éventuelle aptitude à faire fondre la glace en situation de grand écart facial…

Ses commentaires furent, ce soir-là, d'une sobriété quasi luthérienne. À mon avis, il avait décidé d'en garder sous le coude dans la perspective de son prochain challenge télévisuel. Il semblerait bien, en effet, que notre Lucky Luke à patins ait donné son accord pour participer à la prochaine télé-réalité de TF1 *Sortez-moi de là, je suis une célébrité.* Si j'ai bien compris, une poignée de *people*, on va dire « d'entrée de gamme », va être lâchée dans la jungle brésilienne pour y acquérir les rudiments de la survie en milieu hostile.

En plus de Candeloro, trois autres personnalités auraient déjà signé pour cette grande aventure culturelle : Marielle Goitschel, que les habitués de la station de Val-d'Isère connaissent bien pour sa contribution à la sécurité du domaine skiable : pendant des années, on l'a posée en haut des pistes pour qu'elle fasse peur aux avalanches ; ainsi que les deux frères Bodganov, que TF1 tient à récompenser en tant qu'illustration vivante des bienfaits conjoints de la chirurgie esthétique et du BTP. Les Bogdanov se sont d'autant moins fait tirer l'oreille pour signer que, primo : ils ne peuvent pas se permettre de prendre un tel risque, avec toutes les coutures qu'ils ont planquées derrière (je parle des oreilles) ; secundo, comme le tournage se déroule au Brésil, ils vont en profiter pour se faire poser une petite prothèse supplémentaire au niveau de leur menton, qu'ils trouvent encore un peu fuyant… C'est vrai ça. En dessous de un mètre et demi de dépassement par rapport au bout du nez, c'est moche… Aurait également été contacté pour crever de faim dans la forêt amazonienne Thomas Fabius, le fils de Laurent, après son passage dans l'émission de Mireille Dumas, il y a quelques semaines. Ça marche comme ça, à la télé, désormais : tu commences par te faire tirer les vers du nez par Mireille Dumas et tu termines en train les bouffer sur TF1 !… Souhaitons à ce qui s'annonce comme une émission sublime un aussi beau succès que *Le Royaume,* dont le deuxième épisode a été diffusé samedi soir sur la Une et qui s'est, pour le coup, royalement vautré. Moins de 15 % de parts de marché. TF1 a failli être battu par Canal + et ses Césars. L'émission est purement et simplement déprogrammée. C'est dommage. Le public n'a pas compris le message véhiculé par cet audacieux programme à base de châtiments corporels. J'en veux pour preuve cette déclaration faite par l'une des concurrentes du jeu, la blonde Audrey, au magazine *Télé Loisirs*: « J'ai beaucoup appris sur les rapports humains au cours de ce tournage. Certains ont vraiment pété les plombs et ça a été la guerre. Les jeunes sont ceux qui sont allés le plus loin dans la cruauté. Aujourd'hui, après cette expérience, je suis réellement prête à m'engager dans l'humanitaire »… À quoi ça tient, une vocation, quand même!… Salopards de téléspectateurs!… En ne regardant pas *Le Royaume*, c'est mère Teresa que vous avez assassinée! Justement, je vais être dans l'obligation de vous parler à nouveau du Mozart de l'humour, j'ai nommé Arthur. Je suis désolé d'y revenir, mais il est partout ce garçon, je dirais même qu'il me poursuit. Rien qu'hier soir, il a quand même trouvé le moyen d'être dans *Sept à huit,* le grand magazine d'information de TF1 présenté par le couple Ferrari-Hugues, les seuls à s'être mariés sous le régime de la séparation des lancements, puis de se retrouver une heure plus tard chez Fogiel sur France 3. Sur TF1, Arthur nous a refourgué sa tirade sur son enfance misérable à Massy-Palaiseau avec, toutefois, une nouveauté assez plaisante, je le cite: « J'ai connu la neige à 30 ans et mes premières vacances à peu près au même âge! » Vous vous rendez compte?… Le malheureux a vu de la neige pour la première fois à 30 ans, quand il a racheté Les Menuires pour être sûr de ne pas faire la queue au tire-fesses! Trente ans sans voir la neige, c'est dingue. À mon avis, il doit y avoir un micro-climat à Massy-Palaiseau, qui, soit dit en passant, n'existe pas. C'est le nom d'une gare de RER. Il y a Massy et Palaiseau. Naturellement, le journaliste, entre guillemets, Thierry Demaizière, lui a laissé raconter ses conneries à 5 ou 6 millions de téléspectateurs sans broncher. Mais je vous rassure, sur France 3, chaîne de service public, on ne lui a pas fait de cadeau, à Arthur. Marc-Olivier Fogiel n'a pas hésité une seconde à lui dire en face ce qu'il pensait de lui : « Je vous aime bien. » Il ne s'est pas dégonflé, Marc-O. Je rappelle qu'Arthur est vice-président d'Endemol France, actionnaire majoritaire de PAF productions, la société dirigée par Fogiel qui produit *ONPP*, et ma foi, tant qu'à faire sa promo, autant aller la faire chez ses propres employés et aux frais du contribuable. Et j'ai comme l'impression qu'il en a sacrément besoin, notre nouveau géant du rire. Quand je vous disais tout à l'heure qu'Arthur me poursuivait, je ne parlais pas seulement de la télé. Il se trouve que je jouais à Limoges en fin de semaine dernière, où je me suis trouvé en même temps que Lionel Jospin, d'ailleurs – comme quoi ils adorent les comiques par là-bas ! C'est pour ça que j'ai raté mon train, cher Stéphane… Je sais que vous n'étiez pas content. C'est à cause de Lionel. On a fait la bamboula toute la nuit, il était beurré comme un petit Lu, on a dansé le chikungunya jusqu'à point d'heure : il n'arrêtait pas de me dire : « Viens, on va aux putes, j'en ai vu une qui ressemble à Ségolène près de la gare… », enfin vous le connaissez… Bref, c'était donc jeudi soir à Limoges. Et qui était annoncé pour le surlendemain, sur la scène du centre culturel Jean-Moulin où je me suis produit ? Arthur ! Autant vous dire que je me suis un peu renseigné. Eh bien je vous annonce que 48 heures avant son show, il n'avait même pas 200 réservations enregistrées, le Dean Martin de la banlieue sud. Alors que l'excellent Jean-Jacques Vanier qui sera sur cette même scène à Limoges, demain soir, en avait plus de 500, une semaine avant son spectacle. Donc, quand Arthur raconte partout, c'est-à-dire essentiellement à la télé, que ses dates au Cirque d'hiver à Paris sont presque toutes complètes, ce sont des bobards. C'est du marketing à la con, tout simplement. Et c'est d'autant plus stupide qu'il paraît que son spectacle est vraiment pas mal. Si j'insiste sur le cas d'Arthur, ce n'est pas par acharnement, c'est parce qu'il constitue un authentique cas d'école. Il est la preuve vivante qu'à la télé aujourd'hui, pour peu qu'on ait du fric ou du pouvoir, ou les deux, on peut raconter n'importe quoi à des millions de gens sans risquer d'être contredit. Allez, je compte sur vous, chers auditeurs : réservez vos places pour aller voir Arthur. Et pensez à amener une orange avec vous au spectacle, ça lui rappellera ses cadeaux de Noël quand il vivait dans une cave à Massy-Palaiseau. N'oubliez pas que, pendant trente ans, le malheureux n'a pas pu partir en vacances. Soyez sympas, donnez-lui l'occasion d'en prendre des longues, des très longues, faites-le pour moi dont le boulot est de regarder les conneries qu'il produit à la télé, merci d'avance.

PUTAIN, CINQ ANS !
Nicolas Sarkozy, lundi 7 mai 2007

Eh bien voilà, ça y est, c'est fait. Et pourtant, on est toujours là !

Vous voyez bien que ce n'était pas la peine de vous affoler.

Je me tue à vous le dire depuis des jours : M. Sarkozy est un démocrate, nous n'avons rien à craindre, enfin !... Excusez-moi, j'ai un petit message à faire passer : « Le kangourou est arrivé dans la sapinière ! » Je répète : « Le kangourou est arrivé dans la sapinière ! » Qu'est-ce que je disais ? Oui, c'est ridicule, cette dramatisation de l'élection de Nicolas Sarkozy. J'ai bien écouté son allocution d'hier soir et je suis totalement rassuré, il faut arrêter la parano. Excusez-moi : « Le ragondin a mangé la pintade ! » Je répète : « Le ragondin a mangé la pintade ! » Non, c'est vrai, Nicolas a été élu avec 53 % des voix, on est content pour lui, et la vie continue...

Cessons de nous monter le bourrichon, c'est grotesque. Une seconde : « La péniche bleue est arrivée dans le port de Dunkerque. » Je répète : « La péniche bleue est arrivée dans le port de Dunkerque. » Pardonnez-moi si je n'articule pas très bien, c'est à cause de la capsule de cyanure que j'ai contre la joue, je n'ai pas encore l'habitude. Croyez-moi, il est temps de tordre le cou à cette légende bien peu urbaine selon laquelle le nouveau président de la République ne supporterait pas la contradiction et aurait des tendances autoritaires. Ça, c'est n'importe quoi ! D'ailleurs, je suis sûr que ça fait sourire notre fidèle public du studio 106… Oui, je dis « je suis sûr », parce que d'ici je ne vois pas la tête qu'ils font, à cause du cordon de gardes mobiles autour d'eux. Vous allez bien les amis ?…

Surtout, pensez à sourire ! On est en train de vous photographier, pour l'instant…

Et après, vous vous mettrez tous de profil, en tenant bien l'ardoise qu'on va vous donner. Exceptionnellement, mes amis, à la fin de l'émission, les messieurs vont vous emmener dans leurs autocars grillagés pour faire un petit entretien qualitatif. Vous n'avez rien contre les stades ? Je crois que ça doit se passer à Charléty. Répondez bien surtout. Et n'essayez pas de caresser les chiens. Voilà, voilà. Non, sinon pour nous, il n'y a rien de changé. On va continuer à déconner comme on l'a toujours fait, sans faire de concession. Excusez-moi, j'ai un peu chaud, je me mets à l'aise…

Non vraiment, tout est comme avant. À terme, il y aura probablement quelques petits aménagements à apporter à l'émission, mais en marge. Notamment par rapport à l'héritage de Mai 68, qui est un peu pesant, c'est vrai. Certains, parmi nous, ont été un peu trop influencés par cette période de notre histoire, n'est-ce pas, Stéphane ? Il va falloir nous couper tout ça ! Non, je parle seulement des cheveux ! Du calme, Pascal Sevran n'est pas encore ministre de l'Intérieur ! Sinon, quels sont les petits changements prévus ? Ah oui, Patrice Carmouze va être tondu… Eh oui, on lui avait dit que ce n'était pas une bonne idée de soutenir Bayrou à une semaine du premier tour. Mais ce n'est pas grave, on est à la radio, ça ne se verra pas. Pour ce qui est de la drogue, on continue comme avant, il va juste falloir changer de fournisseur. Le type est médecin, on peut lui faire confiance pour nous en fournir de la bonne. Je crois que c'est un ancien obstétricien. Naturellement, il y aura toujours deux ou trois gauchistes de service pour hurler à la reprise en main à France Inter, sous prétexte qu'un nouveau directeur des programmes a été nommé ce matin et qu'il n'y connaît rien à la radio. C'est vrai que Patrick Balkany n'a jamais fait de radio, mais en télé, il assure. À Levallois, il y a des caméras de surveillance partout ! Je ne me fais aucun souci pour la liberté d'expression à France Inter. Tout à l'heure, j'ai croisé Daniel Mermet qui sortait du bureau du nouveau directeur des programmes, on s'est fait la bise comme si de rien n'était. Oui, en principe je lui sers la main, mais là ce n'était pas possible à cause des menottes. Je lui ai dit : « Salut Daniel, tout va bien ? » Il m'a répondu ceci : « Mmmmmemmmeemmm. » Oui, il avait les lèvres légèrement tuméfiées, je n'ai pas tout compris. Après, il a perdu connaissance et ils l'ont emmené au sous-sol. En interne, a priori, il devrait y avoir peu de changements, à part les nominations de Thierry Roland à la direction de France Culture et de Pascal Sevran à RFI. Pour sa part, le nouvel adjoint du président Cluzel, Jean-Kevin Peyrefitte, voudrait juste procéder à une réforme structurelle afin de réunifier les antennes publiques sous un sigle unique : l'ORTF, ça s'appellerait, c'est joli, non ? Que vous dire d'autre, sinon que Jean-Marc Sylvestre a été nommé délégué C.G.T., ce qui devrait donner un bon coup de pouce au dialogue social dans l'entreprise... Il y a aussi un nouveau directeur financier, un transfuge d'Endemol, l'ancienne société d'Arthur, super-bien gérée d'ailleurs...

Pour le coup, il faut s'attendre à quelques répercussions sur le système de répartition salariale à France Inter. Je suis passé à côté de son bureau tout à l'heure et on était en train de lui livrer des boîtes...

En ce qui concerne *Le Fou du roi,* les quelques aménagements annoncés relèvent de la simple finition. Moi, j'aime beaucoup le nouveau titre *L'Oreille en coin,* c'est moderne, c'est bien... D'ailleurs quand M. Balkany vous l'a proposé dans son bureau, Stéphane, en vous appuyant le canon de son 357 Magnum sur la tempe, j'ai senti de sa part un vrai mouvement d'affection à votre égard. Vous avez dû le sentir aussi puisque vous avez immédiatement accepté quand il vous a suggéré de présenter dorénavant l'émission en binôme avec Steevy. Et *quid* des chroniqueurs ?, vous entends-je vous interroger de manière lancinante, chers auditeurs judicieusement soucieux de notre avenir. Je vous rassure, il est radieux. Pour assurer la pérennité de notre emploi, au moins jusqu'aux législatives, nous n'avons eu que très peu de concessions à faire. François Reynaert s'est à peine fait prier avant d'accepter d'ajouter un nouveau saint dans la prochaine édition de son bouquin : saint Nicolas, en l'occurrence. Saint Nicolas qui n'est autre que la couverture du père Noël, faut-il le rappeler. Pourquoi croyez-vous que 53 % des Français ont voté pour lui hier… Trégarot a, pour sa part, accepté bien volontiers de dénoncer son vieux copain Blakowski, en faisant un témoignage écrit certifiant qu'il l'avait surpris dans le même isoloir que Carmouze, en train de glisser lui aussi un bulletin François Bayrou dans une enveloppe. Et enfin Julia, en plus de prendre sa carte des jeunes populaires, a accepté d'endosser une tenue de pom-pom girl, ce matin, pour accueillir dignement l'invité politique de la rédaction, Alain Juppé. Justement, Julia, le nouveau directeur des programmes m'a dit de vous dire d'aller le voir dans son bureau à la fin de l'émission, avec la tenue en question. Vous n'avez pas peur des armes à feu ? Et moi, me direz-vous ? Eh bien moi, je n'ai rien lâché, bien sûr. Vous me connaissez, c'est pas le genre de la maison : je dis ce que je veux, où je veux et à qui je veux. Bon, il se trouve qu'en ce moment, j'en ai un peu marre de la politique… C'est normal, on finit par saturer. En plus, le contrôleur fiscal qui est installé chez moi depuis une semaine n'arrête pas de lancer la conversation sur le sujet tous les soirs au dîner, j'en ai ras le bol. J'ai donc décidé de m'abstenir dorénavant de polluer cette antenne avec des propos partisans aussi convenus que déplacés.

Ma chute sera donc la suivante : « Régine est grosse et Christine Bravo ne suce pas que des glaçons ! » Ouais ! Vive la République et, par-dessus tout, l'humour de droite !

Renaud, sois sympa : rebois !
Renaud, mardi 3 octobre 2006

Alors, voyons voir. Renaud, Renaud, Renaud... Je cherche votre dossier, Francis Lalanne, Doc Gynéco, houlà, il est lourd, celui-là...

Ah, Renaud, nous y sommes ! Écoutez, c'est plutôt pas mal, tout ça. Je vois que le taux de gamma GT connaît une belle remontée. Vous arrivez à tenir combien de pastis par jour, maintenant ? Cinq, minimum ? Ah, c'est bien... L'idéal, désormais, au stade où on en est, ça serait d'arriver à en prendre un ou deux au petit-déjeuner, hein ? Oui, je sais que c'est dégueulasse, mais il faut savoir ce qu'on veut... La cigarette, c'est toujours bon ?... De toute façon, vous n'aviez jamais vraiment arrêté... Oui, trois paquets par jour, c'est bien.

Les pétards, non ? Non, attendez, je ne veux pas non plus la mort du pécheur. Vous avez fait de gros efforts, déjà. Mais bon, un petit bédot de temps en temps, pour soutenir le pastis. Si vraiment vous ne le supportez pas, vous vous faites un petit rail, je veux dire, ça reste ouvert comme approche thérapeutique. Globalement, votre cure de ré-intoxication a plutôt bien fonctionné. D'ailleurs, ça se sent au niveau de l'album : « Elle est facho, elle vote Sarko », moi j'achète des deux mains ! Symptomatiquement parlant, c'est très encourageant.

Mais ça, vous voyez, c'est le résultat tangible des exercices de rééducation que je vous ai demandé de faire, et que vous trouviez ridicules sur le moment... C'est vrai que répéter trois cents fois par jour « CRS, SS ! Sarkozy, p'tit zizi » peut sembler un peu vain, à première vue, n'empêche que le résultat est là... Vous êtes en train de retrouver des comportements à peu près normaux... Vous travaillez un peu vos renvois de bombes lacrymogènes ? Non, vous préférez vous entraîner avec votre femme de ménage. Vous l'habillez en garde mobile et vous lui balancez des coktails Molotov ? Elle est ignifugée, non ? Elle est de droite ? Oh, ben allez-y alors !

Au niveau des réflexes vitaux, vous en êtes où ? Quand vous croisez Sardou, le doigt d'honneur se fait tout seul, ou il faut encore vous forcer ? Et Barbelivien, quand il ose se réclamer de Léo Ferré, alors qu'il représente tout ce que Ferré détestait le plus, quand vous le croisez, vous faites quoi ? Vous urinez sur ses mocassins ? Parfait ! Dites donc, ça fait plaisir un patient qui fait de vrais efforts pour s'en sortir...

Sinon, j'ai appris que vous étiez papa d'un petit garçon ? Il ne faudrait pas que ça vous fasse replonger, ça.

Vous l'avez appelé comment ? Malone ? Non, c'est pas bien… On avait dit Ravachol, ou Bakounine. Ah, c'est une année en M ? O.K.

En tout cas, il y a du progrès, par rapport à votre mariage. Vous n'avez pas vendu l'exclusivité des photos de l'accouchement à *Valeurs actuelles,* bravo ! Avec Romane, comment ça se passe ? Aïe… Ça ne s'arrange pas ?… Vous êtes toujours aussi fidèle ? Ah, c'est un vrai problème… Donc, vous allez continuer à nous saouler à longueur d'interview avec vos tirades énamourées que même dans *Les Feux de l'amour* ils n'oseraient pas nous les infliger… Je vais être un peu brutal avec vous, Renaud, mais il faut vraiment vous reprendre en main… Enfin, il faut réagir… Il est impératif que vous retrouviez un comportement normal pour un artiste : il faut niquer ! Tous azimuts, tout le temps, tout le monde. Je sais, c'est fatigant, mais c'est comme ça. Niquer, niquer, niquer. Au début, si vous voulez, pour vous réaccoutumer, vous n'avez qu'à aller aux putes. Non, pas à la *Star Ac*… aux putes, normales. Éventuellement, je peux vous orienter vers un ami. Vous participez, de temps en temps, à des émissions produites par Dominique Ambiel ?… Justement, puisqu'on en parle… Vous avez bien conscience, cher Renaud, que vous venez de connaître une séquence pathologique extrêmement pénible, ce qu'on appelle dans notre jargon un « épisode psychotico-gnangnan accompagné de crise de délirium cul-cul-la-pralinesque » digne des pires moments du *Club Dorothée.* C'est la raison pour laquelle vous ne devez en aucun cas mettre les pieds sur le plateau de la *Star Academy*... Ça vous serait fatal. Ils vont essayer de vous avoir, comme ils ont eu tous les autres.

J'entends d'ici ce que va vous dire le président d'Universal, Pascal Nègre, pour essayer de vous convaincre : « Ouais, je sais pourquoi tu ne veux pas venir, c'est à cause de mon nom, t'es raciste. » Ou encore Raphaëlle Ricci, la prof d'expression scénique : « Allez viens, laisse-toi tenter, je te donnerai des coups de martinet, cul nu, juste avant la pub, comme ça, tu pourras te repentir en direct, tu vas adorer ! » Surtout, Renaud, ne succombez pas au chant frelaté de ces sinistres sirènes.

Ainsi, hier matin, le terrible Nikos s'est carrément invité dans *Le Fou du roi,* en amenant avec lui Melina Mercouri pour donner le change, mais j'ai bien compris ce manège : il venait faire des repérages, dans la perspective de votre venue dans le studio 106. Si ça se trouve, il est tapi derrière la porte blindée en ce moment même, pour vous proposer quelque marché de dupe : venir vendredi soir prochain, par exemple, pour chanter un medley de Pavarotti en duo avec Jane Birkin, en échange d'un petit décrassage avec Christophe, le prof de gym de la *Star Ac.* Oui, on souffre énormément, pendant les décrassages de Christophe, ça devrait vous plaire, Renaud. Pour être précis, le prof de gym du château, il s'appelle Christophe Pina, le bien nommé. Enfin, comme le disent volontiers Dominique, Marina, Cynthia, Céline,

Judith, Elphy et Cyril : « Dans le cas de Christophe Pina, le passé simple est réducteur ! » Vous vous en doutez, mon cher

Renaud, mais chez Endemol ils ont des moyens de pression énormes sur les artistes. Trois minutes de gros plan d'Alexia Laroche-Joubert en train de danser sur une chanson, et plus personne n'en voudra à part Pascal Sevran !... Prenez Johnny Hallyday, avec qui vous avez, soit dit en passant, un fort contentieux idéologique et politique. Il a quand même déclaré à votre propos : « Renaud, il donne des leçons, alors qu'il sait même pas pour qui y vote. » Et il a même ajouté : « Renaud, il a même pas d'idées. » Ah, l'humiliation. Johnny, donc, sera sur le plateau de la *Star Ac* vendredi prochain, alors qu'il y a à peine un peu plus d'un an, il déclarait dans une interview : « La *Star Ac* est un concept cruel. » Je vois que vous tiquez sur le mot concept. Je précise que c'était une interview à la presse écrite, dans ces cas-là, Johnny se fait un peu aider. Donc, disait notre Johnny national : « La *Star Ac* est un concept cruel. Ils prennent des mômes, leur font miroiter le paradis et les laissent tomber si ça ne marche pas. On les humilie, on leur fait des choses terribles. » Fin de citation. Ah oui, des choses terribles, c'est vrai, il a raison Johnny... Il y a trois semaines, Cauet et toute son équipe ont quand même chanté en direct... Et Cécile de Ménibus n'était même pas torse nu pour faire diversion... Toujours est-il que, un an après avoir dit ça, Johnny est à la *Star Ac*, comme les copains. Je laisse aux fans de Johnny le loisir de deviner comment il faut interpréter son ralliement public à Sarkozy. Cela signifie « Votez Ségolène », bien sûr !

Bon, à part ça, Renaud, je peux vous le dire : vos remerciements aux médias aux Victoires de la musique ; vos confidences répétées d'amoureux transi ou d'alcoolique pas franchement anonyme à quasiment tous les organes de la presse torche-cul ; la vente de l'exclusivité des images de votre mariage à *Paris-Match,* avec le PDG de Cartier en invité vedette, et ce alors que vous n'avez pas hésité à poursuivre en justice un petit canard alternatif qui avait eu l'impudence de se foutre de votre gueule ; il s'appelait *Tant pis pour vous*, et depuis il a disparu – j'espère pour vous que votre plainte n'y est pour rien, en attendant, c'est tant pis pour eux. Bref, je vous le dis tout net, Renaud : pour tous ceux qui, comme moi, vous écoutent, vous fredonnent, vous admirent et parfois même vous imitent depuis si longtemps, votre épisode rédempteur de ces trois dernières années a constitué un passage éprouvant. Je suis d'autant plus heureux de constater que cet album en marque la fin et donc votre retour parmi les vivants, ceux qui gueulent, qui se marrent, qui lèvent le poing et n'hésitent pas à le lancer vers l'avant quand il le faut, même s'ils sont taillés comme des sandwichs SNCF, amen.

Pas content du tout, le Renaud… En discutant un peu à la sortie, je réalise qu'en fait il déteste son public d'origine, c'est-à-dire les gens de ma génération, ceux qui sont politisés, qui n'ont pas abandonné leurs convictions à force de vivre comme des nababs ou des enfants gâtés et qui, donc, le renvoient à ses propres reniements. J'avais ressenti la même chose chez Maxime Le Forestier. Et ça ne m'a pas remonté le moral.

Rocco et ses frères
Rocco Siffredi, lundi 13 mars 2006

Dites donc, heureusement qu'on ne reçoit pas M. Siffredi tous les jours, parce que je peux vous dire qu'il y a du monde en coulisse. Quel bordel ! Je signale à la sécurité que Nathalie Marquay s'est introduite, en attendant mieux, dans la loge de notre invité. Quand je lui ai demandé ce qu'elle faisait là, elle m'a répondu que c'était pour lui parler de Titouan, son association d'enfants malades. J'ai un doute.

J'ai également croisé Macha Béranger qui rôdait dans les alentours, les yeux injectés de sang et le regard salement halluciné. Au moment où je vous parle, elle est en train d'essayer de creuser une galerie sous la porte blindée du studio avec ses pattes de devant… J'espère que les chapeaux vous excitent, Rocco, sinon vous allez passer un sale quart d'heure. Les hululements qu'on entend, là ? Non, ce n'est pas Macha, c'est Christine Boutin. Quand je suis passé à côté d'elle, elle avait arraché quasiment tous ses vêtements – il lui restait juste sa gaine et ses chaussures de sécurité – et elle effectuait une sorte de danse rituelle de la fécondité, un peu comme le célèbre haka des All Blacks, en poussant des cris de désir qui m'ont fait froid dans le dos et conforté dans l'idée que la progression de la grippe aviaire a été sous-estimée par les autorités sanitaires.

Comme les spectateurs du studio 106 l'ont sûrement remarqué, notre ami Stéphane a les traits tirés et le visage marqué par le manque de sommeil, ce matin. De toute évidence, il n'a pas fermé l'œil du week-end tellement il était inquiet pour son amie, Carole Rousseau, victime d'un malaise en direct sur Eurosport, alors qu'elle jouait le rôle de la main innocente dans le tirage au sort de la coupe de la Ligue des champions. Lorsque l'animatrice de TF1 est tombée à la renverse, le maire de Paris, Bertrand Delanoë, qui se trouvait juste à côté d'elle, s'est précipité pour l'aider à se relever. Résultat, Carole est retombée dans les pommes aussi sec. Mon diagnostic : il faut impérativement que Delanoë renonce définitivement à s'occuper de tout ce qui a un quelconque rapport avec un événement sportif. Il porte la poisse.

Une fois remise de son malaise, l'animatrice a fait le commentaire suivant : « C'est la honte de ma vie. » Manifestement, Carole n'a vu aucune des émissions de télé qu'elle a présentées depuis dix ans.

Je vous rassure, *a priori,* ce n'était pas grave, juste un malaise vagal.

Ça peut arriver à tout le monde. Moi-même, j'en fais un à chaque fois que je reçois ma fiche de paye de France Inter…

Je n'ai pas encore lu votre bouquin, M'sieur Siffredi, mais si j'en crois le nombre d'émissions de télé dont vous avez été l'invité depuis deux jours, il doit être sacrément bien écrit. Il me semble vous avoir vu chez Denisot, vous étiez déjà chez Stéphane, sur Canal +, samedi soir… Décidément, vous êtes devenus inséparables… Comme je vous ai encore vu, chez Ardisson cette fois, quelques heures plus tard, je me suis dit : « C'est bon, il va toutes se les faire ! » – je parle des émissions – et je ne vous cacherai pas qu'en allumant mon poste hier matin pour regarder *Le Jour du Seigneur,* j'avais le cœur qui battait. Je ne devrais pas dire ça à un Italien, mais je suis sûr que vous portez la soutane à merveille… le plus grand chapiteau du monde… J'ai regretté de ne pas vous voir non plus chez Michel Drucker, qui est quand même le seul présentateur de télé à être accompagné en permanence d'un chien dont personne n'a jamais vu remuer la queue. C'était l'occasion de pallier cette carence…

Il y a au moins un plateau de télé où vous n'étiez pas, c'est celui du journal de Claire Chazal, hier soir : elle recevait notre sex-symbol à nous, les Français, et qui n'a rien à vous envier, M. Siffredi. Il s'appelle Dominique. Dominique de Villepino !

Si vous voulez, je vous offrirai une photo de lui à la plage, torse nu, dans un caleçon de bain très ajusté… Et je peux vous dire que, lui aussi, il a des arguments. Même sur ce plan-là, il n'a décidément rien à vous envier. Vous savez comment on l'a surnommé dans son quartier,

M. de Villepin ?… Rocco et ses frères !… Ha ha !… Il fait moins le cako, là, Aldo Maccione ! En plus, depuis qu'il s'est fait piquer à la Réunion par un moustique particulièrement vicieux – n'oublions pas que ce sont les femelles qui piquent – elle a triplé de volume ! C'est un des effets secondaires du chikungunya !… Où en étais-je ?… Notre Premier ministre, Dominique de Villepin, était interviewé par Claire Chazal, hier soir. Ce qui est bien avec Claire, c'est qu'elle sait ne pas interrompre à tout bout de champ ses interlocuteurs politiques. C'est bien simple, à la fin de l'interview, je m'étais déjà tellement habitué à ne plus entendre Claire Chazal que j'ai presque été surpris que Villepin ne termine pas de présenter le journal tout seul. J'avais l'impression que c'était son joker… En tout cas, le Premier ministre a été catégorique : il ne retirera pas le CPE

J'explique à Rocco ce que c'est, sinon il ne va rien comprendre. Le C.P.E., ou Contrat Première Embauche, c'est la possibilité pour un employeur de pouvoir licencier selon son bon vouloir, et pendant deux ans, n'importe quel jeune de moins de 26 ans. C'est pour aider les patrons émotifs à avoir moins peur d'embaucher des jeunes. Par exemple, imaginons qu'un patron embauche un jeune et voilà-t-y pas que ce jeune fait une grosse connerie. Grâce au C.P.E., le patron peut le virer avant qu'il n'en fasse une deuxième. Donc, sachant cela, il est rassuré.

Illustration : un jeune vient de démarrer dans son job et conseille à son patron de dissoudre l'Assemblée nationale, alors qu'il n'y a aucune raison valable de le faire. Le patron, qui n'est pas forcément une lumière, se dit *in petto*: « Ce jeune m'a l'air dynamique, je vais suivre son conseil ! », et il dissout l'Assemblée nationale. Résultat : il perd la majorité et offre le pouvoir à ses opposants sur un plateau. C'est la boulette. La méga boulette !...

Il est donc à la fois naturel et légitime que, pour avoir incité son patron à faire une connerie aussi monumentale, le jeune en question soit viré *illico presto*... Je dirais même qu'un bon coup de pied où je pense en guise d'indemnité ne serait pas mal venu. Quand on a été mauvais, on le paie, c'est normal... Ce n'est pas de l'ultralibéralisme, c'est du bon sens... Ah, on me dit dans mon oreillette que le jeune en question est toujours en fonction ; il semblerait même qu'il ait eu de la promotion et qu'il soit devenu Premier ministre... Autant pour moi !... Ce devait être un CPE aménagé qu'il avait, ce jeune...

Mais revenons à Dominique de Villepin, qui a prouvé une fois de plus hier soir qu'il ignorait la langue de bois. Par exemple, il a dit : « J'aime la France et les Français. » Je ne sais pas vous, mais moi ça m'a fait quelque chose. C'est la première fois qu'un Premier ministre me dit qu'il m'aime. À tous les étudiants qui m'écoutent, je veux dire ceci : quelle que soit l'intensité avec laquelle les CRS et les gardes mobiles vous manifesteront leur affection dans les jours qui viennent, dites-vous bien qu'ils ne sont que les porteurs du message d'amour que vous adresse le

Premier ministre. À chaque coup de matraque d'un CRS, n'oubliez pas de lui dire : « Merci Cupidon ! » Il appréciera… Ça me fait penser à ces vedettes du show-biz qui déclarent dans les interviews : « J'aime les gens. » Moi, je pensais que dans la vie on aimait *les* animaux ou *les* endives au jambon et que, à côté de ça, on aimait *des* gens en particulier. Eh bien non. Il y en a qui aiment *les* gens. En bloc. Mais si tu creuses un peu, tu t'aperçois que ceux qui aiment *les* gens commencent à moins les aimer dès lors que *les* gens en question ont l'impudence de prétendre télécharger leur nouvel album gratuitement sur Internet… Donc, je vous disais que M. de Villepin ne connaît pas la langue de bois. Outre sa déclaration, il a ajouté, hier soir : « Je n'accepte pas de laisser tous ces jeunes au bord du chemin. » Je ne voudrais pas dire, mais le gars qui lui écrit ses discours, à Villepin, il le mérite son CPE !

« Les jeunes au bord du chemin », c'est du brutal. Et en fin d'interview : « Ma personne n'a aucune importance dans cette affaire. » Ben voyons !

Schmoll is beautiful
Eddy Mitchell, lundi 23 octobre 2006

Comme je savais qu'Eddy Mitchell venait ce matin, j'ai regardé le résumé de la *Star Ac*, hier soir. Juste pour éprouver le bonheur ineffable d'imaginer notre invité dans la peau d'un élève de la *Star Ac*.

Eddy Mitchell au cours de danse de Kamel Ouali, ça aurait de la gueule ! Essayez, comme moi, de visualiser Kamel pendant le cours, pesant de tout son petit poids sur la banane d'Eddy pour le forcer à faire le grand écart facial sur un standard des Village People, et surtout Kamel après le cours, au service traumatologique de l'hôpital de Dammarie-les-Lys, après qu'Eddy lui a signifié sa désapprobation.

Pour accroître encore le plaisir, représentons-nous maintenant Eddy Mitchell éclatant en sanglots après avoir entendu Raffie lui expliquer qu'il avait fait un très mauvais *prime* vendredi soir et que, pour la peine, il serait privé de son duo avec Nolwenn. Pauvre Schmoll ! Je le vois d'ici, en salle CSA, en train de confier à la caméra son immense détresse, tout en reniflant : « Pourquoi ?... Pourquoi elle m'a dit ça, Raffie ?... Pourtant, elle le sait que je porte des santiags à bouts métalliques !... C'est tellement dommage de perdre ses deux rotules en même temps ! »

Naturellement, après cet incident, Eddy aurait été convoqué dans le bureau de la directrice, Alexia Laroche-joubert, *alias* l'adjudante Chanal de Dammarie-les-Lys, pour se faire vigoureusement rappeler à l'ordre. Je vois bien la scène : Alexia en train de danser debout sur son bureau devant Eddy, avec cette grâce et ce naturel qu'on peut admirer chaque vendredi soir, pendant les *prime*, mais sur un rythme encore plus frénétique que d'habitude, vu que le chalumeau, c'est super-efficace pour apprendre à danser, surtout si on a la plante des pieds sensible ! Encore mieux qu'Eddy Mitchell élève de la *Star Ac*, essayons d'imaginer maintenant Eddy Mitchell prof à la *Star Ac*. Le programme devrait ressembler à peu près à ça : « Bon les enfants : ce matin on va regarder un western de 1952, avec Robert Mitchum, *La Colline des scalpés*. Pour cet après-midi, je vous ai déniché un polar de 1957, *La Valse des parabellums*, avec Robert Michum dans le rôle du privé, et pour ce soir, que diriez-vous d'un grand film d'aventure de 1954, avec Robert Mitchum : *Escapade en Birmanie* ?... Entre chaque film, bien sûr, il y aura des dessins animés de Tex Avery, et vous pourrez manger des esquimaux : l'essentiel, c'est que vous ne chantiez pas !

En fait, je suis injuste avec le corps enseignant de la *Star Ac*, dont la pédagogie s'améliore de jour en jour. Ainsi, dans le résumé d'hier soir, on a vu des images du cours de chant de la veille, et ma foi, elles étaient fort encourageantes. Le professeur, Richard Cross, faisait chanter les élèves avec un bandeau sur les yeux. Qui sait : la prochaine fois, il les fera peut-être chanter avec un bâillon sur la bouche ? Ça va devenir presque supportable, la *Star Ac* ! Par contre, j'ai sérieusement tiqué en découvrant que vendredi soir, pendant le *prime,* le jeune Gaël avait osé chanter ceci : « *De tu querida presencia, Comandante Che guevara.* » Attention, camarades !... Il y a des limites au mélange des genres. Quand j'écoute les chœurs de l'Armée rouge, ce n'est pas pour les entendre chanter *Tata Yoyo* ! Pas touche au Che, sinon, avec quelques amis barbus, on va venir vous rejouer la prise du palais d'Hiver au château. Et ça ne sera pas du Robert Hossein ! Il y a des têtes qui vont tomber ! Avec d'autant plus de facilité qu'il n'y a pas des masses de cordes vocales pour les maintenir attachées au tronc de ces jeunes gens ! Le Che à la *Star Ac*, ça va pas la tête ? On en reparlera le jour où les Petits Chanteurs à la croix de bois mettront *Le Curé de Camaret* à leur répertoire, bande de sociaux-traîtres ! À quand une comédie musicale sur la Commune de Paris avec Ève Angéli dans le rôle de Louise Michel ? On pourrait peut-être aussi demander à Eddy d'aller jusqu'au micro pour nous chanter *Où sont les femmes ?* de Patrick Juvet. Je suis sûr qu'il en rêve depuis des années. Vous avez peur de ne pas attraper la bonne tonalité ?... Pas de problème, on va vous donner un coup de main : Apportez une pince-monseigneur pour aider Eddy, s'il vous plaît !

En tout cas, vous êtes sacrément verni, monsieur Schmoll, de n'avoir pas été invité par Michel Drucker hier après-midi. Figurez-vous que Michel a fini par entendre les critiques que je lui fais régulièrement sur cette antenne, à savoir que son style d'animation manque parfois légèrement de dynamisme, au point que certains membres de son public sont amenés à décéder sur le plateau de *Vivement dimanche* sans avoir eu l'occasion de se réveiller pendant l'enregistrement. C'est comme pour le choix de ses invités. Il arrive qu'ils ne soient pas de toute première fraîcheur. Le bruit court qu'il envisagerait même d'inviter Sheila dans les semaines à venir, à la condition, bien sûr, que le directeur du musée des Arts premiers lui accorde une permission de sortie exceptionnelle...

Bref, Michel Drucker a fini par m'entendre, et il a décidé de redresser la barre, de faire dorénavant une émission vraiment *rock and roll*!

C'est pourquoi il avait invité sur son plateau hier le gratin de la scène grunge française : Jean-Jacques Debout, Michèle Torr, Daniel Gérard, Gilles Dreu, Annie Philippe, Richard Anthony, Leny Escudero et Franck Alamo ! Yes !

Vous verriez la tête d'Eddy Mitchell, chers auditeurs : il est furieux de ne pas avoir été invité ! Quel plateau, les amis. J'étais quand même un peu angoissé pour Drucker. À tout moment, je m'attendais à voir Pascal Sevran débouler sur le plateau en gueulant : « Rends-les, y sont à moi ! » Quand Franck Alamo est arrivé sur scène, j'ai compris à qui il pensait quand il a chanté *Biche, ô ma biche* : sa prothésiste dentaire, c'est sûr ! Il a des dents incroyablement blanches, Franck Alamo. Je ne sais pas où il les trempe, mais ça décape ! Il y avait aussi Richard Anthony, sur lequel j'ai cru remarquer une très légère surcharge pondérale. J'ai appris à cette occasion qu'il avait fait pas moins de dix enfants à ses différentes compagnes, huit garçons et deux filles. Étonnant ! Il a fait encore plus fort que Philippe de Villiers ou le père de Ségolène Royal, Richard Anthony. Mais pour des raisons essentiellement mécaniques. Quand tu n'as pas vu ton sexe depuis des années, enfiler une capote devient un vrai problème...

Mais le grand moment de l'après-midi, ce fut lorsqu'un dénommé Michel Orseau s'est mis à chanter *Les Marchés de Provence* en voulant imiter Gilbert Bécaud à ses débuts. Le pauvre gars sautait dans tous les sens, comme un furieux, en général à contre-temps, j'en avais de la peine pour son pacemaker !... C'était pas M. 100 000 volts qu'il nous interprétait, mais plutôt M. Tourista !... On aurait dit un membre des Sex Pistols en surdose de dragées Fuca !... Michel Drucker est vraiment le plus fort. La plupart des producteurs sans imagination ni scrupules font de l'audience avec des chanteurs morts. Lui en fait avec des chanteurs qui gagneraient à l'être, bravo !

SEVRAN, LES ANTÉCÉDENTS
Pascal Sevran, mardi 8 mars 2005

Permettez-moi, les amis, d'adresser mes plus chaleureux remerciements et mes plus sincères félicitations à Michel Drucker pour la qualité de son invité d'avant-hier après-midi. Oui, je sais, remercier et féliciter Michel Drucker, c'est un peu comme ouvrir le feu sur tout ce qui bouge, de préférence les civils, les femmes et les enfants quand on est une patrouille de l'armée américaine en mission de pacification à Bagdad : c'est redondant… Mais quand même, vraiment, Michel Drucker le mérite : trois heures d'émission avec Pascal Sevran, alors que les téléspectateurs de France 2 venaient de s'en cogner une heure entière en sortie de *Jour du Seigneur,* c'était vraiment judicieux comme programmation. Sans compter que Pascal Sevran est un personnage dont la profonde humanité fait honneur au service public. Le maire de Paris en personne, Bertrand Delanoë, a déclaré à la caméra de Michel Drucker : « Pascal, tu as le soutien du maire de Paris et de la Ville de Paris. La chanson nous enchante, nous aimons avoir la larme à l'œil parce qu'il y a de la poésie dans la chanson. » Vous noterez que Delanoë s'exprime désormais comme Louis XIV. Et ce alors qu'il n'est que maire de Paris ! Qu'est-ce que ça sera si on l'élit président de la République : à tous les coups, il va s'acheter un bicorne et se passer la main dans le gilet ! À propos de ses relations avec Pascal Sevran, Bertrand Delanoë a ensuite précisé : « C'est une amitié montmartroise, c'est Dalida, Mitterrand, on ne pense pas toujours pareil, mais on s'en fout, c'est une affection indiscutable… » Tiens, justement, voyons un peu ce qu'il pense, ce bon Pascal Sevran, dont Michel Drucker et la télévision publique française paraissent si fiers. C'est à la page 17 du dernier épisode de son journal de l'année, publié par Albin Michel : « *Paris, 5 décembre.* Le branquignol en chef des conseillers verts à la Mairie de Paris exige que l'église Saint-Nicolas du Chardonnet soit transformée en dortoir pour les sans-papiers. Il faut avoir l'âme bien basse pour ordonner la transformation des bénitiers en bidet. » Fin de citation. J'espère que vous apprécierez la délicatesse du sous-entendu. Si j'ai bien compris la formule « transformer des bénitiers en bidet », ce bon Pascal Sevran est en train de nous expliquer que si on laisse entrer des sans-papiers, c'est-à-dire en général des Nègres et des Sarrasins, dans une église, ils vont se mettre à copuler frénétiquement, ce qui est somme toute logique, puisque ce sont des animaux… Je ne serais d'ailleurs pas si étonné que ça, si certains s'en prenaient au curé de la paroisse, après tout, la soutane, ça prête à confusion. Et une fois leurs bas instincts satisfaits, les femelles sans-papiers iront faire leurs répugnantes ablutions dans les bénitiers de l'église. Quelle délicieuse rhétorique, mon cher Pascal!... Au fait, vous avez oublié : après avoir copulé sous la statue de la Sainte Vierge, il n'est pas du tout exclu qu'un ou plusieurs de ces Nègres aillent déféquer dans la sacristie... Et en plus, ce sont des sans-papiers!... Bon, vous allez me dire, sur 280 pages d'anecdotes palpitantes, une petite phrase raciste qui vous sort de la plume, comme ça, ça peut arriver. Le problème avec Sevran, c'est que la petite phrase en question n'est pas franchement surprenante quand on lit celles qui sont censées en être de plus grandes, celle-ci par exemple, page 172 : « La démocratie c'est aussi, hélas, qu'on le veuille ou non, le droit de vote à des foules qui croient que Picasso est une marque de voiture et Rembrandt un tube de dentifrice... »

Donc je récapitule : les sans-papiers sont pires que des bêtes, et les abrutis incultes qui composent mon public sont trop cons pour voter !

Bravo à Bertrand Delanoë pour sa fidélité en amitié. Dans le cas de celle qui le lie à Pascal Sevran, il est heureux qu'elle soit « indiscutable ». Car dans le cas contraire, j'aurais bien peur que le niveau de la discussion ne soit pas à la hauteur de sa fonction.

Au fait, cher Michel Drucker, c'est quand qu'il est invité Bruno Gollnisch ?...

Sevran, les antécédents

Papier diffusé plus de dix-huit mois avant que la presse ne s'intéresse au cas Sevran… C'est à croire qu'aucun journaliste n'avait jamais lu un de ses livres…

SEVRAN… TAMPLAN
Pascal Sevran, mardi 6 janvier 2004

Bonjour Pascal Sevran. Alors comme ça, vous vous ennuyez le dimanche… Vous n'êtes pas le seul. C'est vrai que le dimanche, à la télé, il n'y a pas grand-chose à se mettre sous la dent ! Je déconne.

Je vous ai regardé avant-hier et j'ai été frappé par le nombre impressionnant d'anciens de la *Star Ac* et autres naufragés de *Pop stars* que vous recevez dans votre émission. On peut penser ce qu'on veut de la canicule, mais elle aura au moins eu le mérite de rajeunir votre programmation. Marcel Amont et Georgette Plana ont enfin cessé de vous harceler. Ouf! D'un autre côté, c'est vrai que vous avez dû avoir aussi pas mal de décès parmi vos téléspectateurs, mais bon, comme vous passez juste après *Le Jour du Seigneur,* on peut considérer qu'ils ont bénéficié des conditions idéales pour accéder à l'au-delà : une bonne messe, une chanson d'Alice Donna par-dessus et, franchement, tu quittes ce bas monde sans aucun remords. Je déconne toujours.

C'est parce que je sais qu'Alice Donna est en coulisse et qu'elle nous écoute. J'ai énormément de considération pour elle. Arriver à supporter Laurent Boyer depuis tant d'années, ça force le respect. Je le connais bien, Laurent Boyer. On est allés au lycée ensemble. Mais lui n'est pas entré. Dans l'émission de dimanche, Pascal, j'ai également constaté avec plaisir que vous aviez toujours vos couples de danseurs hallucinants. J'adore comme ils sont fringués… Quelle bonne idée d'avoir embauché le styliste de l'équipe de patinage artistique de Roumanie de l'époque Ceausescu ! Ah, ils ont la patate vos couples de danseurs. C'est pas des mous du bassin… En revanche, vous vous êtes trompé en lançant la séquence. Vous avez dit qu'ils allaient danser une salsa, et, en fait, pour avoir pas mal voyagé en Amérique latine je peux vous assurer que ce n'était pas une salsa qu'ils ont dansée mais une tourista ! J'ai bien reconnu les symptômes !

Bon, soyons un peu sérieux. Parlons de votre bouquin. Extrait du journal de l'année 2003 de Pascal Sevran. Nous sommes page 105. « *Paris, 12 juin.* Un jeune homme aux cheveux longs est tombé à genoux devant moi à 21 h 40 hier sur le pont de la Tournelle. Le jeune homme s'est relevé, il m'a dit des mots bouleversés qui n'étaient pas d'un fou et nous l'avons regardé s'éloigner en dansant, “ il est au bord des larmes, m'a dit mon ami Christian. Ça fera une jolie scène dans ton journal.” »

Hé, hé! Raël, bonjour !… Bien. Je demande aux paralytiques qui sont venus ce matin au studio 106 de se mettre en file indienne dans l'allée centrale, Pascal Sevran viendra les toucher en fin d'émission. Si vous souhaitez déposer des offrandes ou sacrifier un mouton en l'honneur de notre invité, une chapelle a été spécialement aménagée dans la coulisse. Si je comprends bien, le 12 juin dernier vous vous baladez avec des potes sur le pont de la Tournelle, un jeune homme aux cheveux longs tombe à genoux devant vous, il se relève, vous dit des mots bouleversés, repart en dansant, tout en ayant les larmes aux yeux et, à part ça, il n'est pas fou!… Ma foi, vous avez sûrement raison… Il ne vous a pas demandé de lui dédicacer son entonnoir?… Oui, alors dans ce cas il n'y a aucun doute, il était parfaitement sain d'esprit… Sacré Pascal Sevran!… C'est vraiment la qualité que je préfère chez vous: la modestie. Je parle de la vraie modestie, celle qu'on n'affiche pas, par pudeur, mais aussi pour ne pas susciter la jalousie de tous ceux qui n'ont pas la chance de l'être autant que vous. Ne vous fiez pas à ce que vous avez entendu depuis trois quarts d'heure, chers auditeurs. Sous ses airs un peu jobard, Pascal Sevran est un concentré d'humilité. C'est simplement de l'humilité refoulée. Mais qu'il n'hésitera pas à laisser pleinement s'exprimer le jour où le reste de l'humanité se décidera enfin à être constituée d'autre chose que d'une bande d'abrutis incultes et de feignasses gauchistes. Page 46. « *Paris, 11 mars.* Une centaine de militaires du GIGN au garde-à-vous, à la minute même ou je traverse la cour du ministère de l'Intérieur pour me rendre à l'invitation à déjeuner de Nicolas Sarkozy... » Ouaaaah!... Cent militaires du GIGN dans la cour de la Place Beauvau rien que pour vous accueillir, Pascal!... Et au garde-à-vous de surcroît. Mazette! Il faudra que vous nous expliquiez ce que vous entendez par « au garde à vous ». En tout cas, je vous félicite, képi bas, mon colon, képi bas. Et quand vous êtes sorti pisser, Sarko vous a envoyé la garde républicaine pour vous accompagner? Alors comme ça, vous aussi vous êtes tombé dans le panneau? L'épidémie de Sarkopathie atypique a fait une nouvelle victime. J'ai envie de dire: pas vous, Pascal Sevran, quand même! Vous, l'écrivain, l'homme de culture, comment avez-vous pu vous laisser embobiner par ce Brutus des beaux quartiers sans foi ni loi ni lettres?

Ce gars-là n'a jamais ouvert un livre de sa vie, ni vu un film ou une pièce de théâtre.

Il n'y a qu'une chose qui l'intéresse: la prise de pouvoir. Mitterrand aussi, me direz-vous, mais lui au moins méritait l'estime des écrivains. Le dernier bouquin que Sarkozy ait feuilleté, c'était le bottin téléphonique du commissariat central de La Courneuve, et s'il l'a ouvert, c'est uniquement pour faire disparaître les bouts de cuir chevelu de suspects collés entre les pages... Pardonnez-moi de vous infliger des plaisanteries aussi typiquement soixante-huitardes, j'espère que ça ne vous indispose pas trop. Cette culture soixante-huitarde dont vous dites, page 47 de votre livre: « Si le ministre de l'Intérieur pouvait dire vrai, si enfin on allait être débarrassé de cette chienlit ! Comme lui, je crois au mérite, et au devoir qui précède le droit, comme lui, je hais les avachis. » Bigre ! Quelle profession de foi ! À propos d'affaissement funeste, Pascal Sevran, permettez-moi de vous renvoyez quelques lignes plus loin, lorsque vous concluez le récit de votre déjeuner avec Sarkozy par ces mots : « Au dessert, je lui ai dit : « Et la Corse, monsieur le ministre, on en finit quand avec cette histoire ? » Il a levé les bras et les yeux au ciel, il a souri, et il m'a dit : « Appelez-moi Nicolas, voulez-vous ? Je vous appellerai Pascal, et n'en parlons plus. » » Fin de citation. Nicolas a raison, mon cher Pascal. N'en parlons plus puisque ces quelques lignes disent tout. Et en tant que représentant de la chienlit, je m'en voudrais d'être obligé de fustiger à mon tour les avachis, avec une mention particulière pour ceux qui s'avachissent aux pieds des puissants.

Solidarité avec Geneviève
Geneviève de Fontenay, lundi 5 décembre 2005

Merci de me donner la parole, Stéphane, et pardonnez-moi si j'en use, une fois n'est pas coutume, avec une certaine solennité, ce matin. Je souhaite en effet associer ma voix à celle de la camarade Geneviève de Fontenay, pour fustiger la funeste dérive mercantile que connaît l'élection de Miss France depuis son rachat par l'infâme consortium batave appelé Endemol et dont l'affairiste Arthur figure la tête de pont en France. J'ai bien dit « tête de pont », ne commencez pas à faire du mauvais esprit.

En effet, avant-hier soir, pour la première fois depuis la création de cette grande manifestation à la fois culturelle et émancipatrice, les candidates ont été invitées à défiler devant le jury – accrochez-vous, car c'est du brutal ce qui va suivre – en bikini !

Absolument ! Vous avez bien entendu. J'ose à peine le répéter, tellement c'est monstrueux : ces demoiselles ont défilé en maillot de bain deux-pièces, ce qui explique l'interruption de séance de plus de trois heures qu'a connue le Sénat samedi soir, ainsi que le début d'érection enregistré chez deux membres de la commission des finances de la Haute Assemblée, ce qui n'était pas arrivé depuis l'intérim d'Alain Poher à l'Élysée, après la mort de Pompidou en 1974.

Inutile de vous préciser que cette dérive quasi pornographique a rendu Mme de Fontenay folle de rage. Elle se serait volontiers arraché les cheveux, si ces derniers n'étaient pas désormais collés à son chapeau, après avoir fondu lors de la canicule de l'été 2003. Elle l'a d'ailleurs déclaré au *Parisien* le jour même : « Au comité Miss France, on n'a jamais fait dans le débraillé ! »… C'est donc au nom des valeurs de la distinction et de l'élégance que Geneviève a cru bon d'ajouter : « L'important, chez Miss France, ce n'est pas qu'elle ait un nombril en forme de baignoire à mouche. Les gens veulent du glamour, pas du sexy. » « Un nombril en forme de baignoire à mouche »… Je ne connaissais pas cette jolie formule, ma foi… Moi qui me suis longtemps demandé ce que le mot « glamour » signifiait vraiment, ça y est, j'ai compris… J'adore Geneviève pour ça. Pour les types un peu rustiques, comme moi, elle est un merveilleux professeur de communication.

Grâce à elle, on sait comment s'y prendre pour faire un compliment à une femme du monde : « Ma chère, vous êtes très en beauté ce soir. Votre nombril en forme de baignoire à mouche m'enchante. Me laisserez-vous, ma mie, prolonger mon exploration plus avant afin de découvrir enfin l'épicentre de votre beauté qui est aussi l'objet de tous mes désirs ? Je veux parler, bien sûr, de votre aspirateur à morpions dont le capiteux parfum n'est pas sans rappeler les voluptueux effluves d'un livarot fermier dans la fleur de l'âge. » Avec ce genre de compliment, je peux te dire que tu emballes... Tu sors ça à Régine, elle te tombe dans les bras. Après, il te reste plus qu'à te faire hospitaliser.

Samedi matin, dans le jeu de TF1 animé par Jean-Luc Reichmann et intitulé *Attention à la marche,* Mme de Fontenay avait déjà vertement fustigé le port du string chez les femmes, toujours au nom de la distinction et de l'élégance, comme suit : « Les filles qui portent un string, on les reconnaît aux taches qu'elles laissent sur les banquettes en velours des autobus. » Il y a des jours comme ça où tu te dis que ça a beau être casse-gueule, rouler en scooter a du bon ! C'est vraiment dégueulasse, les filles. Je comprends mieux pourquoi il a du mal à se marier, le grand fiston à Geneviève. Xavier, il s'appelle. Vous savez, c'est ce gars avec le crâne rasé et les yeux à peine vitreux qui ressemble un peu à Michel Blanc dans *Monsieur Hire,* en légèrement plus inquiétant. Bon, il n'est pas aussi dangereux qu'il en a l'air, mais il vaut quand même mieux éviter de le laisser seul avec les filles. En général, il ne les étrangle pas jusqu'au bout, mais il y a eu quand même des lésions cérébrales à déplorer. Je sais : pour participer à une élection de Miss

France, ce n'est pas franchement handicapant, mais quand même…

Le jour où on adaptera la vie des Fontenay à la télé ou au cinéma, le rôle de Xavier, il faudra le confier à Thierry Frémont, il sera parfait pour ça… C'est vrai que lorsqu'on regarde le grand fiston de Geneviève, on se demande ce qu'elle a bien pu lui trouver, à Émile Louis…

Bref, la soirée a été rude pour la dirigeante du concours de Miss France, canal historique. D'entrée de jeu, Jean-Pierre Foucault a donné le ton en attaquant par la phrase suivante : « Je vous invite maintenant à revoir les dix miches que vous avez élues au cours de la décennie écoulée. » Un lapsus, certes, mais ô combien révélateur du nouvel esprit qui préside dorénavant aux destinées de cette grande fête de la beauté et du terroir, désormais aux mains du capitalisme apatride et de ses brutaux supplétifs, lesquels ne dissimulent pas leur volonté de rentabiliser au maximum la plastique de ces demoiselles.

Manifestement décidés à briser psychologiquement la malheureuse, qui n'a jamais fait mystère de son engagement dans la IVe Internationale aux côtés d'Arlette Laguiller, les nervis de chez Endemol lui ont imposé un jury composé des personnalités suivantes : Johnny Hallyday et madame, Mathilde Seigner, Jean Reno, Marlène Jobert, bref, que des gauchistes !… Il y avait aussi la chanteuse Jenifer, dont le positionnement politique reste relativement flou, en dépit du fait que son principal tube s'intitule *Ma révolution.* Je suppose que la révolution en question désigne sa décision irrévocable de changer de marque de crème de jour ou de modèle de garniture périodique, ce qui ne devrait pas bouleverser outre mesure le cours de l'histoire. J'ai bien aimé quand Foucault a demandé à Jenifer de poser une question à l'Une des cinq finalistes du concours. Après force bredouillements, l'ancienne staracadémicienne a fini par dire : « Si tu deviens Miss France, tu t'orienteras dans quel genre d'action humanitaire ? » C'est dingue, ça. De nos jours, même quand tu montres ton cul, il faut que ce soit pour une bonne cause.

Chère Jenifer, en t'écoutant, la seule action humanitaire qui me vienne à l'esprit, c'est de te payer des cours de chant !

J'ai noté qu'en plus de deux heures et demie d'émission, Mathilde Seigner avait accompli l'exploit de ne pas proférer une seule connerie poujadiste ; j'espère qu'elle n'est pas malade. Quant à Johnny, il est resté égal à lui-même.

À la fin du programme, les organisateurs ont eu un mal fou à l'empêcher de ramener Miss Franche-Comté chez lui. En fait, il n'avait pas vraiment compris qu'il était au jury des Miss France. Il pensait participer à une procédure d'adoption et il trouvait d'ailleurs que c'était bien mieux organisé que la première fois, surtout au niveau du choix. Cette fois, au moins, il n'avait pas besoin d'apprendre le vietnamien. Alors qu'avec la petite Jade, il est obligé. Ben oui, le jour où elle saura parler, il faudra bien qu'il puisse communiquer avec elle… En tout cas, l'introduction du port du bikini s'est révélée payante en terme d'audience. L'émission a gagné 500 000 téléspectateurs par rapport à l'an dernier, et elle représente un événement de plus en plus porteur.

Ainsi, le numéro de *France Soir* daté de samedi était intégralement construit autour de cette élection, avec une photo de Miss Paris à la Une et le titre suivant : « Les miss défilent dans nos pages. » Effectivement, sur chaque page on tombait sur une photo de candidate, avec son autographe en dessous. Le problème, c'est que les photos étaient quand même sur deux colonnes et surtout positionnées au niveau de titres d'articles n'ayant rien à voir avec elles. Ce qui a occasionné quelques percussions sémantiques pas toujours très valorisantes pour ces demoiselles. Par exemple, sur cette page, vous voyez la photo de Miss Lorraine, *alias* Béatrice Thierry, 19 ans, 1,76 mètre, hôtesse d'accueil, et juste à sa droite, le titre suivant : « Nourri au sein de la bibliothèque rose. » Il s'agit du titre d'un papier sur la littérature enfantine. Là encore, ça passe.

Ça devient nettement plus embarrassant page 10, où à droite de la photo de Miss Berry, on peu lire : « Pétard au volant, mort au tournant. » Un titre d'autant plus ambigu que Miss Berry est plutôt bien roulée !... J'aime bien également le titre qui se trouve à gauche de la photo de Miss Touraine : « Escale en France pour les prisonniers de la CIA. » De là à en déduire qu'ils ont fait escale dans Miss Touraine, il n'y a qu'un pas. Mais le plus anxiogène est à la page 17. Au niveau du délicat minois de Miss Périgord, on peut lire : « Le yaourt attaque ! » Sympa pour Miss Périgord…

Revenons à l'émission proprement dite. Cindy Fabre, la Miss France sortante, est venu faire un dernier tour de piste sur le plateau, et comme elle n'arrêtait pas de parler, Foucault a fait la réflexion suivante : « Regardez comme la timide Cindy a pris de l'assurance depuis l'an dernier… » En réalité, sa volubilité était plus nerveuse qu'autre chose. Je ne serais pas surpris qu'elle nous couve une bonne dépression de derrière les fagots, notre Cindy. Il faut dire qu'un an sur les routes avec Geneviève, ça mine.

C'est sacrément ingrat, comme taf. Je ne donnerai qu'un exemple.

Depuis un reportage diffusé il y a quelques années sur TF1, plus personne n'ignore que, lorsqu'elle participe à un de ces interminables défilés régionaux qui constituent son ordinaire, et afin de garder ses protégées à l'œil, Mme de Fontenay a l'habitude de se cacher derrière les penderies pour uriner dans un seau à champagne – c'est à ce genre de détail qu'on voit qu'elle est vraiment de gauche, Geneviève. Bien sûr, il faut bien que quelqu'un aille ensuite le vider, le seau ! En général, c'est Miss France qui s'y colle ! C'est un sale boulot.

D'après Marc-Olivier Fogiel, qui l'a citée hier soir, la même Cindy Fabre aurait fait cette déclaration plutôt terrifiante : « Un jour, j'ai signé un autographe sur une poche qui s'est révélé être un anus artificiel. » Et elle aurait ajouté : « Je ne le savais pas, sinon j'aurais refusé. » Oh, la bêcheuse ! Après tout, elle s'en tire bien : on aurait pu lui demander d'en dédicacer un vrai ! Lorsque Fogiel a rapporté ces propos à la nouvelle Miss France hier soir, en ajoutant : « Voilà ce qui vous attend, Alexandra, vous en avez conscience ? », celle-ci a eu ce commentaire charmant : « Hé bé… Je vais découvrir de nouvelles choses, au moins… » Il faut dire qu'elle est de Pézenas, la petite, et que ça s'entend. Elle a beau avoir été élue par un jury de droite, je trouve qu'elle a l'air d'avoir une bonne nature, cette nouvelle Miss. Moi, à la place de Jean-Pierre Pernaut, je tenterais un échange standard : ma vieille Miss France contre la nouvelle. Elle vient d'une ferme ; au moins elle ne sera pas tentée d'y retourner !

SOLO ET LE BOLLOCH 2
Bruno Solo et Yvan Le Bolloch, lundi 31 janvier 2005

« Une comédie sociale » ; « On veut faire rire mais aussi réfléchir » ; « Haro sur l'ultralibéralisme » ; « Un message à faire passer »...

Et patati et patata !... C'est qu'ils seraient presque convaincants, nos deux lascars... Ils sont magnifiques ! On dirait deux altermondialistes de retour de Porto Alegre, avec chacun un passe-montagne dédicacé par le sous-commandant Marcos ! C'est qui ce rouquin tout malingre que vous nous avez amené ? Vous avez adopté un petit Brésilien ?

Je les imagine bien, nos deux Tupamaros, attablés chez Robuchon avec leur vieil ami Nicolas de Tavernost, le PDG de M6. Eh bien oui, les gros contrats, même entre trotskistes, ça se fête. « Allez Nico, avec nous : *De tu querida presencia, Comandante Che Guevara ! Hips !...* Hé, chef ! J'espère que c'est de la langouste équitable que vous nous avez servie, hein ? Non, parce que l'addition, par contre… On exige un soutien psychologique ! Ce n'est pas évident de quitter la table avec le P.I.B. du Burkina Faso sur la conscience ! Hips. » Ça, c'est du révolutionnaire ! Figurez-vous, chers auditeurs, que dans le cadre d'une enquête que je mène à titre bénévole pour démasquer les patrons voyous au péril de ma vie, je me trouvais la semaine dernière dans un établissement bancaire des îles Caïmans réputé accueillir les économies du cartel de Cali, du fils Pasqua, de Jean-Marie Messier, de Florent Pagny et de Kim Jong-II, le président de Corée du Nord. Je demande à être reçu par le directeur de la banque, señor Ernesto-Antonio Seilliéros, et alors que je patiente dans le hall, un caissier se met à montrer du doigt mon tee-shirt de *Caméra Café* avec un sourire jusque-là en criant : « El signor Bruno ! » Stupéfait, je lui dis : « Mais vous connaissez cet individu ? » Et il me répond : « Ma bien sour ! C'est lé signor Bruno ! Il vient tous lé mois avec la Sénorita Ophélie Winter. C'est oune ami. Il mé fait toujours cadeau dé ses valises dé billets quand elles sont vides ! »… J'étais outré : « Bruno Solo vient chez vous ! – Ma non, pas Bruno Solo. Il s'appelle Bruno Siffredi ! » Eh oui, chers auditeurs de gauche, je suis désolé d'avance de la désillusion que je vais vous infliger, mais Le Bolloch et Solo ne sont pas ceux que vous croyez. Vous avez entendu parler de Calt Productions, avec ses deux filiales, Calc pour le cinéma et i-Calt pour l'Internet ?…

Vous connaissez sûrement, c'est une très grosse boîte de prod. Ils occupaient auparavant un immeuble entier à Boulogne-Billancourt, la célèbre banlieue rouge, mais comme c'était trop petit, ils viennent de déménager. Ils sont toujours à Boulogne, mais rue Thiers, désormais.

Absolument, c'est un choix délibéré... C'est un personnage historique dont ils admirent la carrière, notamment au moment de la Commune.

Ils apprécient aussi son prénom : Adolf...

Calt produit donc actuellement la nouvelle série humoristique qui cartonne sur M6, *Kaamelott,* et qui génère déjà des bénéfices considérables, lesquels viennent s'ajouter aux sommes pharaoniques déjà accumulées grâce à *Caméra Café* et ses quelques produits dérivés : 48 DVD, trois albums de BD, un album de chansons, une ligne de vêtements, un jeu de société, une série limitée de Citroën Xantia, un magazine, des casquettes, des tee-shirts, des pin's, des préservatifs, des tasses, des sous-tasses, des sonneries de portable téléchargeables, des garnitures périodiques, des chèques-restaurant, des poupées gonflables et des cosmétiques capillaires. Quand on a le sens du commerce, il faut savoir aller au bout de ses compétences... Bref, nous sommes en présence d'une de ces sociétés audiovisuelles dont la rentabilité n'a d'égale que l'opacité de ses comptes. Naturellement, Calt Productions est officiellement dirigée par des prête-noms, une poignée de Tamouls illettrés extraits de leur foyer Sonacotra pour la circonstance et destinés à être jetés en pâture aux inspecteurs du fisc en cas de retour de la gauche au pouvoir... Mais qui tire les ficelles et ramasse le magot, à votre avis ?… Solo et Le Bolloch ! Altermondialistes de gauche, mes couilles, oui ! Comme dirait Arlette Laguiller, nous avons affaire à deux beaux empaffés de patrons ! Pourquoi croyez-vous que dans *Caméra Café* Bruno Solo joue le rôle d'un syndicaliste ? Parce qu'il les connaît bien, tout simplement : à force de négocier avec eux, et de les rouler dans la farine en leur accordant que dalle !… Pourquoi Le Bolloch interprète-t-il à merveille une caricature gominée de vendeur de bagnoles d'occasion ? Eh bien, c'est à force d'en acheter des neuves !…

L'autre soir, dans une émission de télé, Bruno Solo a déclaré à l'animateur : « Si je suis coincé sur un bateau avec Bernard Thibault et le baron Seillière, je sais qui je balance à la flotte. » Nous aussi, monsieur Solo, nous le savons. Quand vous le verrez, sûrement aujourd'hui même, surtout saluez de notre part votre ami Ernest-Ernest-Antoine, oui. Ses parents étaient abonnés au journal de Babar, c'est con… Franchement, allez faire un tour au siège de Calt Productions, vous ne serez pas déçu. Vous pourrez constater que le patronat de gauche, ça existe. Ainsi, dans le hall d'entrée, vous verrez, il y a deux ascenseurs. Au-dessus du premier, il est marqué : « réservé à M. Solo » ; et au-dessus du second : « accessible au personnel, sauf en cas de présence de M. Bolloch ». Oui, désormais Yvan refuse qu'on l'appelle Le Bolloch. Il estime que l'article singulier de son patronyme d'origine induit un doute funeste sur son intégrité physique ; un doute qui pourrait nuire gravement au moral de l'entreprise, notamment des secrétaires. Quant à l'espace détente, il est indiqué par une pancarte accrochée au-dessus de la porte d'entrée de la société, mais côté sortie. Sous-entendu : à l'intérieur on bosse. On sue de la plus-value pour les deux Bwanas ! Ah, vous faites une belle paire d'enfoirés de patrons ! Ça vous plaît, hein, de ramasser des monceaux de pognon rien que pour vos gueules ?… La coke, les putes, les grosses gourmettes dorées, ça vous fait kiffer, hein ?… Alors que pendant ce temps-là, sœur Emmanuelle n'arrive même pas à regarder M6 Boutique sur le poste noir et blanc de son hospice à cause de l'antenne qui est toute pourrie !… Dites-le que vous vous en tapez complètement de sœur Emmanuelle, bande de salopards !… Si vous l'aviez en face de vous, tout ce que vous seriez foutu de lui offrir, c'est un boulot de coursier à la pièce, en lui précisant bien que s'il y a le moindre pète sur le Piaggio, c'est pour sa pomme ! Vous me dégoûtez, messieurs, et je ne vous salue pas !

Souverain pontifiant
Philippe Sollers, vendredi 23 novembre 2007

En tant que chroniqueur télé du *Fou du roi*, j'annonce que je soutiens la candidature de Françoise de Panafieu aux municipales à Paris ! Après avoir regardé la *web télévision* de la candidate de l'UMP, Panaf TV, je suis convaincu : si on veut avoir de roboratifs sujets de rigolade dans les cinq années à venir, c'est Panaf qu'il vous faut ! Oui, je dis « qu'il vous faut », parce que moi j'habite en banlieue. C'est pour ça que je la soutiens ! Hé, je ne suis pas con, non plus ! Je récapitule. À l'instar de nombreuses personnalités politiques, Françoise de Panafieu veut absolument faire djeun, moderne, *hype*, *overground*, *mainstream* à donf ! Elle a donc demandé à ses collaborateurs de lui fabriquer une web télé pour sa campagne, histoire de bien montrer aux masses boboïsantes parisiennes qu'elle est au tip-top du *move* de la cyber-com. Et comme on pouvait s'y attendre, le résultat est gratiné. Une séquence fait un tabac sur Daily-motion depuis plusieurs jours. Un Parisien, pris au hasard dans la rue, pose une question sans concession à un jeune loup de l'UMP dont j'ai oublié le nom : « Oui, monsieur Duchemol, que comptez-vous faire pour agrandir les crèches et rétrécir les couloirs de bus ? » Contrechamp sur Duchemol en train de répondre, avec en arrière-plan un groupe de jeunes gens qui distribuent des tracts aux passants, groupe de jeunes dans lequel on reconnaît qui, à votre avis ? Le Parisien pris au hasard qui vient à l'instant de poser une question sans concession au candidat ! Et la plaisanterie va être ainsi rééditée trois ou quatre fois… Chacun des militants UMP distributeurs de tracts aura droit de poser une question sans concession à son chef, en tant que Parisien anonyme choisi au hasard. J'adore !… Les mecs, on leur demande de fabriquer une web télé pour être top tendance, et ils te font l'ORTF sous de Gaulle en 1965 !… C'est là qu'on prend conscience que, en politique, les bonnes vieilles méthodes restent les plus sûres. Pourquoi prendre le risque de donner la parole à de faux électeurs, alors qu'il est tellement plus simple et plus efficace de faire voter des vrais, mais morts. Une procédure éprouvée. Directement d'urne à urne. Gagnant, gagnant ! Jean Tiberi, lui, n'a pas besoin de s'emmerder avec une web télé. Il a un correspondant permanent au Père-Lachaise, point barre ! Sur le site de Françoise de Panafieu, on trouve également un abécédaire delanoïste qui s'aventure vaillamment sur le terrain de l'humour caustique, jeunisme oblige.

Exemple. « Contassot: adjoint au maire chargé de l'environnement, dont le nom se termine aussi mal qu'il avait commencé. » Yes! Ben oui : il commence par « con » et il se termine par « sot »... Ah, trop cruel! Faut faire gaffe, parce que c'est à double tranchant ce genre de petit jeu... On pourrait aussi faire remarquer que pour peu qu'on ait la langue qui fourche, Panafieu, ça pourrait commencer par « panade » et se terminer par « vieux »!

Bon, à part ça, je suis en train de lire vos mémoires, Philippe Sollers, et je suis un peu surpris. Je n'avais lu qu'un seul de vos livres avant celui-ci, et je vous connaissais essentiellement par la télé. Philippe Sollers, la providence des *talk-shows*: de l'esprit, de la repartie, une bonne tête de capucin épicurien qui aurait croisé les doigts sous sa soutane en prononçant son vœu de chasteté, avec l'œil qui frise et le regard qui pétille... C'est de la très bonne came pour la télé, le panéliste idéal. Une sorte de d'Ormesson avec le bicorne en moins et la prostate en plus!... Un ambianceur-né. Ce gars-là est capable de te dérider le plus endurci des pisse-vinaigre. Tu l'invites sur un plateau en même temps que mollah Omar et Christine Angot, et au bout d'un quart d'heure, t'as mollah Omar qui monte sur la table pour danser la tecktonik en chantant *Tata Yoyo,* pendant que Christine Angot entame un pot-pourri des meilleures histoires de Guy Montagné avec la voix de Raymond Barre! Voilà, c'est comme ça que je voyais Sollers. J'avais cru comprendre qu'il avait une forte inclination pour tout ce qui porte une tiare et roule en automobile debout, ce qui n'est pas si répandu que cela dans les contrées germano-pratines où il sévit. Eh bien son nouveau livre le confirme, Philippe Sollers est très branché papes.

Il kiffe grave les souverains pontifes en général, et les deux derniers en particulier. Il a, bien sûr, un gros faible pour Jean-Paul II, *la rock-star* de la profession, qui l'a reçu personnellement et lui a fait croire qu'il avait lu le bouquin qu'il lui avait envoyé, mais il ne néglige pas pour autant ce brave Benoît XVI, qui déchire moins sa mère que son prédécesseur aux J.M.J., certes, mais ne démérite pas dans ses spécialités : la messe en latin et la béatification de types pas très catholiques. C'est pour cette raison, d'ailleurs, que lorsque vous avez écrit, il y a quelques années, ce fameux papier dans lequel vous affichiez une coupable indulgence pour Édouard Balladur, monsieur Sollers, je ne m'en suis pas formalisé. Je me suis dit : « Il a dû craquer sur les chaussettes de cardinal d'Édouard, et il essaye de se mettre bien avec pour qu'il les lui prête, histoire de flamber à la soirée qu'organise Catherine Millet au sous-sol de *La Coupole*, sur le thème : « Plus y'a de goupillons, plus c'est bon ! » Eh oui, comme beaucoup de monde je suppose, monsieur Sollers, je vous percevais volontiers comme un solide libertin, pour ne pas dire un rude cavaleur.

Je me disais que lorsque vous aviez publié votre *Casanova,* vous aviez dû prendre très fort sur vous-même pour ne pas marquer « autobiographie » en sous-titre. Je me suis fourvoyé, semble-t-il. En effet, dans *Un vrai roman,* vous fustigez l'obsession sexuelle qui caractérise notre époque, et vous expliquez que le sexe c'est bien, à condition de commencer jeune et de ne pas trop s'éterniser sur la question lorsque le déclin s'annonce. En vous lisant, je me suis dit : « Ce Sollers est un sage. Il a compris qu'il faut savoir se ranger des voitures avant que la belle mécanique se dégrade, et de risquer de s'entendre répondre par le garagiste, lors d'une ultime et désespérée tentative de contrôle technique : « Allez, ce n'est pas si grave, ça peut arriver à tout le monde… On n'aura qu'à ressayer un peu plus tard. » » J'étais sincèrement impressionné par ce sens du renoncement, cette grande sagesse, somme toute prévisible, de la part d'un orientaliste aussi érudit que notre invité, jusqu'à ce que je voie Philippe Sollers sur le plateau du *Grand Journal* de Canal +, il y a quelques jours. Et que déboule sur ledit plateau la délicieuse et fort mutine préposée à la météo, la dénommée Louise Bourgoin, laquelle, disons-le tout net, est une pure bombe. Si vous aviez vu comment Sollers l'a regardée !… On aurait dit Maïté en train de contempler un confit de canard après six mois de mission humanitaire au Darfour ! Au secours ! Dans les yeux de la jeune femme, on pouvait lire la soudaine et muette interrogation suivante : « Mais où sont donc passés mes habits ? » Pour un type qui vient de se convertir à l'abstinence, j'ai trouvé que vous aviez le regard encore bien chargé en testostérone ! Moralité : chers auditeurs, lisez le bouquin de Philippe Sollers, car il le mérite, mais en ayant à l'esprit que le titre, *Un vrai roman,* est peut-être incomplet. En fait, ça devrait s'appeler : *Le Vrai Roman d'un authentique faux-cul*! Bon week-end…

Steevy met un tigre dans son cerveau

Steevy, lundi 9 avril 2006

Si vous n'avez pas regardé les « Questions au gouvernement » en direct de l'Assemblée mercredi dernier, vous avez sûrement vu cette séquence au Zapping : notre ministre des Finances, Thierry Breton, l'un de vos disciples, cher Stéphane, je veux dire sur le plan capillaire – j'espère pour vous que vous gérez mieux vos affaires que lui les nôtres –, Thierry Breton, donc, en butte aux quolibets de quelques députés chahuteurs, a lancé à la face du monde, en même temps qu'à celle de ses opposants par trop dissipés, l'admonestation suivante : « Allons messieurs, un peu de calme, nous ne sommes pas chez les Toutouyoutous, nous ne sommes pas chez les Toutouyoutous ! » Depuis, les plus folles conjectures circulent quant à la nature de ces mystérieux personnages. Qui sont-ils donc, ces « Toutouyoutous » ? Et de quelles funestes exactions se sont-ils rendus coupables, pour mériter d'être stigmatisés avec une si ébouriffante vigueur par le ministre le plus frisé de l'histoire de la Ve République ?…

Appartiennent-ils à une de ces redoutables tribus hostiles qui peuplent le *no man's land* extrapériphérique, tribu qui s'adonnerait à l'élevage de pit-bulls ayant la même tête que le chanteur Bono, d'où son nom : les Toutouyoutous ? Mystère et tube de gel… À ce jour, le ministre Breton, *alias* l'épagneul de Bercy, n'a fourni aucune explication à la nation sur cette curiosité sémantique. Qu'à cela ne tienne. Eu égard à la situation préinsurrectionnelle que connaît le pays, et vu le peu de sympathie que m'inspire globalement l'action du ministre des Finances, je n'hésiterai pas à lancer l'appel suivant : « Toutouyoutous de tous les pays unissons-nous ! Nous sommes tous des Toutouyoutous allemands ! Debout les damnés de la Terre, debout les forçats de la faim, nous n'étions rien, nous serons tout… Touyoutou ! » À part ça, j'ai jeté un œil sur *Le Maillon faible* hier soir, et c'était beaucoup moins bien que la semaine dernière. Il est vrai que l'émission diffusée le 1er avril devrait faire date dans l'histoire de l'élégance télévisuelle. Ce soir-là, les neuf candidats du jeu de TF1 étaient tous des travestis présentés comme des sosies de Laurence Boccolini, à qui je tiens à exprimer publiquement ma sympathie. Avec des sosies d'une telle classe, elle a dû prendre un vieux coup au moral, la pauvre.

Si je me souviens bien, il y avait Framboise qui officie chez *Michou,* à Paris, Paprika, du cabaret *L'Insolite*, à Orléans, Koka, du *Blue Boy* de Châteauroux, Mamita de *L'Artichaud,* à Oyonnax, et ainsi de suite. Je n'aurai pas l'indélicatesse d'évoquer la moyenne d'âge de ces demoiselles. Disons que, grâce à elles, nous avons eu la preuve qu'il y a eu des rescapés après la canicule de l'été 2003. Mais aussi que certains ont gardé de graves séquelles…

Le premier à se faire éliminer fut Mamita, sa ressemblance avec Édouard Balladur ayant provoqué la légitime hostilité des autres candidats. Framboise, pour sa part, ressemblait énormément à Raymond Barre, Paprika avait des airs de Claude Chabrol, Nello m'a fait penser à Mel Brooks et Koka était le portrait craché de Jean-Pierre Raffarin dans une vingtaine d'années… Ah, non, vraiment, c'était très gratifiant pour Laurence Boccolini d'être incarnée par des artistes d'un tel raffinement. Ce n'est pas qu'ils étaient moches, pas du tout !… Ils étaient juste monstrueux ! Conclusion : le sadisme affiché par Laurence n'est qu'une couverture. En fait, elle est gravement maso !

Et elle n'est pas la seule dans le métier, semble-t-il. Je crois me souvenir vous avoir aperçu sur le plateau de Mireille Dumas, mercredi soir, cher Stéphane ? Vous vous êtes encore fait embobiner, avouez ?

Mireille vous a dit : « Viens donc mercredi, je fais une émission sur les hommes de pouvoir, il y aura Jean-François Copé et deux ou trois autres invités, tu vas de te sentir bien ! » Résultat : Copé s'est barré du plateau au bout de dix minutes, et vous avez passé une heure et demie assis entre Jean-Marc Morandini, Philippe Candeloro et Évelyne Leclerc ! Et encore, vous avez eu de la chance dans votre malheur : les Balkany et les frères Bogdanov se sont décommandés *in extremis.* Une petite opération de chirurgie plastique de dernière minute les a retenus… Je parle des frères Bogdanov, car pour les Balkany, il n'y a plus rien à faire. Plus je regardais l'émission, et plus je me demandais ce que vous faisiez là, Stéphane. J'ai compris quand Évelyne Leclerc a expliqué que, depuis qu'elle avait arrêté la télé, elle était devenue le mannequin vedette, pour ne pas dire l'égérie, d'un fabricant de perruques fantaisie. C'était donc ça : une thématique !

J'ai bien aimé quand Mireille Dumas a expliqué qu'Évelyne Leclerc était disposée, je cite, « à effectuer toutes les prestations imaginables pour faire bouillir la marmite ». « Ah bon ? Toutes les prestations ? », s'est exclamé Stéphane avec une intonation gourmande dans la voix, malheureusement démentie par une lueur d'effroi intense dans le regard… Même ce brave Morandini, *alias* « l'idiot du village global », a compris à quoi vous faisiez allusion, et pour une fois, il a ri avec raison.

Vous imaginez l'ancien dir-com de Raffarin, Dominique Ambiel… Depuis qu'il est revenu à son métier d'origine, producteur de télé, il peut enfin aller aux putes après le boulot, peinard, sans personne pour l'emmerder… Il aperçoit une superbe rousse en train d'onduler lascivement sur les Maréchaux, la fait monter dans sa bagnole et là, le choc : c'est Évelyne Leclerc avec une perruque !… Du coup, c'est lui qui est obligé d'appeler les flics pour qu'ils le sortent de ce guêpier !

En plus des révélations se rapportant aux nouvelles activités d'Évelyne Leclerc, nous avons eu droit à un scoop incroyable : figurez-vous que Philippe Candeloro a un conseiller en communication audiovisuelle ! Comme le porte-parole du gouvernement, Jean-François Copé. Si ça se trouve, c'est le même ; cela expliquerait pas mal de choses... Vous vous rendez compte ?... Toutes les conneries proférées par Candeloro pendant les J. O. de Turin ont fait l'objet d'une expertise préalable, avant validation finale et mise à l'antenne ! C'est incroyable ! Du coup, je repense à la carrière de Thierry Roland et je réalise que c'était Alain Finkielkraut qui lui écrivait tous ses commentaires.

Un incident a perturbé la diffusion d'*On a tout essayé*, vendredi soir dernier. Des militants anti-CPE ont réussi à diffuser plusieurs panneaux revendicatifs pendant l'émission, qui a été interrompue quelques secondes, avant de reprendre normalement. On pouvait y lire ceci : « abrogation du C.P.E., abrogation du gouvernement, grève générale, blocage total ». Le fait que l'émission de Laurent Ruquier soit prise pour cible n'est pas spécialement surprenant, compte tenu de la présence dans son équipe du nouveau conseiller en communication de Nicolas Sarkozy, j'ai nommé Steevy Boulay.

En lisant sur le panneau de la subversion l'appel à un « blocage total », je me suis fait la réflexion suivante : « Avec Christine Bravo et Steevy dans la même émission, c'est le déblocage qui va être total ! »... Et ma foi, je ne fus pas déçu. Alors qu'il était question de la sortie du film *Les Brigades du tigre*, l'un des chroniqueurs a rappelé que le tigre en question était Georges Clemenceau, fondateur de l'illustre brigade, lors de son passage au ministère de l'Intérieur. Ce qui a suscité la question suivante de ce bon Steevy : « Le Clemenceau dont vous parlez, là, il a quelque chose à voir avec le porte-avions ? » Pendant quelques dixièmes de seconde, une chape d'incrédulité s'est abattue sur le plateau, suivie d'un bruit assez terrifiant, à mi-chemin entre l'organique, les ronflements d'un mammouth asthmatique, par exemple, et l'industriel, comme si une turbine du Clemenceau, justement, s'était emballée. En fait, il s'agissait du bruit que fait Christine Bravo avec son corps quand elle rigole.

Sacré Steevy. Depuis son adhésion spectaculaire à l'UMP, je l'adore.

J'espère qu'ils vont lui confier des responsabilités à la mesure de la publicité qu'il fait au mouvement de Nicolas Sarkozy. J'ai l'impression que, à l'UMP, ils doivent regretter amèrement de ne pas avoir institué un CPE pour les nouveaux adhérents de moins de 26 ans, avec possibilité de les virer sans préavis ni explication…

Disons-le tout net : pour toute une génération, Steevy est en train de devenir une sorte d'archétype du « jeune populaire ». Ce garçon est une vraie force de proposition. N'a-t-il pas préconisé, lors d'une précédente émission, que la France vende la *Joconde* pour combler une partie de sa dette ? Je transmets de ce pas cette bonne idée à notre ministre des Finances. Ça vous épate, hein, m'sieur Breton ? Vous voyez que tous les jeunes ne sont pas des Toutouyoutous ! Dans une interview récente à *Télé Star,* notre ami a déclaré : « Quand je vais à un meeting de Nicolas Sarkozy, je suis fier de mes idées. J'aurais dû être de gauche parce que j'ai vécu dans la misère. Mais je n'ai jamais pleuré sur mon sort. Tout ce que j'ai aujourd'hui, c'est le fruit de mon travail. » C'est que c'est un sacré bosseur, notre Steevy. Dans le loft, il n'arrêtait pas… C'était toujours lui qui passait l'épuisette dans la piscine pour ramasser les bouts de silicone qui flottaient après le passage de Loana et Jean-Édouard ! Souvenez-vous, naguère on disait volontiers qu'en France on avait la droite la plus bête du monde, et ce, alors que Steevy n'était encore même pas né. Comme quoi, même quand un programme est ambitieux, il ne faut jamais désespérer de l'atteindre un jour…

THE FRENCH BLUE TAPETTES !
Michel Aumont, lundi 10 septembre 2007

Le saviez-vous, Michel Aumont ? Dans le monde, il existe deux qualités de joueurs de rugby. Les premiers s'épilent la croupe, comme dirait notre ami Daniel Herrero, en dégustant du jambon Madrange ; les seconds cultivent leur pilosité d'origine, en dévorant de la bonne bidoche, élevée au grand air de la pampa. Vous surprendrais-je si je vous annonçais que les seconds ont flanqué une belle branlée aux premiers vendredi soir ? Qu'est-ce que je me suis marré devant mon poste de télé ! Et encore, ce n'était rien comparé à ce que je vais rigoler quand les îles Samoa vont nous finaliser l'épilation du maillot ! Moralité : il faut instituer d'urgence un régime spécial de retraite, juste pour Bernard Laporte ! J'espère que le rouge de la honte a empourpré le front des joueurs du XV de France quand ils sont rentrés au vestiaire, vendredi soir. Je dis « j'espère », car ça ne se voyait pas à l'œil nu, tellement ils mettent de crème de jour ! Eh oui, les gars, il va falloir réapprendre à courir avec un short !

Bien. Faisons le point sur l'état du sport hexagonal ces derniers mois : après un Tour de France exemplaire, qui a énormément contribué à populariser les métiers de la pharmacie vétérinaire, et un championnat du monde d'athlétisme d'Osaka où les Français ont étincelé de tous leurs feux tricolores grâce à une chatoyante médaille d'or de marche à pied, le sport qui fait rêver les enfants par excellence. Il est vrai que sur un plan purement esthétique, la gestuelle du marcheur produisant son effort maximal dans la dernière ligne droite est indépassable... Ceux qui ont déjà voyagé dans les pays tropicaux et qui par conséquent savent ce que c'est que d'avoir à traverser le plus vite et le plus discrètement possible le hall de l'hôtel en direction des toilettes pendant une crise de tourista comprendront de quoi je veux parler... Je disais donc : après un Tour de France grotesque et des championnats du monde d'athlétisme calamiteux, nous venons d'assister à une déculottée magistrale des Bleus en ouverture du Mondial de rugby, à Paris de surcroît. Conclusion : ça ne fait que quatre mois que Roselyne Bachelot est ministre de la Jeunesse et des Sports, mais je pense qu'elle devrait faire aussi bien que lorsqu'elle était à l'Écologie sous Raffarin. En tout cas, elle est bien partie pour !

Mais revenons à vendredi soir. Personnellement, rien qu'en voyant la cérémonie d'ouverture, j'ai senti qu'on allait bien se marrer. Sur la pelouse du Stade de France, on avait posé un immense carré en plastique à quatre couleurs, qui ressemblait étrangement au logo Windows de Microsoft – je suppose qu'ils doivent être sponsor, ou alors c'est un fameux coup de pub clandestine! Sur ce carré des centaines de figurants-danseurs vêtus de costumes ridicules, à mi-chemin entre Spiderman et Maya l'abeille, s'agitaient dans tous les sens, qui sautant en l'air, qui effectuant une galipette, qui un grand écart facial, avec, en guise d'accompagnement musical, des types qui tapaient comme des sourds sur des bidons géants. Le tout produisant une impression de bordel achevé et d'improvisation totalement foutraque.

Cerise sur le gâteau: le réalisateur était complètement à la ramasse, enchaînant faux plan sur faux plan. Et naturellement, les commentaires qui agrémentaient ce joyeux happening télétubique indiquaient clairement que le match qui allait suivre était gagné d'avance par les Français, vu que ces pauvres Argentins étaient tous des amateurs à moitié affamés, et je crois même avoir entendu un spécialiste expliquer que les Bleus faisaient très peur aux All Blacks parce qu'ils sont imprévisibles!... Ah oui!... Ils ont peur, ils ont très très peur, les Blacks!... Ils sont pétés de trouille!... « *Hou hou hou, we are very afraid!... Maybe, the French blue tapettes are going to play rugby again! We don't know! They are so imprévisibeul.* » Quelle rigolade! Entendons-nous bien, chers auditeurs ovalisants: si je me réjouis autant de l'humiliation du XV de France, ce n'est pas parce que je suis un mauvais patriote; c'est parce que je suis un mauvais consommateur! Je déteste qu'on essaye de me gaver contre mon gré.

Ça fait maintenant trois semaines que tous les médias, TF1 en première ligne, nous font bouffer du rugby jusqu'à l'écœurement, afin de transformer ce sport plutôt sympathique en machine à fric aussi frelatée que l'est devenu le football, ainsi qu'en instrument de propagande politique, avec son sélectionneur-ministre et un président Sarkozy qui s'est découvert une passion aussi soudaine qu'irrépressible pour le rugby, alors qu'il y a encore un mois de ça, il était persuadé que Camberabero était la capitale de l'Australie, et Chabal une marque de bifteck haché surgelé ! Parlons-en, de Sébastien Chabal. À force de voir son délicat minois à la télé dix fois par jour, j'en fais des cauchemars…

Cette nuit, j'ai rêvé que Chabal, fou de rage, me courait après dans un couloir de bus parisien. J'étais en Vélib, et lui à pied : je n'avais aucune chance ! Et je l'entendais qui gueulait : « Pourquoi t'as dénoncé Guy Môquet, tu vas le payer ! » Ah oui, alors ça, c'est la meilleure du week-end. Vous savez, Michel Aumont, pourquoi les Bleus ont perdu contre les Argentins, vendredi ? C'est pas parce qu'ils sont mauvais et qu'ils ont joué comme des boulistes arthritiques, c'est parce que cette ganache de Bernard Laporte, en proie à un furieux excès de zèle sarkozyste, leur a fait lire la lettre de Guy Môquet, comme à l'école, trois heures avant le match. Et selon des témoins, plusieurs joueurs en ont eu les larmes aux yeux. Pour faire court : le trop-plein d'émotion provoqué par cette lecture les aurait inhibés pendant la rencontre.

C'est-y pas mignon, ça?... « Pourquoi les Allemands y z'ont fait du mal à Guy Môquet, y sont méchants... hou hou hou! » Au moment où je vous parle, les All Blacks, ils doivent être morts de rire. Hé les gars, soyez sympas: le jour où vous affronterez les joueurs du XV de France, si tant est qu'ils passent le premier tour, évitez de leur faire votre haka, avec le doigt sur la gorge, là... On risque d'avoir des syncopes dans la ligne d'avants! Cela dit, il n'est pas très finaud, Bernard Laporte. Pour donner à ses gars le goût de la victoire, on évite de leur lire la lettre d'un communiste! Marie-George, elle a fait 2 % à la présidentielle!

Avant de conclure, Stéphane, permettez-moi de porter à la connaissance de nos auditeurs deux informations de poids. D'abord, je vous annonce que P.P.D.A. est revenu de vacances avec encore plus de cheveux sur le haut du crâne. Comme il est bien connu qu'il passe l'essentiel de ses vacances d'été dans son fief breton, j'en tire la conclusion scientifique suivante: les nitrates qu'on trouve en grande quantité dans l'eau du robinet en Bretagne ne font pas que favoriser la prolifération des algues vertes; ils contribuent également à la repousse des cheveux. D'où, j'imagine, le nom des autochtones: les Bigoudens.

Autre info essentielle: j'ai vu votre amie la baronne Nadine de Rothschild, il y a quelques jours, sur le plateau de l'émission de Laurent Ruquier. Elle venait présenter un nouveau produit qu'elle a elle-même conçu et mis au point, et qu'elle s'apprête à commercialiser.

Il s'agit, et c'est authentique, d'une pince à moule. Bravo Nadine ! Judicieuse invention que celle de la pince à moule. C'est ce qui s'appelle avoir le souci de ses partenaires…

Torton
Philippe Torreton, jeudi 20 septembre 2007

Ça me fait bizarre, les amis. Depuis que j'ai entendu Ségolène Royal déclarer, à propos de ses amis socialistes : « Pardonnez-leur, ils ne savent pas ce qu'ils font ! », et que je me remémore avec quel enthousiasme Philippe Torreton l'a soutenue pendant sa campagne, j'ai l'impression d'être assis à la même table que Marie-Madeleine !...

Je note également que M. Torreton est originaire de Rouen, et que c'est à Rouen que Jeanne d'Arc a été brûlée par les Hollandais... les Anglais, pardon ! Excusez-moi, tout ça se mélange dans ma tête... J'ajoute que si nous réduisons le patronyme de notre invité, Philippe Torreton, à ses initiales, ça fait P.T. Or, que fait un auditeur de France Inter quand il entend P.T. ? Il pense à « Parti des travailleurs », naturellement. Contrairement à l'auditeur de RTL qui, lui, applaudit de bon cœur à l'humour des pensionnaires de Philippe Bouvard ! Bref, tout ça pour dire qu'en tant que militant chivardo-royaliste,

M. Torreton est très marqué politiquement, et le fait qu'il soit venu ce matin accompagné d'un beatnik n'arrange pas son cas…

Toute l'équipe du *Fou du roi* et moi-même tenons à faire savoir publiquement que nous ne partageons en aucun cas les engagements aussi douteux qu'irréfléchis de notre invité. Et que nous aurions largement préféré recevoir de vrais artistes comme Didier Barbelivien ou Doc Gynéco, ce matin. *Excusez-nous Philippe. Depuis que Sarko est président, on est sous surveillance étroite !… Il faut qu'on fasse gaffe !* L'équipe du *Fou du roi* précise que si l'invitation de M. Torreton ce matin a été maintenue, alors que le simple bon sens aurait voulu qu'on l'annule, c'est uniquement parce que M. Torreton mesure 1,65 m et que, à ce titre, il représente un exemple pour la jeunesse. *On est désolés, Philippe !… On doit être prudents… Depuis le 8 mai dernier, on porte tous des bracelets électroniques ! Chut !* L'équipe du *Fou du roi* tient également à ajouter que l'invitation à laquelle M. Torreton a répondu ce matin lui avait été adressée il y a plus d'un an, à l'époque où il partageait encore l'existence de Mme Claire Chazal, et qu'il présentait donc les meilleures garanties, puisqu'il allait dîner chez les Balladur tous les quinze jours… Nous ne pouvions pas savoir qu'il allait aussi mal tourner. *On n'a pas le choix, Philippe, croyez-le bien…*

Si on ne s'écrase pas, ils vont nous privatiser !… Nous vendre à la découpe… Ils ont déjà commencé avec Guy Carlier !

Bref, tout ça pour dire M. Torton – oui, j'ai décidé de vous appeler Torton, comme Mitt'rand, prenez-le comme un gage d'affection ! –, tout ça pour dire, M. Torton, que vous feriez mieux de faire votre métier de comédien plutôt que de vous mêler de politique, une discipline qui échappe totalement à votre domaine de compétences, assurément.

Comme le dit souvent le président Sarkozy, qui est grand amateur de théâtre : « Ce ne sont pas les grands auteurs qui manquent dans ce pays : Francis Veber, Chevallier et Laspales, Olivier Lejeune, Bernard Mabille, etc. Alors au travail, messieurs les comédiens ! » Il a raison. Je serais tenté d'ajouter : comme toujours. À propos de grands auteurs, nous recrutons de nouveaux chroniqueurs au *Fou du roi*... Les candidats sont priés de se présenter au bureau de la production, avec leur maquette et leur test A.D.N. Ah oui, désormais, on fait passer un test A.D.N. aux postulants, histoire de déceler d'éventuels fils cachés du prince Albert qui chercheraient à nous infiltrer. On s'est fait avoir une fois avec Mickaël Quiroga, ça suffit ! Mais revenons à cette vermine gauch... à notre invité, Philippe Torreton... Comme vous l'ignorez tous autour de cette table, puisqu'il n'y a que moi qui bosse dans cette émission, Philippe Torreton, ici présent, était l'invité, le week-end dernier, d'une station concurrente et néanmoins amie, Fréquence Élysée... Pardon, je voulais dire : Nicolas Chéri FM... Non, je me trompe tout le temps ! Europe 1, c'est ça... Et tenez-vous bien, car c'est un scoop : Philippe Torreton a déclaré à l'huissier qui l'interviewait que, non content d'avoir pesé de tout son poids pour faire élire Ségolène Royal en mai dernier, avec le succès que l'on sait, il était prêt à se présenter aux municipales à Paris sur la liste de Bertrand Delanoë ! Philippe, vous confirmez ? Et pour vous prouver jusqu'à quelles extrémités de fanatisme notre invité est capable de se projeter, il s'est même engagé à faire toute la campagne électorale à Vélib, avec Pascal Sevran sur le porte-bagages !... Vous confirmez ? Non ? Vous avez raison, il y a des limites au sacrifice de soi. Pour lancer la campagne de son ami Bertrand, Philippe a d'ores et déjà annoncé qu'il donnerait une représentation exceptionnelle de *Don Juan,* en plein air, sur la butte Montmartre, en remplaçant la statue du commandeur par celle de Dalida !

Il a promis également de parcourir tous les couloirs de bus de la capitale au pas de course, avec la flamme olympique à bout de bras, et en tenue de rugbyman du Stade français, c'est-à-dire vêtu de sa seule écharpe tricolore ! Un conseil, Philippe Torreton : présentez-vous dans le Ve arrondissement, le fief des Tiberi. Je rêve d'un combat de titans entre le capitaine Conan et Jean Tiberi, qui ont tous les deux autant de morts sur la conscience. Conan, c'était des figurants roumains, et Tiberi, des électeurs corses. Mais ce n'est pas grave...

Et ce ne sera sûrement qu'une étape dans votre carrière politique, Philippe, je n'en doute pas... Car vous devez savoir, chers auditeurs, que comme par hasard, il se trouve que Bertrand Delanoë a déposé sur Internet le domaine Delanoe2012.com. L'info est authentique. Et si je me souviens bien, 2012, c'est la date de la prochaine élection présidentielle… Hé hé ! Chers auditeurs, je vous annonce que nous sommes peut-être en train de recevoir ce matin le futur Premier ministre du président Delanoë ! Hein, ça vous plairait bien de devenir Premier ministre, Philippe ? Ah ben si, c'est super comme boulot !

Regardez François Fillon, comme il s'éclate ! Mieux que ça ! Si ça se trouve, le futur Premier ministre du président Delanoë est actuellement reçu sur l'antenne de France Inter par son futur ministre de la Culture… Vous voyez de qui je veux parler ? Qui, à votre avis, autour de cette table, pourrait faire un Jack Lang plausible. Un Jack Lang, mais en mieux ! C'est-à-dire aussi frisé, mais sans Monique ! À la place, il a un teckel femelle, beaucoup moins chiante ! Elle s'appelle Virgule, et elle ne téléphone jamais à personne !

Bon, je rigole, je galèje, je me gausse, parce que c'est mon boulot, cher Philippe Torreton. Mais sachez que c'est également ma manière à moi d'exprimer la considération et le respect que m'inspirent le grand comédien et le citoyen accompli que vous êtes.

Tous des PPD !

Olivier et Patrick Poivre d'Arvor, mercredi 13 septembre 2006

Par la barbe du capitaine Haddock ! Alors comme ça, vous aviez un frère caché, monsieur d'Arvor ? Je tombe des nues ! Vous vous ressemblez… à un petit détail près… que je me garderai bien de spécifier à l'antenne, car je sais que c'est un sujet douloureux pour vous, Patrick… Mais bon… Quand on examine vos cuirs chevelus respectifs, les gars, on comprend immédiatement lequel des deux frangins avait tendance à piquer ses affaires à l'autre. Houlà… Stéphane est en train de m'adresser des signes affolés par-dessus la table, il fait des moulinets avec ses bras, on dirait Mireille Dumas en train de régler la circulation place de la Concorde !… Je crois comprendre ce qu'il veut me dire : « Ta gueule ! » Ne vous inquiétez pas, Stéphane, tout va bien se passer… PPD, il a le cuir tanné. Il n'est pas du genre à prendre la mouche pour un oui ou pour un non…

Soyons concrets… Que pensez-vous, Patrick, de l'expression « chier dans les bottes » ? Ça ne vous choque pas outre mesure ? Vous ne suffoquez pas ? *A priori,* il y a peu de chance que vous nous fassiez une syncope ? Non, je vous demande ça, car figurez-vous que, lorsque votre collègue de bureau Jean-Pierre Pernaut est venu chez nous au printemps dernier pour faire la promo de son manuel de géopolitique intitulé « Daniel Ducruet en a une toute petite », je l'ai légèrement asticoté sur le contenu éditorial de ses journaux, en lui précisant que ma bonne éducation m'interdisait de lui « chier dans les bottes ». Ça l'a tellement traumatisé qu'il ne m'a rien répondu sur le moment. En revanche, dès qu'il est sorti du studio, il est allé se plaindre au président Cluzel… Comme quoi je l'avais insulté publiquement. Tout ça à cause de ces quatre malheureux mots, dont un est juste un peu plus gros que la moyenne : « Chier dans les bottes. » Qu'est-ce qu'il est délicat, ce Pernaut ! C'est un hypersensible… Il est vrai que ce n'est pas avec les infos qu'il délivre dans son *13 heures* qu'il a eu beaucoup l'occasion de se familiariser avec la violence du monde.

Avec vous, Patrick, je ne suis pas inquiet. J'ai l'impression que ce n'est pas trop votre genre d'aller rapporter dans le bureau du dirlo. Et de toute façon, si vous me dénoncez, je dispose d'un moyen de rétorsion imparable : je connais votre adresse personnelle et, si vous êtes méchant avec moi, je la donne à l'antenne…

Ha, ha ! Vous faites moins le cako, là ! Pour l'instant, je me contenterai de révéler que votre logement est mitoyen de celui de Patrick Sabatier. Comment ? Qui a dit « au Père Lachaise » ? Ce n'est pas drôle… Cela dit, ça doit être confortable d'habiter à côté de chez Sabatier. Au moins, vous n'êtes pas trop incommodé par la sonnerie du téléphone chez le voisin… Comment je connais votre adresse ? C'est tout bête. Il se trouve que pour arrondir mes fins de mois – vous avez commencé votre carrière à France Inter, Patrick, vous savez de quoi je parle – je donne un coup de main à Olivier Besancenot pour sa tournée de facteur. En fait, c'est moi qui pédale. Oui, Olivier distribue le courrier non pas à vélo mais en pousse-pousse. La Poste des Hauts-de-Seine en a fait venir un exprès de Calcutta, comme ça Besancenot peut écrire ses discours de candidat à la présidentielle tout en faisant sa tournée. Il s'assoit derrière et c'est un militant de base qui pédale ou alors un intérimaire, comme moi. Pardon ? Non, non, les gens ne sont pas choqués du tout, ça se passe à Neuilly. Et c'est donc comme ça que j'ai appris où vous habitiez. D'ailleurs, je vous croise très souvent en train de courir dans la rue. Pour être précis, je crois bien que je ne vous ai jamais vu autrement qu'en train de courir comme un furieux. Vous êtes le Forest Gump des Hauts-de-Seine. C'est quoi votre motivation ? Vous vous entraînez pour le jour où Sarkozy se décidera à renvoyer les sans-papiers bretons dans leur pays d'origine ? À chaque fois que je vous croise en train de courir, je me dis que, décidément, elle a une super-condition physique, Béatrice Dalle. Pour que vous n'ayez toujours pas réussi à la rattraper…

Bref, je sais de quoi vous êtes capable, monsieur Poivre. Je me souviens très bien qu'un jour, alors que vous étiez en vacances sur je ne sais quelle île paradisiaque – je me demande si ce n'était pas à Mykonos… Vous vous en souvenez, Stéphane?… En tout cas, vous étiez avec votre frangin ici présent, et vous avez gaulé un paparazzo en train de vous shooter en douce. Aïe aïe aïe! Ça a été un pur massacre. Une tuerie. Le malheureux a encore l'empreinte de son boîtier de Nikon imprimée sur le front… Quant à son téléobjectif, il lui a fallu trois jours et douze kilos de pruneaux d'Agen pour le récupérer! Effectivement, je crois que c'était à Mykonos…

En résumé, si vous voulez me faire du mal, je balance votre adresse à l'antenne, et je vous garantis que demain matin, en sortant de chez vous, vous aurez une bonne raison d'avoir envie de courir…

Avec 500 ou 600 furies rendues folles de désir par vos soupirs de fin de lancement, toutes en train de vous attendre en bas de chez vous, vous ferez peut-être moins le malin. D'autant qu'il y a quelque chance qu'elles ne soient pas toutes le sosie d'Uma Thurman, les groupies que je vais vous envoyer… Il n'est pas impossible d'ailleurs que nombre d'entre elles viennent avec leur coiffe sur la tête, juste pour vous émoustiller. Ça ne vous excite pas?… Excusez-moi, je confonds avec le président Le Lay. C'est vrai, Patrick, que vous emballez velu. Depuis maintenant six ans que je le fréquente, je commence à bien connaître notre public féminin du 106, et je peux vous dire que, lorsque vous êtes entré dans le studio tout à l'heure, la température a grimpé d'un seul coup. C'est dû aux bouffées de chaleur… Quand elles sont une cinquantaine à en avoir en même temps, ça affole le thermomètre. Je ne serais pas surpris qu'à la fin de l'émission plusieurs de nos habituées vous demandent de leur dédicacer la couverture de *VSD* ou on vous voit torse nu, à la plage, cet été. Elles auront raison. Pour un type qui frise la soixantaine, vous êtes gaulé comme un stagiaire de Pascal Sevran. Je ne suis pas le seul à avoir été scotché par cette une.

Avec mon ami Fidel Castro, on en parlait l'autre jour, et il me disait : « Ce n'est pas possible, c'est un photomontage ! » Vous savez comment est Fidel : super-parano ! Mais assez parlé de votre travail de journaliste, PPDA.

Vous êtes coauteur avec votre frère Olivier d'un roman inspiré de la vie de Lawrence d'Arabie, et c'est un choix de sujet courageux quand on travaille sur TF1. Il paraît que, lorsque Charles Villeneuve a entendu parler de ce Lawrence d'Arabie, il a immédiatement envoyé une équipe de Tony Comiti pour voir s'il y avait moyen de filmer l'expulsion. Ça les énerve d'autant plus, vos patrons, que Lawrence d'Arabie, ça sonne un peu comme Laurence Ferrari. Ce qui est sûr, c'est que ce roman a été écrit à quatre mains et, à ce propos, j'ai une bonne nouvelle, mesdames : si vous souhaitez vous faire dédicacer l'ouvrage, vous bénéficierez des mêmes conditions d'exécution qui ont présidé à son écriture. La dédicace se fera à quatre mains, bande de veinardes !… À demain !

Tous des PPD !

PPDA tire la tronche pendant toute ma lecture, une vieille technique éprouvée pour terroriser le public, souvent impressionné face à une vedette aussi considérable (!) Et ça marche !

Un bon zigue ce Gonzague !
Gonzague Saint-Bris, vendredi 5 janvier 2007

Qu'est-ce qui vous prend, Stéphane ? Vous invitez des beatniks, maintenant ? Faut aller chez le coiffeur, Gonzague, les années soixante-dix, c'est terminé ! Et tu vas me faire le plaisir de rendre sa chemise à Bernard-Henri Lévy ! Ah, ces jeunes rebelles… Au moment où je vous parle, Gonzague Saint-Bris est en train de m'adresser un doigt d'honneur et tout à l'heure il a craché dans le piano de Franck Gélibert, un vrai hooligan. Une pure *caillera.* Lâche tout de suite le sac à main de la dame du premier rang, malandrin, ou j'appelle Jean d'Ormesson !

Je suis sûr qu'avec Stéphane, quand vous faites les 400 coups dans les soirées, ça doit être une vraie tuerie : « Allez, la Bernique, fais chauffer les bigoudis, on va pécho de la pouffe au bal des débutantes. J'ai calculé une petite Bourbon Parme qui m'a pas l'air trop farouche du valseur, on va lui faire briller la particule ! » Ah ! C'est des lascars… Hé les gars, vous vous souvenez de la fois où vous avez fait poser son usine à méthane sur un coussin péteur à la mère Pompidou pendant un dîner ? Même que la baronne de Rothschild qui était assise à côté lui avait dit : « À vos souhaits ! » Et Arielle Dombasle avait ajouté : « Bravo, vous devriez chanter vous aussi ! »

Mais si, souvenez-vous, c'était à la Biennale des antiquaires. Même que vous aviez posé, sur la chaise de Bernadette, un autocollant indiquant : « à saisir », avec entre parenthèses : « avant qu'il ne soit trop tard ! » Ah, ils en ont fait des conneries, ces deux-là… Comme le dit souvent Stéphane : « C'est un bon zigue, le Gonzague. Bon, d'accord, il n'a pas inventé le rince-doigts, mais avec lui on se fend la pipe ! » Moi, je vous admire, Gonzague, notamment pour votre patronyme… Au collège, vous avez dû manger grave. C'est un ancien pion d'internat qui vous le dit : s'appeler Gonzague Saint-Bris au bahut, c'est un véritable appel à la bite au cirage !… Et c'est une expérience qui peut se révéler traumatisante à vie pour un jeune un peu fragile. Regardez Pascal Sevran… Il y a quelques mois, cher Gonzague, je vous ai aperçu dans une émission de Paris Première sur les intérieurs de gens célèbres. Quand je dis « les intérieurs de gens célèbres », je parle de leur logement, je vous rassure… La coloscopie de people n'est pas encore au programme des chaînes, même s'il paraît que Bataille et Fontaine réfléchissent à un concept en ce moment…

Dans le cadre de cette émission, donc, vous nous avez fait visiter votre bibliothèque, fort bien fournie, soit dit en passant. Comme quoi, avoir un nom de personnage de bande dessinée n'empêche pas d'être cultivé… Et à un moment, vous nous avez montré un recoin de ladite bibliothèque en nous expliquant qu'il s'agissait d'un « Kiss me corner »… c'est-à-dire, si j'ai bien compris : « un coin dans lequel on peut embrasser une fille entre deux chapitres ». Dites donc, quel tempérament ! Mesdames, si d'aventure vous vous retrouvez un jour dans la bibliothèque de notre invité pour y consulter quelque ouvrage rare et que vous sentez une activité suspecte, voire intrusive, dans votre bas du dos, j'ai une mauvaise nouvelle : vous vous êtes trompée de recoin… Vous n'êtes pas au « Kiss me corner », mais au « Fuck me corner » !

Bon, sinon j'ai regardé d'un œil distrait le *best of* de *La Méthode Cauet,* hier soir, sur TF1. C'est le gros avantage des émissions de Cauet : elles autorisent l'écoute flottante. J'ai donc regardé sans vraiment le voir Cauet se roulant dans du chocolat fondu avec Michaël Youn, Cauet avec des déguisements de *ouf,* Cauet faisant des bruits rigolos avec sa bouche, Cauet faisant des bruits rigolos sans sa bouche, Cauet adressant de fines plaisanteries à des actrices de porno à moitié à poil, Cauet répétant sa fine plaisanterie, vu que cette connasse n'a pas compris. Bref, Cauet dans le plein exercice de son art : celui de la bonne grosse déconne bien de chez nous qui fait kiffer les piliers du *Macumba* et rentrer plein d'oseille dans les caisses de TF1. Et tout en le voyant donner du bonheur aux petites gens – car c'est toujours comme ça que ce genre de démagogue justifie leur fureur pétomaniaque –, j'ai repensé à une anecdote récente trouvée sur un blog quelconque. Je ne l'ai pas vérifiée, mais je la sens bien… D'après un journaliste de *Var-Matin* qui l'avait interviewé, Cauet aurait exigé de relire la version définitive de l'entretien avant sa publication. Et comme l'autre l'a envoyé bouler, il a bloqué le papier. Incroyable, non ?… Même les pires de nos hommes politiques, en tout cas ceux qui ont le moins la conscience tranquille, osent à peine le demander, de relire leurs interviews avant publication. Avis aux fans de Cauet qui nous écoutent – j'ai dit qui nous écoutent, pas qui nous comprennent, faut pas pousser non plus. Hé, les gars, vous vous êtes fait gruger ! Vous pensiez avoir affaire à « top à la déconne » tous les jeudis soir, et en fait c'est le fils caché d'Alain Peyrefitte !

C'est quand même très révélateur, cette histoire. Cauet, il adore déconner, mais pas tout le temps. Il y a un temps aussi pour le business, et là, ça ne rigole plus…

À part ça, je vous annonce la naissance d'une nouvelle émission intitulée : *Le Supermarché*. Oui, je sais, elle existe déjà : c'est la totalité de la grille de TF1 !… Sauf que là, elle sera visible sur la chaîne Discovery. Sophie Davant recevra un invité dans un supermarché. Elle parcourra les rayons avec lui et ses achats seront analysés. Premier invité prévu : Philippe Candeloro. Je crains qu'il n'y ait pas grand-chose à analyser dans le chariot, les amis. Courage Sophie : il va falloir tenir vingt-cinq minutes avec une boîte de sardines en promo et deux fraises Tagada pour le Noël de ses filles. Comparé à Candeloro, Harpagon c'est un panier percé…

Dernière info. C'est carrément une bonne nouvelle : figurez-vous que c'est notre ami Jean-Claude Narcy qui a été choisi comme *coach* audiovisuel des porte-parole de l'UMP pendant la campagne présidentielle. Moi, je dis : excellent choix ! Et Léon Zitrone, il n'était pas libre ? C'est amusant, parce que TF1 s'est empressée de publier un communiqué expliquant que Narcy n'était plus salarié de la chaîne depuis quatre ans et qu'il intervenait désormais en tant que pigiste. Ils ont bien fait de le préciser, sinon on risquait de s'imaginer des choses extravagantes, que la Une soutiendrait Nicolas Sarkozy par exemple. Je sais, c'est absurde, mais les gens sont toujours tellement mauvaise langue. Je signale néanmoins au service communication de l'UMP qui a procédé à ce judicieux recrutement, que la spécialité de Jean-Claude Narcy depuis quatre ans, ce sont les enterrements de personnalités, alors bonne chance les gars !

VOTEZ TITOFF !
Titoff, mardi 12 juin 2007

Permettez-moi, Stéphane, de rassurer les auditeurs qui se sont inquiétés de ne pas m'entendre dans l'émission d'hier, au lendemain du premier tour des législatives. Désolé de vous avoir fait faux bond, chers amis, mais les démarches à effectuer pour obtenir la nationalité nord-coréenne sont assez compliquées et ça m'a pris toute la matinée.

D'autant qu'il a fallu que je leur explique pourquoi je portais une minerve après avoir essayé de me pendre à la suite de l'annonce du ballottage défavorable de Dominique Strauss-Kahn contre l'avocate de *Sans aucun doute,* l'émission de Julien Courbet, qui se présentait contre lui à Sarcelles. Tout va bien les amis, surtout gardez le moral.

Je suis très optimiste pour le second tour de dimanche prochain. La composition de l'Assemblée nationale s'annonce beaucoup plus équilibrée que certains veulent bien le dire. On parle d'ores et déjà d'au moins deux huissiers socialistes, d'un radical de gauche au poste de directeur adjoint de la buvette, sans oublier la dame pipi qui est notoirement chevènementiste ! C'est quand même incroyable, non ?

Une chroniqueuse de Julien Courbet qui fait mordre la poussière à l'un des principaux leaders socialistes, avouez que c'est sidérant. Si ça, ce n'est pas de la berlusconisation ! Dommage qu'Évelyne Dhéliat ne se soit pas présentée. Pour peu qu'il y ait eu une circonscription disponible dans les Açores, elle passait au premier tour !

Mon cher Titoff, j'ai une bonne nouvelle pour vous. Il paraît que l'UMP cherche un candidat pour les municipales à Marseille, l'an prochain ! Ne me regardez pas avec cet air horrifié ! C'est pour remplacer Jean-Claude Gaudin, vous n'allez pas être débordé ! Vous êtes l'homme de la situation. Il est temps de donner la parole à la France qui se couche tôt, le matin ! Le boulot est fait pour vous. Titoff. Vous allez adorer ! Maire de Marseille, pour emballer des gonzesses, c'est le top. Ben oui, depuis le temps que Gaudin est dans la place, elles ne se méfient plus ! J'imagine l'agenda plus que chargé de M. le maire quand Titoff sera aux affaires. 17 heures, petit-déjeuner de travail avec la commission d'urbanisme chez *Bébert,* sur le vieux port. Au programme : l'appel d'offres pour la rénovation de la statue de la bonne mère. La présidente de la commission d'aménagement, Mme Clara Morgane, propose d'attribuer le marché à l'entreprise de travaux publics Marc Dorcel productions.

La directrice du budget, Mme Tabatha Cash, n'y voit pas d'objection à condition qu'on les paie en liquide, comme ils l'ont fait avec elle pendant des années. Épuisé par la longueur du débat, M. le maire déclare l'ajournement de la séance jusqu'à l'heure de l'apéritif.

21 heures, réunion du conseil municipal au grand complet dans la tribune Gaétan-Zampa du stade Vélodrome. Ordre du jour : Doit-on enculer les Parisiens ? La motion est mise au vote et adoptée à l'unanimité.

21 h 05, clôture de la séance. Rendez-vous est pris au match suivant…

10 heures du matin, fin de la réunion du cabinet restreint de M. le maire dans le carré VIP de la discothèque *Le Couloir de bus,* ainsi baptisée en référence au programme destiné aux Parisiens évoqué plus haut. La délicate question de l'obstruction du port de Marseille par une sardine géante est laissée en suspens. M. le maire propose néanmoins à sa directrice de l'urbanisme ainsi qu'à celle du budget de les ramener chez lui pour examiner ensemble la question de l'obstruction en général.

Je ne plaisante qu'à moitié, Titoff. Je vous ai vu chez Ruquier, samedi soir, et j'ai admiré votre toucher de main et votre claquer de bises quand vous êtes arrivé sur le plateau. L'UMP va vous contacter, c'est certain. Il paraît qu'ils cherchent un comique pour remplacer celui qu'ils ont en ce moment. Eh oui, la succession d'André Santini est ouverte – pas que la succession, d'ailleurs ! Ça devrait vous plaire, Issy-les-Moulineaux… Issy-les-

Moules, pour les autochtones… En revanche, quand vous faites de la promo pour *Gomez & Tavarès,* surveillez votre partenaire Noémie Lenoir. Elle m'a l'air un brin gaffeuse. C'est peu de le dire. Samedi soir, chez Ruquier, elle n'a pas hésité à déclarer explicitement qu'elle ne couchait pas avec les hommes blancs. Faites-lui comprendre que ça ne se fait pas. Pas de ne pas coucher avec des Blancs – elle fait ce qu'elle veut –, mais de le dire à la télé… Imaginez, en passant, que son équivalente blonde, par exemple Ophélie Winter, déclare publiquement qu'elle ne couche pas avec les Noirs. D'abord personne ne la croirait, mais surtout ça foutrait un tel bordel qu'elle pourrait s'asseoir définitivement sur le peu de carrière qui lui reste… Alors que là, sur le plateau de Ruquier, personne n'a bronché. Pas plus l'animateur que ses chroniqueurs et invités. Et le réalisateur n'a même pas jugé utile de couper au montage cette petite phrase pour le moins malheureuse, puisque tout simplement raciste.

C'est-à-dire qu'on est devenus tellement habitués à entendre des conneries monumentales à la télé qu'on ne relève même plus.

On est mithridatisés, comme dirait Steevy. Et l'avocate de *Combien ça coûte* est en ballottage favorable à Sarcelles !

À propos de connerie, est-ce que vous avez écouté l'émission de Colombe Schneck, hier matin, sur notre antenne ?… Colombe avait invité Cauet, et, comme on pouvait s'y attendre, son chroniqueur, le très caustique

Éric Naulleau, qui est aussi celui de Ruquier depuis peu dans *On n'est pas couché,* s'est fendu d'un papier relativement peu flatteur pour l'animateur vedette de TF1, mais pas non plus d'une brutalité excessive. Il a juste dit qu'il trouvait son humour consternant, ce que l'intéressé a très mal pris. Sa riposte fut à la mesure de l'affront, cinglante : « Si ce que je fais à la télé n'est pas votre truc et que vous préférez lire des livres, cher monsieur, eh bien lisez donc des livres... » Et pan ! Cassé, le Naulleau ! Pour vous dire, mon cher Cauet, à quel point ce Naulleau est vraiment un gros nul, pire que ça, même, un vieux ! Eh bien non seulement il lit des livres, mais il en écrit ! Et il n'a pas de Porsche, ce con ! Oui, je sais, c'est pathétique ! Juste avant, l'animateur de TF1 lui avait demandé son âge. « 45 ans », avait répondu Naulleau. « Houa, vous avez dix ans de plus que moi, vous êtes en fin de carrière à la radio et je ne sais même pas qui vous êtes ! Et dans dix minutes je vous aurai oublié », s'était exclamé Cauet ! C'est amusant. Avec Arthur, ils se détestent, pourtant ils utilisent exactement les mêmes arguments quand on a le malheur de les critiquer... Mon cher Cauet, tu dois savoir qu'on peut très bien avoir 35 piges et être aussi con qu'un sonotone sans piles !... Quant au critère notoriétal, il n'est pas infaillible. Par exemple, Émile Louis, il est vachement connu, et ce n'est pas pour autant un exemple à suivre. Quant aux vieux cons qui ne vont pas manquer de m'écrire pour me dire que le mot « notoriétal » n'existe pas, eh bien je les emmerde !

Bon, sinon Stéphane, comme je suis le préposé à la télévision dans l'émission, beaucoup d'auditeurs m'écrivent pour me demander quels sont vos projets dans ce domaine. Je ne sais pas trop quoi leur répondre. Ce qui est certain, c'est que vous arrêtez *L'Arène de France,* mais pour faire quoi à la place ? Aidez-moi à démêler le vrai du faux dans toutes les rumeurs qui circulent. On nous annonce un programme de divertissement culturel, et que lis-je dans les gazettes ?

Que vous avez embauché le tandem Philippe Candeloro/Nelson Monfort ! Par conséquent, il s'agira d'un programme purement culturel ? Dites-le, il n'y a pas de honte ! On évoque également une émission qui s'intéressera à l'histoire et en même temps on parle d'Amanda Lear pour vous assister dans la présentation. Il faudrait savoir ! Ça sera l'histoire ou l'archéologie, le thème de l'émission ? Allez, à jeudi !

Weber, un mec très Danacool
Jacques Weber, mardi 4 septembre 2007

J'ai pris une bonne résolution pour cette rentrée, Stéphane : je m'engage solennellement à ne plus parler des yaourts Danacol à chaque fois que nous recevrons Jacques Weber. C'est arrivé bien souvent par le passé et ça va se reproduire à coup sûr avec une égale fréquence dans le futur, dans la mesure où il est un artiste et, ma foi, fort talentueux, immensément prolifique, d'une rare jovialité et d'une totale bonhomie, et que, en plus, quand il se fait prendre en photo torse nu en train du faire du kayak, lui au moins, il ne fait pas retoucher ses poignées d'amour au Photoshop, ce que, de toute façon, aucun logiciel de retouche photo n'est en mesure de réaliser, en l'état actuel de la technologie informatique ! Je déconne…

Non, c'est vrai, il faut arrêter avec Danacol, ça devient relou. Vous avez beau être de bonne composition – taux de cholestérol excepté –, ça va finir par vous énerver. D'un autre côté, vos pubs pour Danacol, elles sont franchement désopilantes. Ne le prenez pas mal, Jacques

Weber, mais vous n'avez vraiment, vraiment pas une tête de mangeur de yaourts !

Alors que François Fillon, oui. François Fillon… le Premier ministre !…

Non, ça ne vous dit rien ? C'est normal, c'est prévu comme ça…

À mon humble avis quand même, Jacques, histoire de ne pas vous laisser enfermer dans un rôle, vous devriez changer d'annonceur. Je vous signale à cet égard qu'il y a une place qui va se libérer chez Madrange. Eh oui, Bernard Laporte s'est engagé à interrompre tous ses contrats publicitaires dès qu'il prendra ses fonctions de ministre des Sports… On se demande pourquoi, d'ailleurs… Ben oui, le couturier Prada fait bien du placement de produit à l'Élysée… En effet, c'est la directrice de la communication de Prada qui a payé les vacances américaines de notre président, ce qui est bien peu de chose au regard de la publicité considérable que Cécilia a fait à la marque en portant une de ses robes le jour de l'investiture de son mari… En jargon publicitaire, on appelle ça du « placement de produit », moyennant quoi je ne vois pas pour quelle raison Bernard Laporte ne pourrait pas continuer à faire de la pub pour le jambon Madrange. D'autant qu'il a une vraie légitimité pour ça, Bernard. Quand on le voit en train de découper sa tranche face caméra, ça illustre parfaitement l'état dans lequel va se retrouver notre XV de France après son passage entre les mains des All Blacks !

Je note, Jacques Weber, que vous pourriez faire un éléphant du PS tout à fait crédible, puisque vous n'avez pas mis les pieds, vous non plus, à l'université d'été du PS de La Rochelle. Il est vrai que nombre d'entre eux étaient occupés par leurs fonctions gouvernementales. J'ignore si notre hypra président compte rétablir la peine de mort pour les pédophiles, mais pour le PS, ça y est, c'est fait ! L'un des rares à avoir fait le déplacement à La Rochelle a été Bertrand Delanoë, qui n'a pas dû se sentir trop dépaysé par rapport à Paris-Plage cet été... Delanoë qui avait gentiment amené avec lui deux Vélib afin d'aider François et Ségolène à réussir l'exploit de ne pas se croiser pendant toute la durée de l'université... C'est l'avantage des Vélib : ils sont tellement lourds qu'une fois lancé, si tu veux t'arrêter pour saluer quelqu'un, c'est pas possible...

Au fait, c'est confirmé depuis ce matin : Delanoë est candidat à sa réélection à la Mairie de Paris l'an prochain. Profitons bien de la Coupe du monde de rugby, les amis, car on n'est pas près d'avoir les jeux Olympiques dans la capitale. Le savant chassé-croisé auquel se sont livrés le premier secrétaire et la candidate malheureuse pour s'éviter à tout prix à La Rochelle peut paraître totalement ridicule. Mais d'un autre côté, après la publication des photos de François Hollande en short sur une plage marocaine avec sa petite amie dans *Closer*, la semaine dernière, la tension était à son comble... Souvenez-vous : il y a un an, *Voici* nous avait montré le premier secrétaire vautré dans un canot pneumatique en train de lire *L'histoire de France pour les nuls*; eh bien cet été, il était passé à une autre discipline : les sciences naturelles pour adultes ! Résultat : François a porté plainte contre le magazine. Et ce alors que la jolie rouquine qui se trouvait en sa compagnie sur les photos n'était autre qu'une journaliste de *Match*. Moi, j'appelle ça être puni par là où on est en train de pécher… En tout cas, à *Paris-Match*, depuis que Genestar a été débarqué sur ordre de Sarko, les journalistes ont développé un sens très sûr de l'équilibrage politique : pendant que l'une touche à gauche, l'autre retouche à droite. Je ne voudrais pas dire, mais il faut quand même être sacrément lèche-cul pour prendre l'initiative de raboter au Photoshop une poignée d'amour présidentielle. Sans compter que c'est parfaitement contre-productif.

Personnellement, c'est à peu près la seule chose qui me rend Sarkozy un tout petit peu sympathique : le fait que même en courant une heure par jour, il trouve le moyen de rester gaulé comme Robert Hue !

Drôles de méthodes. Pourtant, ils n'ont pas toujours fait ça, à *Paris-Match*. Je me souviens très bien, Stéphane, que lorsque vous aviez posé pour eux, ils n'avaient rien retouché… Sauf peut-être la feuille de vigne que vous portiez ? Qu'ils avaient agrandi légèrement plus que nécessaire, me semble-t-il… Enfin, ce qui est sûr, c'est que la presse people est déchaînée, en cette rentrée. Ainsi, dans son numéro paru hier, *Voici* publie des photos extrêmement compromettantes de votre ami Marc-Olivier Fogiel sur une plage de Corse en compagnie de… du labrador de l'ancien ministre de la Culture Renaud Donnedieu de Vabres ! Rhhhh, c'est dégueulasse !… Ces gens-là ne respectent rien !

En toute logique, Marc-O devrait traîner le magazine devant les tribunaux pour atteinte à sa vie privée, mais comme lui-même, il y a quelques mois, avait fort complaisamment relayé dans son émission de télévision la rumeur d'une liaison entre Zidane et une petite chanteuse de R'n'B dont j'ai oublié le nom, il a intérêt à avoir un bon avocat. Personnellement, je donnerai le conseil suivant à nos amis de *Voici, Public* et consorts : même si vous shootez Marco avec le chihuahua de Sarkozy, surtout ne vous gênez pas : publiez ! Il l'a bien mérité…

Eh oui, c'est l'information la plus forte, sinon la seule, contenue dans l'opuscule extatique que Yasmina Reza vient de consacrer à notre tsar des médias à nous : Nicolas a un chihuahua dont, je cite : « il a honte » ! À noter que Christine Bravo aussi a un chihuahua, mais là, c'est lui qui a honte… Nourrissant moi-même une affection très mesurée à l'endroit de ce mammifère plus que contestable, puisqu'issu du croisement d'un lévrier et d'une musaraigne, je signale à notre président que le parc de l'Élysée dispose d'un magnifique bassin d'une profondeur plus que respectable et que, en cas d'accident malheureux, il pourra toujours faire porter le chapeau aux canards… Au demeurant, quand je pense à Yvan, le petit gamin russe qui est tombé par la fenêtre du quatrième étage en essayant d'échapper aux policiers venus arrêter à domicile son père sans-papiers, je me dis qu'à la place de M. Sarkozy, ce n'est pas forcément de mon chihuahua dont j'aurais le plus honte…

Voilà. Sur ce, mon cher Jacques Weber, j'ai décidé que dorénavant, lorsque nous aurons la joie immense et le privilège insigne de recevoir un invité de grande qualité, comme c'est le cas ce matin, je conclurai ma chronique en soumettant à sa sagacité une forte pensée de mon cru. Permettez-moi de vous la livrer sur-le-champ et sans barguigner : « Quand le sage montre la lune du doigt, l'imbécile est persuadé que ça mérite un proverbe ! » Démerdez-vous avec ça…

On ne dira jamais à quel point Jacques Weber est un invité délicieux, toujours prêt à se fendre la pipe, y compris à ses propres dépens, et doté d'un ego aux dimensions tout à fait raisonnables, eu égard à sa profession.

À propos de la vacherie envoyée à Christine Bravo (qui fout la honte à son chihuahua !), une explication s'impose. L'ancienne animatrice de Frou-Frou *appartient à cette catégorie de vedettes de télé sur lesquelles je n'ai aucun scrupule à cogner à bras raccourcis car je sais de quoi elles sont capables. Christine Bravo, je l'ai croisée une première fois en 1985, alors que j'effectuais un stage au quotidien* Le Matin de Paris *et qu'elle venait d'y être embauchée comme journaliste vedette – et de fait, à l'époque, Bravo était extrêmement brillante ! Je dis bien « croisée », nous ne nous étions jamais adressé la parole. Dix ans plus tard, je la re-croise comme invitée à* Rien à cirer, *l'émission de Laurent Ruquier à laquelle je collaborais comme chroniqueur. Je lui révèle alors notre passage commun au* Matin, *et elle me fait la réponse suivante : « Ah bon ?... Eh bien non, je ne me souviens pas de vous du tout... » Dans les mois qui ont suivi, j'ai souvent revu Christine dans les émissions de son ami Laurent. Enfin, il y a sept ans, j'ai passé quelques semaines à faire des chroniques sur une éphémère émission de France 2, intitulée* Tutti frutti *et produite par Nagui, dont j'ai, à cette occasion, découvert l'intelligence et apprécié les qualités humaines.*

Un jour, je tombe sur Christine Bravo qui fait partie des invités et qui vient me rendre visite dans ma loge. Nous ne nous sommes pas revus depuis plusieurs années (entre-temps, Ruquier est parti sur Europe 1) et elle m'explique qu'elle adore mes chroniques au Fou du roi. *Dans la conversation, je lui révèle que je fais également une chronique quotidienne sur la télé à la radio parisienne Ouï FM et que, donc, je parle souvent d'elle – elle présente alors* Union libre *ou un truc du même genre, en pire... « Ah bon ? Tu parles de moi ? Et tu dis du bien, j'espère ? », me lance-t-elle en riant très fort. « Heu, pas franchement ! », ai-je l'imprudence de répondre – à l'époque, Bravo est entrée dans sa période beauf-réac à donf !*

Nous devons nous interrompre car l'enregistrement va commencer et il faut se rendre au studio. L'enregistrement démarre et Nagui me présente à son invitée : « Bonjour, Christine, vous connaissez Didier Porte ? – Oui, je le connais très bien, on était ensemble au Matin de Paris, *je me souviens très bien de lui (!), il était stagiaire et il faisait des pieds et des mains pour être embauché. Mais il a eu beau lécher le cul à tous les patrons, il n'a jamais été pris ! » Nagui, hilare : « Ah bon ? Dites-donc, Didier, on ne vous imaginait pas sous ce jour-là ! » Naturellement, j'étais coincé… Tout le monde se marrait, Bravo m'empêchait de répondre, j'étais fait comme un rat. Elle n'avait pas digéré que je lui dise franchement (en privé) que je n'aimais pas ses émissions et elle me le faisait payer par un mensonge éhonté à l'antenne. Autant vous dire que depuis ce jour, je ne prends plus tellement de pincettes avec elle. Ce qui ne m'empêche pas de regretter l'excellente journaliste qu'elle a été brièvement, et qu'elle aurait pu demeurer si elle avait eu de meilleures fréquentations…*

Table des matières

Achevé d'imprimer en juin 2008
sur les presses de
Louis Jean Imprimeur, 05000 Gap

Imprimé en France

Dépôt légal : 390 juin 2008

ISBN: 978-2-84114-946-9